力群文集

力群 / 著
薛芃 / 主编

山西出版传媒集团
三晋出版社

力群先生像(1912—2012)

力群小传

力群于1912年12月25日生在山西省灵石县郝家掌村，原名郝丽春，参加革命后改名力群。他自幼与农民的孩子相处，对农村生活很熟悉，这对于他后来的木刻画创作和文学写作颇有影响。1931年，力群考入国立杭州艺术专科学校，1933年2月与同学曹白等人组织进步美术团体"木铃木刻研究会"，开始从事木刻画创作。同年9月加入中国左翼美术家联盟，10月10日因"木铃"事被捕入狱。1935年出狱后，继续从事木刻画创作，木刻《采叶》《鲁迅像》等通过曹白寄给鲁迅，受到先生的指导与好评。

1937年7月7日抗日战争全面爆发后，力群从事救亡宣传工作，边搞木刻画，边写散文、小说。1938年初，曾在郭沫若领导的军委政治部第三厅美术科任少校科员。1940年初，到延安任鲁迅艺术文学院美术系教员，1941年加入中国共产党。1942年5月，参加延安文艺座谈会。抗日战争胜利后，到晋绥边区工作，任《晋绥人民画报》主编，并开始写文学评论文章。

1949年在全国第一次文代大会上，被选为主席团成员，并任中国文联委员、中国美术工作者协会常务理事。到太原后，与高沐鸿同志创建了山西省文联，被选为文联副主任，山西省美协主席。1953年调北京工作，先后任人民美术出版社副总编辑，中国美术家协会常务理事、书记处书记，《美术》杂志副主编，《版画》杂志主编等职务。

20世纪50年代，出版有《木刻讲座》《力群木刻选》《力群美术论文选集》和《访问苏联画家》等书。80年代，出版有美术论文集《梅花香自苦寒来》和《力群版画选集》以及散文集《我的乐园》、力群文学作品选集《野姑娘的故事》。《我的乐园》于1984年在上海少年儿童出版社出版后，被上海评为优秀作品，获儿童文学园丁奖。其版画作品曾多次在世界各国展出，并为英、法、苏、南斯拉夫等国家的陈列馆、图书馆和博物馆所收藏。因为力群在版画事业上的贡献，"日中艺术交流中心"于1988年12月14日特向他颁发了"贡献金奖"。1991年中国美术家协会、中国版画家协会为其颁发了"中国新兴版画杰出贡献奖"。

力群于1985年10月21日被作家协会书记处批准加入中国作家协会成为会员。1992年5月，山西省委、省政府授予力群"人民艺术家"称号，2003年9月，中国文联、中国美协授予力群"金彩奖"成就奖。力群晚年任中国版画家协会名誉主席、山西省文职名誉主席。

2012年2月10日，力群去世。

目 录

木刻讲座 ………………………………………… 001
  前言 …………………………………………… 003
  一、木刻的基本常识 ………………………… 005
    1. 什么是木刻画 …………………………… 006
    2. 木刻的历史 ……………………………… 007
    3. 木刻的种类 ……………………………… 008
    4. 中国的新兴木刻 ………………………… 009
  二、学习木刻的准备工作 …………………… 011
    1. 生活和思想的准备 ……………………… 011
    2. 绘画基础和绘画常识的准备 …………… 013
    3. 木刻工具的准备 ………………………… 015
  三、单色木刻的制作法 ……………………… 017
    1. 对单色木刻的正确看法 ………………… 017
    2. 怎样起稿 ………………………………… 018
    3. 怎样刻制 ………………………………… 021

  4.怎样拓印 …………………………………………… 023
 四、怎样制作套色木刻画 ………………………………… 024
  1.对套色木刻应有的认识 …………………………… 024
  2.从事套色木刻应补充的工具 ……………………… 025
  3.套色木刻的起稿 …………………………………… 027
  4.套色木刻的刻法 …………………………………… 029
  5.套色木刻的印法 …………………………………… 031
 五、关于木刻的表现方法 ………………………………… 035
  1.创作木刻的特点 …………………………………… 036
  2.创作木刻的"黑白" ……………………………… 039
  3.木刻的刀法 ………………………………………… 043
  4.木刻的风格与民族形式 …………………………… 045
结束语 …………………………………………………………… 049
附录：论套色木刻的特点与色彩 ……………………………… 050
附图目录 ………………………………………………………… 063
附图 ……………………………………………………………… 065

齐白石研究 ……………………………………………………… 095
齐白石先生传略 ……………………………………… 蔡若虹 097
国画大家白石老人 …………………………………… 李可染 102
杰出的画家齐白石 …………………………………… 王朝闻 109
谈齐白石的花鸟草虫画 ……………………………… 力 群 120
感念齐白石老师 ……………………………………… 于非闇 131
齐白石的画 …………………………………………… 叶浅予 135

再读齐白石的画	王朝闻	138
采花蜂苦蜜方甜	王朝闻	152
白石老人"衰年变法"	胡佩衡	159
白石老人的画	于非闇	164
读齐白石画稿	郁 风	167
白石老人的童心	林 元	173
齐白石"发财图"的题跋	王朝闻	176
试谈齐、黄	黄 仃	182
蛙声十里出山泉	钟 灵	186
谈齐白石老师和他的画	李可染	191
白石老人的艺术渊源初探	傅抱石	205
从题材和题跋看齐白石艺术的人民性	叶浅予	215
看白石画展后的感想	贺天健	223
观齐白石先生遗作展览后书记	秦仲文	229
齐白石先生的山水画	张安治	232
向杰出的人民艺术家白石老人学习	郭味蕖	239
白石老人对笔墨技法的继承与发扬	史怡公	250
谈白石老人画虾	胡 橐	253
白石老师的生活片断	娄师白	259
白石老人二三事	王文农	263
忆白石老人生活二事	宾 彬	266

附图目录 …………………………………… 269

附图 ………………………………………… 271

在工作和斗争中运用辩证法 ·················· 295
 一 学习哲学 运用哲学 ················ 297
 二 见物又见人 ························ 306
 三 十个指头 ·························· 315
 四 论"比较" ·························· 325
 五 平衡和不平衡 ······················ 333
 六 改革规章制度 ······················ 343
 七 发扬"不断革命"的精神 ·············· 352
 八 动机、效果和立场 ·················· 361
 九 人性、党性、阶级性(上) ············ 373
 十 人性、党性、阶级性(下) ············ 381

木刻讲座

前　言

　　我于1956年6月间开始在"连环画报"上逐期发表"木刻讲座",之后,曾收到读者来信,要求出单行本。这对于我后来整理和修改这部稿件,决心把它出版,有很大的鼓舞作用。

　　现在这本谈木刻创作方法的小册子终于和读者见面了,因为最先是用"木刻讲座"的题目发表的,所以现在仍用它作为书名。那么它和其他同类的谈木刻创作方法的小册子有些什么不同呢?总的来说,这本小册子在写作时特别注意到以下三点:其一,它是明确地面对着业余美术爱好者而写的,因此提到木刻工具的设备和某些问题时,经常考虑到他们的各方面的条件和艺术知识水平,并在文字上力求通俗易懂,力求读起来不感枯燥。其二,它不是孤立地来谈木刻上的问题,经常注意到木刻画和其它造型艺术的关联,在互相比较中探讨木刻艺术的特点。其三,它不是只谈木刻创作的技法,而是在谈技法时力求从现实主义的观点接触到初学者的修养问题和木刻的基本理论，并结合自己在木刻工作中的经验讲出我对于木刻创作问题上的一些看法。这些看法不一定是正确的，但也可作"百家争鸣"中的一鸣，供初学者的参考。

此外，我把发表在"版画"第二期上的一篇"论套色木刻的特点与色彩"的文章也作为"附录"摆在这本小册子中了。其中所谈问题是根据1956年在北京举行的"第二届全国版画展览会"的作品而写的，因为和实际联系较紧，可能对初学套色木刻的同志有些帮助。

由于我的这本小册子有以上所谈的特色和内容，因而它摆在谈木刻问题的同类出版物中可能还有它的存在价值。但这决不意味着它比别的同类书籍高明，其缺点是很多的，愿我的同行和读者多加批评。

作者 1956 年 12 月于北京

一、木刻的基本常识

　　同志，你想学习木刻吗？很好，在我看来，业余美术工作者搞木刻是很合适的，这倒并不因为我是木刻家，所以就劝你学木刻，而是因为木刻的画面一般不太大，以单色木刻来说，专门性的技术也比较容易掌握。此外，用的工具也不算复杂，花钱也较少，它不象油画学起来那么困难、费钱，需要更多的条件。所以你选择木刻作为你的研究对象，我是非常拥护的，我相信你一定能够得到很好的成绩。

　　但请你忍耐点，在没有谈到怎么制作木刻画之前，我必须先向你谈谈关于木刻的一般常识，因为一个人从事一种事业就应该对它有所了解，不能糊里糊涂的学。比方你找爱人吧，也不能不了解她的爸爸是谁，她有几个姊妹，她的性格如何……从事木刻，也应该像找爱人一样对它进行一些了解，只有了解了它，你才能更爱它，更便于学习它。

1.什么是木刻画？

究竟什么是木刻画呢？让我从造型艺术和你谈起吧。所谓造型艺术，也就是指的美术，它的家族是很多的，首先分绘画、雕塑、图案、建筑四大门类。在绘画里以工具和性质的不同又分国画、油画、水彩画、年画、连环画、招贴画、漫画、版画……在版画里又分腐蚀版画、铜版画、石版画、胶版画、木刻画等，（这是中国的习惯分法，外国有所不同，他们把凡是小幅的绘画都算做版画了，所以版画里可以包括水彩画、漫画、插图、招贴画。）我们的所谓"版画"基本上是指的创作版画，即由艺术家亲手刻制，能够拓印出很多原作的，都叫"版画"。木刻画是"版画"里的一种，它的定名，是由工具的特点而来的，因为它是用刀在木板上刻出来而后又印下来的，所以叫木刻画。造型艺术里的很多家族虽然各有不同，但也有共同点，就是它们都是通过可视的形象，来表达艺术家的思想感情的。在我们的国家里，它们都是通过自己的特点为人民服务的，大多是以社会主义的精神从思想上教育人民群众的，其中也有的主要是以它们所表现的美的自然事物来丰富人的精神生活，怡悦人们的心神的。木刻画除了和它的大家族所共有的任务外，它是便于挂在小些的屋里欣赏，起装饰家室的作用，也便于做书籍的插图的。但更大的好处是便于原作的流传，开起木刻的展览会来可以用原作在全国数十个地方同时举行。这，除了版画，其它画种是无法做到的。因为它们的原作只能有一件。

2. 木刻的历史

世界上最初的木刻图画究竟产生在什么国家，什么时候,到后来又有了些什么样的发展呢?世界上最初的木刻产生在我们中国,据现有历史材料证明,早在公元第七世纪的隋朝就已经有了,从唐到明,也曾经有过很体面的历史。但现在流行的木刻画,已经不同了,它的区别就在于中国最初的木刻是分工进行的,画家画好了稿子交给刻画工人,刻画工人把图画在木版上刻出来,又交给印刷工人,最后才印出来。这种木刻是以逼肖原画、大量复制为目的,因此我们把这种木刻画叫做"复制木刻"(见附图1),以区别于现在的所谓"创作木刻"。中国最初的复制木刻,是一种用单色水印的单线木刻画,是作为印刷术来进行的,多半用作书籍的插图。到了明代就有了新的发展,天启七年胡曰从编印的《十竹斋笺谱》,就创造了精巧的水彩套色法。现在北京荣宝斋继承了这一传统,又有了新的创造。

中国发明的复制木刻,约在十四世纪初流传到欧洲,这样欧洲人也就学会了制作复制木刻画。到了十六世纪的时候，德国的大画家丢勒创造了带明暗的复制木刻(见附图2),后又由十八世纪的英国版画家毕维克创造了"创作木刻"(见附图3)。从此欧洲的画家要制作木刻画就不再把画稿交给刻画工人,而由自己画、自己刻、自己印了,这种创作木刻有很大的好处，由于是画家一手进行的，所以当刻的时候还可以发挥创造性，可以不机械的根据自己的原稿，象用笔似的用刀表现事物的形象。当他印的时候，哪里需要轻，哪里需要重，也可以根据他自己的要求，随意处理。丢勒的木刻，是以用阳线来表现物体的明暗和形体为特色的，而毕维克却是以阳线和阴线合制的木刻画出名。这以后，单色木刻上的巧妙的黑白对比就更被重视起来，一直发展为现代世界木刻画的极其丰富多样的风格和形式。

3. 木刻的种类

当我谈木刻的历史时，已顺便向你介绍了什么是"复制木刻"，什么是"创作木刻"。现在我要告诉你，除此之外，木刻因为工具的不同，还可分为"木面木刻"（见附图4）与"木口木刻"（见附图5）。因为色彩的不同还可分为"单色木刻"与"套色木刻"。"木面木刻"是刻在木头的纵断面的（如我们的桌面，箱板，壁板……就都是木头的纵断面）。我们中国古代的"复制木刻"都是"木面木刻"，现在流行的"创作木刻"也大多是"木面木刻"。那么什么是"木口木刻"呢？木口木刻是刻在木头的横断面的，如我们用的木头图章就是在横断面上刻的。这种刻法，中国的木刻家采用的不多，而苏联的木刻家却多半都采用它。木口木刻不仅在用木上和木面木刻有区别，而且使用的刻刀也和木面木刻的不同。木口木刻的特点是容易刻最工细的东西，因为版面上没有木纹，所以从哪个方向刻也顺利,不会有刻断线条的危险。所以苏联的木刻家曾用这种工具刻邮票。可是正因为可以刻工细的东西,所以刻起来还得用特制的扩大镜。这种木刻的工具目前在咱们中国还不易置备,而且初学的人用它也不适宜。我觉得你还是先学木面木刻吧,它的工具既省钱也容易置办。那么什么是"单色木刻"和"套色木刻"呢?不论复制木刻、创作木刻,不论木口木刻、木面木刻,凡是用一块版印出来的木刻画,都是单色木刻画,而用数块版套印出来的彩色木刻画就叫套色木刻画。中国初期的创作木刻基本上都是单色木刻,目前的创作木刻,就有很多是套色木刻。你一定是愿意一开头就学套色木刻的,不过我觉得用不着这么急,还是一步一步的来学会了单色木刻再学套色木刻容易取得成绩,而一上来就学套色木刻是不容易搞好的。

4.中国的新兴木刻

中国虽然是木刻的发源地,可是目前流行的木刻却与古代的木刻不同,它是受了外国创作木刻的影响后产生的,所以我们把它叫做"新兴木刻"。

中国的新兴木刻,是应中国革命的要求,经伟大文学家鲁迅的提倡和培养,由中国革命美术青年的艰苦奋斗,在广大人民群众的竭力支持之下成长壮大起来的。因此它从一开始就以战斗的姿态出现在中国当时的画坛,并受尽了国民党反动政府的压迫和迫害。算起来,从它的诞生到现在已整整有二十六年的历史了。这二十六年来,中国的新兴木刻运动在中国共产党的领导之下,产生了很多优秀的木刻家和木刻创作,取得了较大的成就,对中国人民的革命事业有一定的贡献。因此现在的青年来学木刻,就已经有了很多好的传统和经验可以接受,这些传统和经验能使你们减少学习中的困难,在较短的时期中取得较大的成绩。

中国的新兴木刻,一向和人民的生活斗争密切结合的作风和它的战斗性,是最可贵的传统之一。你作为一个业余的木刻工作者,也应该准备继承这种传统。

此外,中国古代的复制木刻和中国的民族绘画,在表现方法上和形式上也有其可贵的传统,在这些方面也应设法接受。

二、学习木刻的准备工作

1. 生活和思想的准备

  任何艺术都是人民的生活和人民的生活环境的反映,所以专业的画家们要进行创作,就要了解人民的生活。他们应到工农兵生活中去寻找艺术创作的题材和主题(题材就是图画所描绘的事物。如农民学文化,工人劳动,士兵打仗……这都可以是创作的题材。主题是通过这些题材表现出来的思想。如描绘美国兵在朝鲜打仗,可以表现他们厌战的思想,描绘中国人民志愿军在朝鲜打仗,应该表现出他们的爱国主义和国际主义的思想……),因为工农兵的生活是和人类社会的向前发展直接关联的,所以画家们要首先画他们的生活。至于你和其他业余的美术工作者,情形就不同了,你们本身大都是工农兵,因此你们刻木刻,就用不到再到别的地方去体验生活了。你们本身生活中可刻的题材太多了,现在的问题是你如何在生活中选择题材。每个人一天中的生活是多方面的,但却并不是每件事都可刻成木刻画。只有其中有意义的,而且是你感兴趣的才可以入画,没有意义的和你不感兴趣的就不能入画。因为有意义的事物,如果你不感兴趣,勉强画了也一定画不好。那么,什么是有意义的,什么是没有意义的事物呢?你能不能辨别这些,就要看你有没有马克思列宁主义理论知识,有没有起码的政治思想水平,有没有对生活的批判能力。

因此你不应该把木刻看成是一种纯粹的技术工作,首先应该把它看成是一种思想工作,所以斯大林说:"作家是人类灵魂的工程师"。我们的艺术总是力求通过生动的形象教导人们热爱祖国、热爱劳动、热爱人民、热爱我们的社会主义建设、热爱我们的生活的。在实际生活中思想不好、品质恶劣的人,就不可能在生活中看到有意义的事物。所以从事艺术工作的人,就必须有好的思想和好的品质,否则他是做不好这个思想工作的。鲁迅先生曾说:"美术家固然须有精熟的技工,但尤须有进步的思想和高尚的人格。他的制作表面上是一张画或一个雕像,其实是他的思想与人格的表现。令我们看了,不但欢喜赏玩,尤能发生感动,造成精神上的影响。"因此,思想品质的煅炼和提高是十分重要的。作为一个祖国的公民,作为一个业余的美术工作者,都需要有好的思想和高尚的品质。愿你能重视政治学习,不断提高思想水平。

2. 绘画基础和绘画常识的准备

你以为不要学习绘画就可以学习木刻吗？这是不对的。前面已经说过木刻是绘画部门里的一种，它虽然有自己的特点，但基本上还是绘画。因此学习木刻的人，不能把木刻孤立起来看，他固然应该看到木刻的特点，但也应该看到木刻和一般绘画的共同点。

学习木刻的人，必须首先学习绘画。学习绘画的基本方法可以同时采用中国绘画惯用的默写法和西洋绘画惯用的写生法。什么叫默写法呢？就是并非对着实物一笔一划的画，而是看过之后回到家里再画。比如你今天在路上看到一棵树长得很美，看到一个人的样子很好看，回到家里后就根据印象画出来，这就叫默写。这种方法可以训练你对事物形象的观察和记忆。写生是面对着实物画，这是西洋学画的基本办法。这两种方法都有好处，你可以结合起来进行。如果你在都市，有人指导，又有画室，到那里学一下画石膏像也好。如果你在农村，无人指导，又无画室，那你就买个本本买支软些的铅笔，买块橡皮，把自己的家当做画室，把你家里的家具作为初步练习的对象，然后再把农村的劳动工具以及猪、牛、人作为你画画的对象吧。只要你有空就努力的画，并能研究别人怎样画，进步就会更快些。比方说，"连环画报"上的画，就可作为你的研究和学习的对象。为了进一步了解别人怎样画，你认为好的作品，认真的临一下也是有好处的。当然，把别人的画临下来当作自己的创作，是应当反对的，因为这是一种盗窃行为。可是作为一种学习的手段去临别人的画是完全必要的。尤其是住在农村没人指导的地方，从临摹来学画并结合上默写和写生的办法，是会得到好的效果的。

有的画家对初学画的人说："学素描吧，素描是一切绘画的基础，等学好素描了再创作。"这样的说法我是不赞成的。因为学问是无止境的，请问，何时才算把素描学好了呢？在我看来，我们固然应该重视素描（包括速写），把素描当作绘画的基础，可是并不因此就不可以一面学习素描，一面学习创作，把两者有机的联系起来。根据我们的经验，两者是应该联系起来的，而且必须联系起来。因为学习素描的目的是为了创作，如果两者脱了节，就是一种错误的学习方法，结果就学不好绘画，当然也学不好木刻。尤其对于你们业余的美术工作者，如果把学习素描和创作脱了节，即会搞成为素描而素描，也会使你们在学习中感到索然寡味，把学画的热情冷落下去。所以在我看来，你一面学素描，一面也就可以起稿创作，把你创作的稿子刻成木刻画。

你要进行木刻创作，当然必须研究别人的绘画创作和木刻创作。但对于一般的绘画常识也不能不过问，因为木刻创作上的道理和一般绘画创作上的道理是共同的。比方绘画中的"透视学"常识，"解剖学"常识，"构图学"常识，你都应该知道，这对于你学木刻都是必备的知识。例如"连环画报"1955年曾连载过"绘画入门"，你就应该把它多看几遍。其次"连环画报"的"群众创作"栏的编者按语你也一定要看。甚至

1956年在"连环画报"上发表过的"漫画常识"也应该看。虽然漫画和木刻有很大的不同，但看了也于你学木刻有好处。总的说来，你虽然决定集中力量学木刻，但不等于说就可以不去过问其他姊妹艺术的情形。近的如绘画、图案、雕塑，远的如文学、电影、戏剧、音乐都应该常常看看听听，这对于你开阔艺术知识、理会艺术各部门之间的共同性、提高艺术修养和木刻创作的水平都有好处。

3.木刻工具的准备

木刻的工具比较简单，你首先应该购买木刻刀、胶皮滚子和木刻版。这些东西北京王府井大街九十二号"美术用品供应社"都出售，（外埠购买也代寄，只是要请寄来邮费。）他们的木刻刀每把售价三角六分，初学的人可以买大形的与小形的三角刀各一把，大形的与小形的圆口刀各一把，此外再买大平刀一把，斜刀一把，共六把就足够用了（见插图一）。如果你经济困难，买小形三角刀一把，大形圆口刀一把，斜刀一把也可以刻了。胶皮滚子是印木刻用的，美术用品供应社的售价是每个二元五角，刻单色木刻的人有一个滚子就够了（见插图二）。如果你经济困难，借用机关学校的油印机滚子也可以（用时先用煤油洗干净）。或者用一小块绸子包些棉花，再用线扎起来，做成墨托托（见插图三）来代替滚子也可以。这最省钱，可是用这种工具印一幅木刻较慢。关于木刻版，美术用品供应社的很讲究，但较贵，像"连环画报"大的，每块要三元六角钱。为了省钱你可到木铺或刻字铺去购买梨木、杜木、白果木（即公孙树木）、朴木、桂木等来做木刻版。初学的人用"连环画报"大的木板就可以了。但请注意，一定要干木头、并要刨得平，这样才好刻,也不会裂缝。其次还得准备宣纸（买不到宣纸，普通白报纸也可以）、石印油墨（买不起整筒的，到城里石印局里求他们分给你一些也可以）、砂纸（磨木板用）、玻璃板（滚油墨用、有"连环画报"大小即可。如搞不到玻璃板，光木板也可以）、复写纸（把画稿誊在木板上的时候用）、毛笔、墨。这些工具准备好，就可进行刻了。

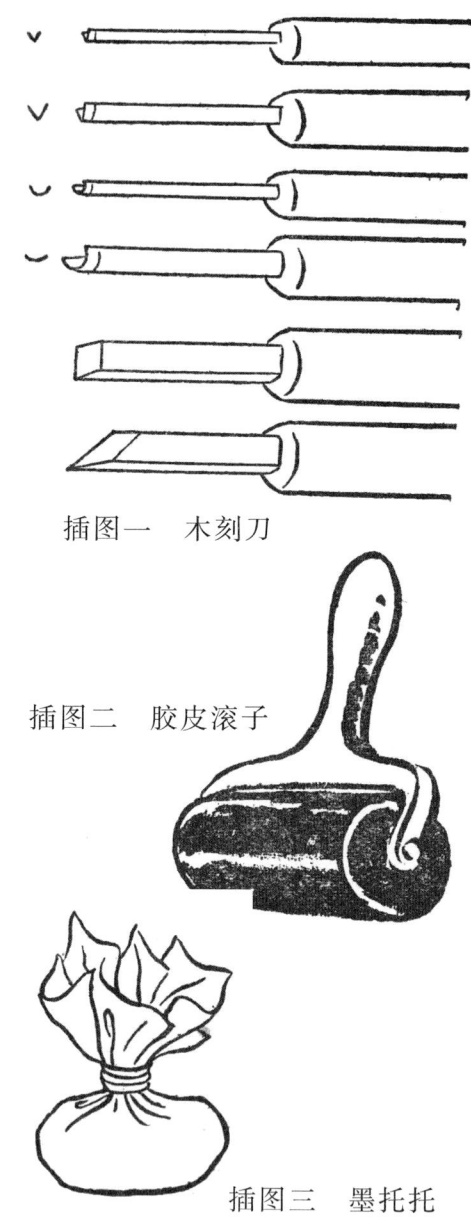

插图一　木刻刀

插图二　胶皮滚子

插图三　墨托托

三、单色木刻的制作法

1.对单色木刻的正确看法

近来,有些初学木刻的人,总以为套色木刻比单色木刻好,所以他们有点瞧不起单色木刻,因而一开手就想搞套色木刻,这显然是一种不正确的看法。在我看来,绘画的高低并不是由有没有色彩来决定的,而是由有没有高度的思想性和艺术性来决定的。也就是说要看作品所表现的形象是否能真实地表达事物的精神和本质,是否有高度的概括力和美感,从而打动读者的心,使他百看不厌,对他有所感染。

一幅好的套色木刻固然可以和一幅好的单色木刻同样受到观众的欢迎,但一幅坏的套色木刻却决不会同一幅好的单色木刻同样受到观众的喜爱,而只能遭到冷遇。套色木刻有套色木刻的味道,单色木刻有单色木刻的味道,就画种本身来说是不应有高低之分的。而且从事木刻创作的人,也只有把单色木刻搞好了,才能把套色木刻刻好,两者是有密切关系的。这种密切的关系,正象国画中的水墨画和彩墨画的关系一样。所以我劝你还是安心的先学单色木刻画。你应该能够欣赏单色木刻的美,懂得单色木刻在整个绘画艺术中的特殊性。这样才有利于你对它发生更大的兴趣,有利于你更好地掌握这门艺术的技巧。

2.怎样起稿

　　木刻的起稿和一般绘画的起稿基本上是一样的。例如如何从生活中取得素材,如何经过构思的过程,如何构图,如何通过具体的形象表现主题思想……所有这些都没有什么太特殊的地方。但也有不同之处,这就是当你在起稿时就应该考虑到刻成一幅成品时的木刻效果。正象油画家起稿时要想到将来画成油画时的效果一样。如果你没有预先想到刻成之后的面貌,这就是盲目的,就没有把握把一幅木刻刻好。例如,假若你的木刻是很讲究黑白调子的,那么当你在起稿时就应仔细考虑到哪里刻成白色,哪里刻成黑色,哪里刻成灰色……这就是说应该在自己的心里有一幅黑白画的初稿。又例如当你起稿时是不是要预先考虑到用什么刀法来表现呢?我想是要考虑到的。比方说,有的木刻的刀法很工细,有的木刻的刀法很粗壮,有的人喜欢多用三角刀,有的人喜欢多用小圆口刀……你究竟采取哪一种?这些在起稿时无疑是都应该考虑到的,这是一般刻木刻的人在起稿时都必须有的,而这也正是不同于其它绘画作品起稿的地方。

木刻家们起稿时虽有许多基本上相同的东西，但又由于各人的习惯和教养的不同而有相异之处。例如有的人用砂纸把木刻板磨光后喜欢直接把稿子起在木刻板上，有的人喜欢把稿子先起在纸上，而后才誊在木板上（誊时可用一般的蓝色复写纸，也可用把铅笔涂满纸上作复写用的自造复写纸，前一种有油性，不如后一种好用）。有的在木板上只用铅笔画好后就开始用刀刻，有的在铅笔稿子的基础上又用钢笔蘸上黑墨画过，就大致根据钢笔的笔法刻。有的用毛笔描过，就根据毛笔画的黑白和毛笔的笔法刻。因此有的木刻稿像一幅钢笔画，有的像一幅毛笔画，有的像一幅铅笔画。可是也有一些人的木刻稿就已经完全画成一幅木刻画了，这就是说他把每一细节的刀法都画定了（画得不对了，就用白粉修改）。刻时就完全根据画稿下刀，不必一面刻一面还在研究刀法。

我说了这么多的方法，你一定要问，究竟哪一种方法好呢？我想，都各有好处，如果你愿意，不妨每种都试试看。但一定要我作比较，我觉得初学的人最好还是采用最后一种方法，即先画在纸上，再复写在木板上，然后再把每一细节的刀法也画出。这样做的好处是比较有把握，不易刻坏。但缺点是不容易产生有"一气呵成"之感的、刀法十分流利豪放的作品，而适宜于刻工细的装饰性的木刻画。

但不论是先画在纸上然后再誊在木板上，还是直接就画在木板上，都应考虑到将来刻成印出后，恰恰是现在画稿的反面。这就是说画稿上画的人是用右手写字，刻成印出来以后，那个人就变成左手写字了。因此为了要使刻成后的人是右手写字，你的木板画稿上的人就必须画成用左手写字，所以把稿子在木板上画定后，一定要把它对着镜子照一照。因为镜子里的画的人物方向就是将来刻成印出后的画里的人物方向。这样做有助于检查左手拿笔，或是把赶车的人画在车的右边等等不合理现象。还可以帮助你改正其它缺点。

如果你的稿子已画在木刻板上，并已经经过了检查，觉得可以下刀刻了，那么最后再在板面上涂上一层较淡的蓝墨水或较淡的红墨水，等墨水干后你再刻。这样每刻一刀就容易看出所刻的痕迹来，因而刻过的地方和没有刻过的地方就一目了然。

本书附图六和七是墨西哥木刻家阿利别尔托·别利特兰的同名作品"墨苏友好"。这一构图以两种不同的板画形式制作出来，对我们的研究工作很有好处。前一幅是石版画，后一幅是木刻画，它们有助于我们了解画家以同一题材同一构图，在运用不同工具和不同形式来表现时的不同技法。我们正可把前者作为后者的原稿来看待。它可以告诉你把一幅类似铅笔画的画稿如何刻成一幅木刻画。你可以从这里研究如何起稿，如何使用木刻刀，以及用什么刀法表现各种不同的物质等问题。

3.怎样刻制

在没有动手刻制之前,让我先谈谈刀子的使用法。在第二讲里曾向你介绍了三角刀,这把刀子在现代的创作木刻画里是一把很重要的刀子,画里的阴线和阳线一般的都是用这把刀子来刻的。大三角刀和小三角刀的功能基本上一样,只是大的刻出的阴线粗些,所以比较宜于刻大幅的木刻,小的刻出的阴线细些,所以比较宜于刻小幅的木刻。有的木刻家刻一幅木刻主要是用的三角刀,这是由作者的爱好来决定的。此外我还向你介绍过圆口刀,大形的圆口刀主要是铲出大面积的空白底子时用的(也有人用它刻阴点阴线),小形圆口刀既可以铲出小面积的空白底子,也可以刻阴点、阴线和阳线。但也有全部用小圆口刀刻制的,也有用三角刀和小圆口刀共同刻制的。例如古元早期的木刻画(见附图4)就有很多是用小三角刀和小圆口刀配合刻成的。最近我们在印度木刻家的作品里也看到他们结合使用三角刀和小圆口刀的好例子。如契塔普洛拉德刻的"印度民间舞蹈"(见附图8),就主要是用小圆口刀刻制的,但其中也巧妙地运用着小三角刀,如女人衣裙上的阴线就是。最后我再谈谈斜刀和平刀。斜刀的用途最宜于刻阳线,中国过去的"复制木刻画"就主要是用斜刀刻制的,现代的创作木刻已把它作为辅助工具了,它经常是三角刀的助手。平刀的用途是既可以铲除版面的废物,又可以刻一种特殊的灰色刀法(浅浅削去木板的部分所印出的灰色，它不是阴线，而是一种阴面，有人把这种刻法叫做"晕刻"）。

现在我们来谈谈刻制的问题。首先你应该有这样的认识，刻木刻真有点像画中国画，一笔算一笔，刻坏了就不能修改，因此在动刀之前必须考虑妥当，然后就毫不犹豫地刻下去。

那么究竟先从哪里刻起呢？在我看来，还是先刻最主要的部分。因为最主要的部分经常是画家最有兴趣，最注意，思考最成熟的部分。如果把最主要的部分刻好了，兴趣就更高，这样就有利于把一幅木刻胜利完成。如果最主要的部分不幸刻坏了，就说明这幅木刻已基本失败，即用不到再刻下去，可以刨掉另刻。如果先刻次要部分就会发生这种情形：次要部分（如人物的背景之类）刻的好，可是最后到主要部分时刻坏了，结果一幅木刻就成为废品，岂不是浪费了很多精力。如果主要部分刻好了，次要部分刻得不好，固然影响了木刻的质量，但还不至于使它成为废品，用不到重新另刻。

此外在刻制时应注意宁可多留些东西，而不要刻得过火，等印出第一张后再慢慢修理。因为木板上留的东西多些，刻成后觉得不需要还可以再去掉它。如果刻的过火了，想重新补上就不易办到（我们有时用手电筒电池上的火漆来修补，但总不如原来就不把它刻掉的好）。

4.怎样拓印

拓印是创作木刻的最后阶段,这一工作不能委托别人,而必须刻木刻的人自己来做。因为印的好坏会影响作品的质量。印时先用刀子把油墨涂在玻璃板上(或木版上)薄薄涂开,然后用墨滚子(或用墨托托)把油墨滚在木刻版上(注意:油墨千万不要调煤油。而且在滚子上或墨托托上也不要弄得油墨过多)。等到版面上都有了均匀的油墨,然后就把宣纸(或白报纸)铺在上面,用木刻刀的木柄在纸上以适当的力量磨。等到普遍磨过之后,可以揭起纸的一角看看,如有印得不够好的地方还可放下来再印(千万不可移动了)。印木刻时刀柄磨的力量的轻重很有关系,例如某处阳线刻的太细,而需要粗些,或阴线刻得太宽而需要细些,印时多磨几次即可补救。所以印的技术也是很讲究的。等什么地方都印得很黑了就可揭起来。这样,一幅木刻就算最后完成了。注意:印过的木刻版要即时用煤油洗净,否则油墨干在版上就把板损坏了。

四、怎样制作套色木刻画

1. 对套色木刻应有的认识

目前，套色木刻画在我国很流行，我们已有了很多好的经验。这对于初学套色木刻的人有很大的帮助。

如果你已经刻过单色木刻画，而且对于单色木刻的制作方法已能自由运用，不感困难，那么你现在来学套色木刻就比较容易。

你学创作性的套色木刻画，首先应该了解它的特点。它比起单色木刻画来，虽然有了色彩，但不同于一般的彩色绘画，也不同于复制性的彩色木刻画。拿彩色绘画来说，比方油画和水彩画，它们在创作时是以充分发挥色彩的作用来绘制的，没有任何的限制。至于复制性的彩色木刻画，它是彩色绘画的翻版，以务求忠实于原画为原则。比如北京荣宝斋的木版水印画，为了求得原作的精神，有时要套四五十套版（日本的复制彩色木刻画要套一百多套版）。可是我们这里所谈的创作套色木刻画,却和以上的不同它是以最经济的色彩来表达事物的色彩特征,而又不失木刻的特色为能事的,所以套版愈少愈好。它不像油画和水彩画去竞争色彩使用上的复杂性（这是万万竞争不过的）,而注重色彩使用上的经济和巧妙,这样就显出了它的特色。在我看来我们的创作性的套色木刻画,最多不要超过五六版。如果能用两版或三版套出好看的画,那就再好不过了。

此外,从事套色木刻画的人,必须有起码的色彩学常识,他应该懂得什么是暖色（红、黄、橙是暖色）,什么是寒色（青、蓝是寒色）,怎样产生间色（红加青等于紫,紫色就是间色）,怎样产生复色（两种间色相加成复色）。更必须懂得由色彩的多样统一所形成的绘画上的所谓"调子"。这个"调子"在套色木刻上非常重要（简单的说来,一幅色彩画,如果以暖色为基本的色调,就形成暖色的"调子"）,没有"调子"的图画就和没有"调子"的音乐一样,都是不美的。关于这,我不在这里细讲了,请你买一些初浅的色彩学书籍来看看吧。

2.从事套色木刻应补充的工具

要刻套色木刻画,原有的单色木刻的工具是不够用的,还必须加以补充。因为我这里介绍的是使用油墨的套色法（另外还有水印的套色法）,所以介绍给你的工具也是有关油墨套色法的工具。

一、图案颜色。如果你经济富裕应买大红、洋红、玫瑰红、朱红、深蓝、柠檬黄、中黄、土黄、赭石、橄榄绿、孔雀蓝、茶褐、白粉、黑色。如果经济不富裕可买朱红、深蓝、白色、中黄、赭石五种。这些颜色北京王府井大街九十二号"美术用品供应社"都有,每瓶卖三角到六角不等。为了更省钱,用一般市场上卖的水彩画颜料也可以,但其中必须有白粉。这些颜料是作为套色木刻的起稿用的。

二、彩色油墨。如果你经济富裕应买:白色、中黄、深蓝、朱红、绿等。这些彩色油墨,各大都市的百货公司文具部都有。如不好买,可到石印工厂之类的地方去打听就可买到。不过这种油墨是较贵的,小筒一元多,大筒六七元(如要大批印刷就非买不可)。因此如印刷不多,为了省钱你最好拿些用过的雪花膏瓶,托熟人向石印局去分一些。再没有办法,就是用油画颜料来代替。这比较便宜,北京美术用品供应社每瓶卖二角到四角不等(注意:不要忘了买白色,而且应比其它颜色多买一瓶)。在买彩色油墨时,最好能在百货公司文具部买到干燥油(即二号油)。因为印起套色木刻来,油墨一两天都干不了,将影响第二版的套色,这样一幅套色木刻画的印刷过程就要拖长时间。可是加上少许干燥油后,第一天印下第二天就干了。这就能较快地进行拓印工作。

三、胶皮滚子、玻璃板、调色刀、木刻板、碟子、毛笔。胶皮滚子最好置五个,玻璃板也最好置五块,调色刀也得五把,至于木刻板,如果你是刻三色的,就要准备同样大小的三块(注意:版面一定要比画稿大,以备留下定"规矩"的位置)。如果买不起胶皮滚子和玻璃板,那么就多做一些墨托托,多备一些光木板来代替。至于调色的碟子和起稿用的毛笔也要多准备一些。

3.套色木刻的起稿

在我看来,从事套色木刻的人,当他取材时就应充分选择最适合于他发挥套色木刻效果的题材。也就是说要选择能用经济的色板表现出美的画面的题材。

套色木刻的起稿不同于单色木刻的地方,就是它必须用彩色来起稿。因此在选定题材后就要首先考虑这幅木刻画用几个色板,并表现出几种色彩;哪一板在先,哪一板在后。例如:有的木刻画用三个木刻板,只表现三种色彩,但有的木刻画可以用三个色板套出三个以上的色彩,这就是利用在套的过程中使色彩重叠来产生间色和复色而得的效果。

套色木刻在起稿时就必须很仔细的画成一幅十分近似未来成品的彩色木刻画稿。由于我用油墨套色,所以我经常是用图案颜色来起稿的,因为使用油墨的套色木刻的用色,十分类似图案上的用色,一种色彩画上去既不允许和他种色彩相混,也不允许有浓淡之分(但水印套色不同,它可以使一个色彩有浓淡之分)。在将来套时可能产生的间色或复色也必须在碟中把它调好画在稿上,不能象画水彩画似的,企图在稿上产生间色或复色。你应该记牢,套色木刻很像用少数的彩色线织花布,一根红线织到哪里也是红线,不可能有浓淡之分，但它和青线交织在一起就可产生紫的效果，和白线交织在一起就可以产生淡红色的效果。

套色木刻的黑色板，经常是整个画面的主板，同时也是各个色板的轮廓板，关于这也是要在起稿时加以肯定的。我自己时常是这样进行的：刻制时是先刻黑色主板；但在印时却是最后再印黑色主板（但日本的某些套色木刻却是先印黑色主板的）。

套色木刻起稿时虽应尽可能的忠实于事物本身固有的色彩，不应把雪搞成绿色，把乌鸦搞成红色，可是也并不是要像油画似的忠实于对象的颜色，它的伸缩性是较大的，因为套色木刻用色不多，当然不可能使画面的每种事物都忠实于它的本色。一般的说来，画中的主体是要求较接近本色的，其他可以不管。例如，通常天空是蓝色的，但因为具体的套色木刻只用了两板，因此把天空搞成绿色或红色以致黄色都是允许的。以我的套色木刻"百合花"为例（见附图9），共用了三个色板：白色，绿色，黑色（印在淡米色的纸上）。就白的花和绿的叶子来说，我的这幅画是十分忠实于对象的色彩特征的。但绿的背景和绿的花蕊和绿的花盆就并不忠实对象（真的百合花的花蕊是黄色），不然就要增加色彩，但这是不合乎套色木刻的对于色彩使用上的经济原则的。

如果你在纸上已把稿子画好了，那么就应照样的把它翻在木板上（注意：应翻成反面的），而且应该把木刻版上的稿子也画成色彩的，这样就不会刻错。从纸上的稿子翻到木刻版上时,是先用复写纸把画的轮廓翻在木刻版上,然后就把画稿面对镜子,根据镜内的画详细临在版上。最后再把木刻版的顶端正中画个十字,作为套板的"规矩",这样起稿的工作就算完毕了(十字与画边应有一指宽的距离,作为画的白边)。

4.套色木刻的刻法

你已经把画稿如实地描在木刻版上后,就可以开始刻了。刻的方法和刻单色木刻画没有多大区别。所不同的就是不管你作为最后的成品需要或不需要,都得把画内任何形象的轮廓刻出。因为这是套色木刻的主版(也就是母版)。此后所有的分版都是要以主版为根据的。有些轮廓线如果在成品上是不需要的,等把所有的分版都刻好后,可以再把它去掉。例如一幅风景套色木刻画,前景是树,树干和树枝都是用黑色线条来表现的,可是远山很淡,画稿上并没给远山的轮廓上画上黑线条,仅仅用一块淡的蓝色画出远山,像水彩画或我们中国山水画中最远的山似的,是一种"没骨"的画法。对于这样的画稿,在主版上(即第一版上)也必须先把远山的轮廓刻出,作为蓝版远山的位置。等把蓝版的远山刻好后,回头再把主版远山的轮廓线刻去。以此类推,你就可以了解套色木刻的所谓窍门,从此自己去研究创造。

当你把图画刻好后,必须把版的顶端的十字"规矩"用三角刀刻出(要刻阴线,不要刻阳线,请参看插图四——这是

插图四

《百合花》的主版)。

"规矩"也刻好了就用滚子把黑油墨滚在画面和"规矩"上,用较厚一些的道林纸把画和规矩一齐印出(要印得黑)。然后把这张印出的黑色木刻画用浆糊反贴在其他木刻版上,待浆糊干了之后再用木刻刀柄把画和规矩统统印在木板上。如果刻的是三色版,这样的工作要做两次(就是要使其他两块木刻板上都有了主版上的同样的画和同样的"规矩"),如果是刻的五色版,这样的工作就要做四次(就是要使其它四块木刻板上都有了主版上的同样的画和同样的"规矩")。

等你把所有的木刻版都印上了主版上的图画和"规矩"时,就把用浆糊贴上去的道林纸撕去,让上面的油墨干一干,大约隔一天之后,就可以进行分版工作。怎样分呢?仍以套色木刻"百合花"为例,前面已经介绍过它是三色版,主版是黑色,其次还有一个绿色版和白色版。那么"百合花"的主版上的图和"规矩"都翻在绿色版和白色版上之后,分版工作就是把原来的画稿对着镜子,把画稿上所有的绿色都画在木板上,刻时就仅留绿色和"规矩",把其它一切都刻去,就成为绿色版(见插图五)。再把原来的画稿对着镜子,把画面上所有的白色都画在木版上,刻时仅留下白色和"规矩",把其它一

插图五　　　　　　　插图六

切都刻去,就成为白色版(见插图六)。

此外,刻套色木刻还要注意以下一点:如果你用三个色版,想要产生四个色的效果,比方原有黄板、蓝板、黑板三种,表现的是夏季的风景,想在套制过程中产生一个绿色,那么你就需要在绿色的地方同时在黄版上和蓝版上刻出它的面积,将来印时两色相重叠即出现绿色。或用黄蓝两种网状的线或点像织布似的相交织也可以成绿色。

5.套色木刻的印法

套色木刻的印法,和单色木刻的印法基本上是相同的。所不同的是比单色木刻的拓印手续要多一些。

首先一个手续是配色，或者叫调色，如"百合花"中的绿色就是配出来的，因为完全用买来的绿色油墨不合原稿的要求，所以必须调配。一般的比较淡一些的色彩，差不多都要掺白油墨才能调出来。在调色中最讨厌的是变色问题，这个问题是由具体油墨的质量来决定的。根据我的经验，红油墨和别的颜色油墨相调，多半是要变色的，例如红色和黄色相调是杏黄色，可是印出来过上一月之后，其中的红色消失了，仅剩下黄色。这个问题的解决主要靠你印的次数多了，掌握了油墨的属性后，慢慢才能使油墨听话，比较容易支配。其次当你把油墨调好后，不要忘记加干燥油，否则由于第一版干不了，第二版就要等好几天才能接着印。

套色木刻拓印中的关键性问题是"规矩"问题。如果在各色板的拓印中，规矩套的不准，图画就要失败。所以必须重视"规矩"的准确。

我自己使用这个"规矩"的办法是这样的：当木版滚好油墨后，就往版上放纸，可是这个放纸法就不同于单色木刻拓印时的放纸法了，单色木刻因为没有规矩问题，所以把纸放在版上面就行了，套色木刻因为有规矩，所以放纸时就要特别小心。我的办法是：从准备好的纸上选择一个整齐的纸边，把相反的一端用牙齿咬着，然后用两手把整齐的纸边放在十字规矩的横线上，对得准准之后再慢慢把纸铺在版上。由于牙齿也顶替了一只手，一个人就可以进行放纸的工作，否则就得请别人来帮助。纸铺好后，再用一枝削尖的铅笔，沿着十字规矩的直线把纸边上画上一个小直线（请看插图七、八、九）。等到印第二版时，就可以把这一铅笔点对准第二版上的十字规矩的直线，这情形正和插图九完全一样。这一"铅笔点"对得准与不准，决定着套色的成败。这一"铅笔点"在印第一版时是千万不能忘记了画的，忘了就易成废品。印时为了怕纸移动，可在纸角上钉上图钉，这就保险了。

插图七

　　关于哪一版在先，哪一版在后，套印时也是不能随便的，因为如果要计划在套印中产生间色和复色，某版先印后印就会产生不同的效果，例如企图两版相重产生绿色，那么先印黄版

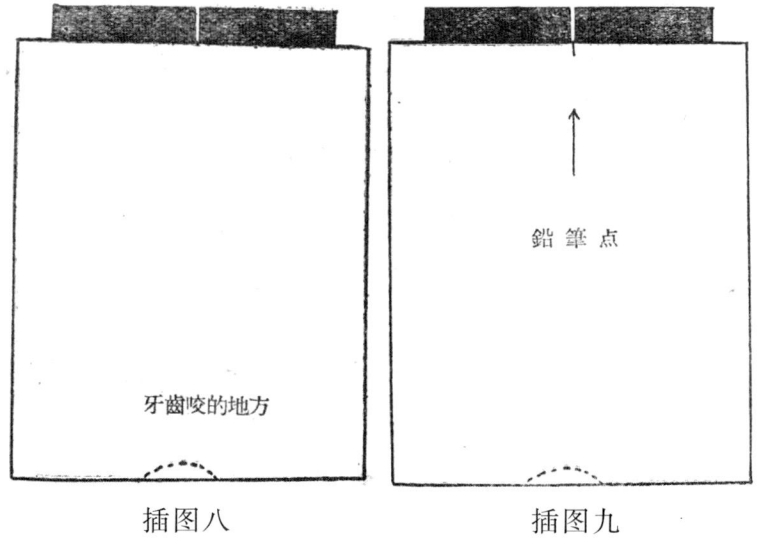

插图八　　　　　　　插图九

后印青版就产生青的成分较多的绿色,而先印青版后印黄版就产生黄的成分较多的绿色。此中奥妙是无穷的,你在创作实践中会深深体会到。

套色木刻在试印出第一张成品后,必然还要做不少修版工作,所以你千万不要在初印时印的份数太多,以免修版之后把它作废。必须待修版之后,自己觉得满意了,再有计划的多印一些。

要是调好的油墨剩下了该怎么办呢?最好用油纸包起来,以备下次印时再用,否则干掉之后就不能用了。你不要忘记掺了干燥油的油墨干起来是很快的,上午调好,下午就会干一层皮,它的性能和桐油非常相像。

此外,用过的色板、滚子、玻璃板都必须即时用煤油洗干净,以免把油墨干在上面,损坏了板和工具。

五、关于木刻的表现方法

艺术总是在发展变化的,因此它的表现方法也是在发展变化的。所以我现在来和你谈木刻的表现方法,并不是企图要用别人惯用的方法来限制你的别出心裁的创造,而只是想把我所了解的一些中外木刻家的表现方法介绍给你,希望更能帮助你在木刻的表现方法上发挥创造性。

艺术诚然是在发展变化的,但木刻总不能发展变化成油画,中国的艺术也不应该发展变化成外国的艺术。每种艺术和每一民族的艺术的发展道路都是不同的,它们各有各的特点,各有各的道路。因此每种艺术的表现方法虽然也在不断地发展变化,可是总是受着这一艺术的工具上的限制、民族传统的影响、以及时代的风尚和人民的爱好而有其一定的发展范围的,并不是可以凭了木刻家的主观愿望乱发展乱创造。这就是说木刻表现方法的发展变化,不能离开木刻本身的特点和人民的欣赏习惯。

了解了这些问题,对于一个初学木刻的人是很有好处的。它可以使你在从事木刻艺术时,不走弯路,正常发展;可以使你以中外古今的木刻作品作为借鉴,而又不为它所拘束。

1.创作木刻的特点

近代的创作木刻,不论单色的或是套色的,都有其共同的特点。这种特点主要是由它所使用的工具的性能和工具的局限性形成的。

首先,木刻是一种小型的艺术(所有的版画都是如此),墨西哥的木刻家虽然用它来创作招贴画,比起通常的木刻画来已经算够大的了,但它比起一般的壁画和油画来,还是小型的。因此木刻家就应该发挥这种小型艺术的长处,而不应使它与大型艺术混同。

其次,木刻画不论单色和套色,它比起油画和水彩画来在使用色彩上总是有限制的。所以为了木刻画面上的美观,并有助于表现人与人、物与物之间的关系,突出主题,近代的单色创作木刻一般的就特别讲究画面黑白的对比与变化。

至于套色木刻,因所用的色彩有限,因而一般的也就要求在有限的色彩上发挥色彩的特殊效能,并与单色木刻的黑白效果相结合。

由于木刻画有以上的因工具的性能和限制所形成的特点,就势必或多或少地要影响到作品的取材,以及它的表现方法。所以根据一般的经验,用木刻画来表现人数众多的壁画式的群像场面或过于复杂的事物,往往就不如刻人数较少的以及较简单的事物的小品式的作品更易产生好的效果。尤其是初学木刻的人,用单色木刻来表现人数众多的群像场面更难搞好。所以有些国家的木刻画多半是风景和静物,有些国家的木刻画多半是书籍插图,这和以上所谈的木刻的那些特点是有密切关系的。由于这种特点,所以世界上各个国家的木刻画,在整个艺术领域里都基本上是一种小品(所谓小品不仅是指画型小,而同时也是指取材的不太繁杂,表现方法上的简练完整而说的)。当然这并不是说木刻画就绝对不能表现人数众多的群像场面和非常复杂的事物,有本领的木刻家把他们表现好也完全是有可能的。而只是说在一般的情况下比较不易表现好,它不像人数较少的、事物较简单的小品式的画面更易发挥木刻作品的长处,更能给人以美的感受,更能给人以深刻印象。我们拿苏联木刻家苏复洛甫给《内战史》作的插图(见附图10),和毕斯卡莱夫给《安娜,卡列尼娜》作的插图(见附图5)来做个比较吧。当然这两幅木刻都是优秀的作品,但作为单色木刻画的特殊效果来说,前者就不如后者,后者由于人物少,所以它的黑白色彩的巧妙的运用就能使主体人物更突出、更鲜明,使情节更醒目,使画面更具有动人的魅力。这种人少容易使画面醒目、人多不容易使画面醒目的情况,本来在一般的绘画上也是普遍存在的,但它表现在木刻上就更鲜显明,而要克服它也较困难。

其次,由于近代创作木刻画的人和刻的人统一起来,加之工具的比较多样,以及画面的讲究黑白、明暗,这就使木刻刀法的多样变化具备了条件,并促进了它的发展。因此木刻的讲究黑白和刀法也就形成了近代创作木刻的特殊风貌,成为了它在表现方法上与别的绘画作品不同的特点。这一特点掌握得好,就可以使木刻画产生较高的艺术性。这,毕斯卡莱夫给《安娜·卡列尼娜》所作的插图也同样是一个很好的说明。

在我看来,造型艺术中的版画,好比文学中的抒情诗和小品文,它比起大幅的壁画和油画来,正象后者比起长的叙事诗和长篇小说来一样,在反映社会生活和各种事物时都各有它们自己的长处和短处。它们应该避其所短,发挥其所长,通过自己的特点为人民服务,正象花园中的各种不同的花都各以自己所特有的形象的美和色彩的美满足人们精神生活的需要一样,是既不应彼此混同,也不能彼此代替的。

中国新兴木刻的发展道路是曲折的,曾经历过各种复杂的过程。尤其在革命的艰苦年代里,由于当时各种造型艺术还不能彼此密切的配合,因而也就无法根据每种画种的特点,有合理的分工。所以当时就很难根据木刻本身的局限性和特点提出问题。可是近些年来,在党的"百花齐放"的文艺方针下,我们就愈来愈感到有明确木刻艺术的特点的必要,否则就要影响它的发展与提高。以上所谈,也许还有很多缺点,但我不妨先把我的看法向你谈出,作为你学习木刻时的参考。

2.创作木刻的"黑白"

虽然近代的单色创作木刻也有纯以单线来表现事物的作品,但并不因此减轻"黑白"在近代创作木刻中的重要性。因为一般的说来,近代各国的创作木刻大都是十分重视木刻作品上的黑白色的对比、变化和黑白色在画面上所构成的美的旋律的。所以有人也把近代创作木刻叫作"黑白画"。

"黑白"色在创作木刻上的出现,当然并非木刻家的主观臆造,而是来源于客观事物的。物体由于有受光面和非受光面,就有了明暗之分,这表现在单色木刻上就成为"黑白"的客观根据。其次,又因物体本身具有各种色彩,如白马黑马,白鸡黑鸡,深红色的裙子和淡黄色的上衣,青色的旗袍和淡蓝色的外套……所有这些表现在单色木刻上也都是一种黑白关系,而这也就成为单色木刻上出现"黑白"的又一种客观根据。

黑白关系在客观事物中是存在的,可是表现在木刻上又有什么好处呢?这有很大的好处。第一,它可以通过艺术家的匠心使画面的人与人、物与物彼此都鲜明起来。因为木刻上的"黑白"关系是一种"相反相成"的关系。这种"黑白"色的运用,其实不仅木刻上重视,就是在一般的绘画上也是采用的。例如徐悲鸿和齐白石合作的一幅画上,徐悲鸿画的是两只前后相重的母鸡。他是怎样表现的呢?前面画的是白母鸡,后面画的是黑母鸡,因此后面的黑母鸡对前面的白母鸡就起了很好的衬托与对比的作用,结果就使两只母鸡都在画面上成为醒目的了。那么可不可以把白母鸡画在后面,黑母鸡画在前面呢?在徐悲鸿的具体作品上是不可以的,因为背景是白纸,如果这样做,白母鸡就不醒目了。但在毕斯卡莱夫给《安娜·卡列尼娜》作的那幅插图里,作者用黑色来表现前景人物,用白色来表现作为背景的沙发,为什么也起了很好的效果呢?这是因为在沙发的背景上还有灰色和黑色来衬托的缘故。所以在这幅画中就显得沙发特别白,因而人物也就特别鲜明。这种衬托不仅起了鲜明沙发和人物的作用,而且使画面也深厚而不单调了。另一方面这两幅作品也还有不同处,徐悲鸿的两只母鸡都是作为主要的东西在画面上出现的。而安娜·卡列尼娜和沙发,却一个是主要的,一个是次要的,所以即使沙发不突出也是正确的。而这里的沙发特别白,作者倒并非要突出沙发,而是为了更突出安娜·卡列尼娜。所以这种处理是十分巧妙的。

木刻上运用黑白的第二个好处是:它可以使画面不单调平板,使画面有颜色的层次与变化,富于自然界本身的色彩的多样性,从而造成画面的黑白旋律效果,使画面增加美感。这里我们可拿明版水浒传中的插图(见附图一)和古元的《离婚诉》(见附图11)作一比较。当然两者都各有各的艺术性和它们的独特风格,但单就画面主体人物的醒目和作品色层的多样变化来说,前者总是不如后者的。当然作品的风格和对"黑白"的处理,每个木刻家都有他个人的喜好,是不应强求一致的,而且在特定的题材条件下,水浒传插图式的刻法,在有本领的木刻家的手里，也并不是就不能使画面人物醒目。所以我这里谈"黑白"也不等于说每个木刻家的画面都必须有黑白，像水浒插图式的木刻就是坏作品，而只是想把我个人对这些问题的看法写出，供你参考、选择。

现代创作木刻运用"黑白"，基本上可分为三类方法。一类是根据物体因受光产生的明暗而处理黑白的。这类的作品正像重视明暗的油画一样，从作品上可以看出鲜明的光的来源，可以看出画面因统一的光而形成的调子。这类的作品如已故的德国著名女版画家珂勒惠支的"睡觉"（见附图12）、古元的"风波"插图（见附图13）以及英国依恩·马克纳布的风景《圣·保尔》（见附图14）都是。《睡觉》这幅画的黑白可能是根据从窗户上来的光而创造的，《风波》插图则显然是根据的灯光，而马克纳布的风景则根据的是强烈的阳光。我们从这三幅画中可以看出，虽然它们都是根据物体受光的明暗而处理黑白的，但并没有因此使三幅画成为一种风格，它们在运用黑白时，都各有各的作用和效果，而并不是自然主义的为明暗而明暗，为黑白而黑白。珂勒惠支的"睡觉"通过明的部分（白）表现了画面最主要的东西，而把她认为不需要强调的次要东西，都掩没在暗的部分（黑）中，这种整个画面以黑为基调的作风，与她所表现的德国工人的黑暗生活主题有关。"睡觉"的主题是母爱，但它不是表现处在幸福、恬静生活之中的母爱，而是表现德国被剥削者处于"饥寒交迫"下的母爱。因此，在这幅具体木刻上，黑白的运用就不但使她所要强调的东西突出，而且使画面产生了一种阴暗的气氛。至于古元所作的《风波》插图，则是描写的陕甘宁边区时代的人民生活，画面是明朗的。他除了想通过明暗使看画的人感到画中人物处于灯下外，还想使两个人物在黑白的对比之下更鲜明，并使画面有色的变化的美感，从而给人以较深的印象。至于马克纳布的图画，则通过物体的明暗表现了楼房、树木、花草在夏日阳光下所形成的画面上美的黑白旋律和使人心神愉悦的夏日树林浓郁的美景。所有这些都给人以木刻画特有的美感。

现代创作木刻运用"黑白"的第二类方法是基本上根据物体本身的色彩而处理的。这一方法本来在我国明代的复制木刻中就已出现（见附图15），而在现代创作木刻中就更加成为普遍的了。这一方法与前一种恰恰相反，是以不重视事物受光所形成的明暗为其特点的。但这一方法，又可分为三种，一种是以白来表现主体，以黑作背景，这属于阴刻法的；一种是以黑来表现主体，以白作背景，这是属于阳刻法的。法国木刻家 E·C·凯亥勒为《泰伊丝》作的插图（见附图16）就属于前者，这幅木刻最初发表在朝花社选印的《近代木刻选集》上，我一向对它非常喜爱。我国木刻家黄永玉作的《采茶》（见附图17）可属于后者。这两种刻法都能使主体在画面上更加突出，而后一种是更接近中国绘画的传统表现方法的。第三种是以上两种表现方法的混合表现法，请看法国木刻家德朗的"无题"（见附图18），它是以上两种方法有机地结合在一起而运用黑白的一个典型例子。这幅木刻虽基本上属于形式主义的作品，但作为一幅装饰木刻来看还是有味道的，它对于我们可作运用黑白的表现方法上的参考。这种不表现明暗的阴刻和阳刻结合的表现方法,在现代创作木刻中运用得也很广。它的好处是便于表现较复杂的事物,而可使画面有丰富、深厚和醒目的效果。

　　现代创作木刻运用"黑白"的第三类方法是艺术家更大胆主观地自由运用黑白的方法。这一方法可以在画面上表现明暗而又不太忠实于统一的明暗,表现物体固有的色,而又增加些人工地创造的黑白,从而构成一幅黑白变化复杂的图画。如英国的装饰木刻赫 20),以及我们已经提过的苏联木刻家毕斯卡莱夫给《安哪·卡列尼娜》作的插图都是显明的例子。

　　所有这些运用"黑白"的表现方法,都可作你学习木刻的参考。它们不仅可使用在单色木刻上,而且应该使用在套色木刻上。

3.木刻的刀法

　　近代创作木刻因为使用多样的刻刀,要表现物体的体积、颜色、明暗,要画面具有色彩层次的变化,从而使作品有深厚丰富的美感,并使被表现的事物不仅在构图上有主次之分,而且在色彩上也有助于突出所要强调的东西,使不需要强调的减弱,所以非常重视刀法。同时,也因为近代创作木刻是画家自己掌握刻刀来表现事物的,因此刻刀在画家手里就像画笔在画家手里一样,他可以自由运用,不必机械的注意画稿的一笔一线，因而在刻制过程中，也像油画在创作过程中产生笔触似的，而产生了"刀触"。这种"刀触"有的人也叫它是"刀味"，从广义上说都可以算是创作木刻上的刀法。这种"刀触"经常有助于画面给人以自然生动之感。木刻艺术如何运用刀法，既有助于形成木刻家个人的风格，也有助于形成木刻艺术的民族特色。例如芬兰的木刻、苏联的木刻、墨西哥的木刻……从每个作家来说虽然他们所运用的刀法都是不同的，但仍然可以在同一国的木刻作品中找出刀法运用上的共性，所以我们既能感到这个木刻家的作风与那个木刻家的不同，也能感到这个国家的木刻与那个国家的不同。

刀法的运用，正像黑白的运用一样，是创作木刻表现方法上的重要问题，由于所用刻刀和刀法的不同，可以形成粗壮、豪放，纤细、简练、浑厚等作风。刀法的运用基本上决定于所要表现的物体的形式和性质，但同时也决定于刻者的爱好。我们既不能离开所要表现的物体对象空谈刀法，形成为刀法而玩弄刀法，也不能只注意表现物体对象而不讲究刀法。因为形式固然由内容而决定，但形式也有相对的独立性；形式的美始终是造型艺术必须追求的对象。我们现实主义者决不能因为反对形式主义，就否认了艺术形式美的重要性。因此在木刻的刀法问题上也必须研究它的作用和它的美。

刀法的运用，最重要的问题是不能违反艺术的多样统一的规律。初学木刻的人往往不是乱用刻刀形成画面刀法的不调和，就是只用一种刀法，缺乏变化而形成画面的单调。要做到刀法的多样统一，就要多研究木刻名家的作品，要注意在表现物体的质感和人物的运动的同时,使刀法在统一中求变化,在变化中求统一。过分统一失于单调,过分变化流于杂乱。

要求刀法的多样变化,并不是说要在一幅木刻上,同时使用各种木刻刀刻出各种刀法。根据我们的经验,一幅木刻通常用一两种刻刀即能发挥刀法多样的充分效果。要使刀法多样,必须根据不同物体研究不同刻法,既要照顾整个画面的黑白关系,又要注意整个画面刀法的彼此区别与照应。目前世界上虽然很多木刻家都惯用三角刀的刀法来进行制作,但也有纯用圆口刀、平刀(见附图 21,此人像即用平刀刻成,叫做"晕刻")、斜刀的刀法刻成的作品。初学木刻的人,我主张不妨就各种刀法作些尝试和研究。这样便于最后选择你所爱好的刀法,也便于你创造新的刀法。

4.木刻的风格与民族形式

木刻作品的好坏,基本决定于造型。而如何塑造形象,既是内容问题,同时也是风格和形式问题。每个木刻家的单色木刻的风格,与他的取材和作品的主题都有密切关系,同时也是通过构图、黑白、刀法等表现方法形成的。至于套色木刻的风格除了以上所指的以外,还需加上色彩、印法(是油墨印法还是水彩印法)等因素。

如果把中国的新兴木刻,从最初的作品到现在加以研究,就会发现它的发展过程是很复杂的。从内容上说,是取材的日趋广泛，形象的日益真实动人与思想内容的日益深刻。从形式上来说，则是表现技巧的日益熟练，风格的日趋多样与形式的日益民族化。

一个木刻家由于他的艺术教养的不同，艺术爱好的不同，生活环境的不同，以及欣赏他的作品的群众的不同，经常决定着他的作品风格的面貌。但重视生活实践，深入观察描绘对象，找取新的表现方法，并重视民族版画遗产，从中学习广大人民群众所喜爱的艺术形式和艺术作风，也能形成新的风格。此外，以外国作品作为借鉴，吸取其精华，加以溶化，也有利于我国版画创造新的风格。

在党的"百花齐放"的方针下，个人新风格的建立都应受到鼓励，但每种风格的产生都应有我国的民族色彩，即都应具有中国的作风和中国的气派，这也就是所谓的民族形式。民族形式的问题，应该被看作是艺术与广大人民群众之间密切联系的问题，同时也是对于国际艺术真正有所贡献的问题。

但对于初学木刻的人，过早的要求建立自己的风格也是不妥当的。因为作品的风格是在不断的创作过程中逐渐形成的，是艺术技巧成熟的表现，而且风格也是在经常发展变化的，但并不因此就可以不注意关于木刻风格的道理。因此我觉得我对你讲的以上一番话并不是多余的。

学习民族版画和民族绘画的遗产，建立新的富有中国气派的木刻的风格和形式，不是看了一两幅古代版画或古代绘画就可生效，而是需要经过广泛的浏览，长期的研究尝试之后才能有所收获的。中国古代的复制木刻曾有悠久的历史，从唐到明有过卓越的成就，这方面的遗产是非常丰富的，你有机会不妨留心看看。此外汉代的石刻，也对于创造木刻的新风格有参考价值，如《汉代绘画选集》（朝花美术出版社出版）其中山东嘉祥武氏祠画像石（见附图 22）以及河南南阳汉墓画像石（见附图 23）等，都很有看头，从这些里面可以吸取到很多有价值的东西。最近我比较细致地浏览了一下《民间蓝印花布图案》（林汉杰编，人民美术出版社出版），从中发现很多和木刻的表现方法相接近的地方。过去我总以为中国的绘画都是用阳形来表现的，从这些图案中我发现有大半是用阴形来表现的作品，而其中也有同一画面用阴阳形两种表现方法来制作的（见附图 24），此外也有纯用阳形来表现的。这些虽是图案，但其中的表现方法很可供木刻的参考，因为它正象单色木刻一样，基本上是用黑白两色来制作的，而且其中的阴形表现法正同木刻上的阴刻法相似，尤其是装饰风格的单色木刻，我想是很可以从中学习一些东西的。除此之外，中国民间的剪纸窗花以及国画中的山水、人物、花卉……从构图和表现方法上也都有参考价值。从以上举出的这些民族固有的版画和绘画中，就可以看出有很多不同的风格。而尽管风格有显著的不同，但却都是典型的民族形式。从这里我们就不难想到，目前木刻艺术的风格的多样，是完全可以与具备民族形式相统一起来的。

　　初学木刻的人，对目前中国木刻家的作品需要好好学习，而外国名家的作品也应当多看，这些都有助于你打开眼界,提高木刻的欣赏水平,都对于你创造具有中国气派的新风格的木刻作品有营养价值。

结束语

关于木刻的基本常识和怎样从事木刻创作诸问题都和你谈过了。当然，看了我的这些讲话，并不能保证你很快刻出好的木刻作品，也不能保证你成为一位木刻家。它只供你从事这一工作时的参考。你在木刻上是否能有成就，主要还靠你自己的努力、钻研。马克思曾说过这样一句话：在科学上面是没有平坦的大路可走，只有那在攀登上不怕吃苦的人，才能有希望攀登到光辉的顶点。这句话其实也适应于艺术创作。

我的这些讲话，对于开始从事木刻的人可能解决一些问题，但有些问题，还须待经过了一番实践之后才能理会，而且其中如有错误，也要在实践之中发现。

我的这些讲话，其中所谈的某些方法和看法，也只是根据我自己和别的同志的一些经验写出来的，希望作为你学习时的借鉴，而不要成为你木刻创作上的清规戒律。然而也希望你不要把木刻创作上的真正规律和清规戒律混为一谈。祝你在努力中获得预期的成就。

附录　论套色木刻的特点与色彩

近几年来我国的套色木刻有了蓬勃的发展，它鲜明地表现在第二届全国版画展览会上。根据我们的统计，套色木刻在这里占了统治的地位。这究竟是什么原因呢？无疑是由于人民的爱好和木刻工作者对它大感兴趣，以及祖国的和平环境和社会主义经济的日益繁荣为它的发展创造了有利条件的结果。我们相信套色木刻在今后定会有更加灿烂的前途。

套色木刻的繁荣，不仅使它有了可观的数量，而且也产生了很多优秀的作品。如古元的《甘蔗园》《绍兴风景》，吴凡的《布谷鸟叫了》，黄永玉的《阿诗玛》插图《吹口弦》，莫测的《拿鱼》……这些作品之所以优秀，不仅因为它们有比较美好的形象和由这些形象所体现的清新的思想感情，不仅因为它们有比较完整的画面、熟练的技巧和鲜明的个人风格，而且也因为这些作品具有套色木刻的特点和画面色彩的美感。

可是我们还有为数不少的套色木刻是不能称为优秀的

作品的。其所以不优秀,除了因为人物形象丑恶,主题不明确,画面不美而外,同时也因为作者对于套色木刻的特点既无应有的认识,对于套色木刻的技巧也不熟练。这在第二届全国版画展览会的落选的套色木刻作品中表现得非常鲜明。

目前中国的套色木刻,除了它所取得的显著成绩外,当然其中的问题还是很多的。有些问题与单色木刻以至整个绘画都有联系,如反映社会主义建设和社会主义改造的作品既少,而又不深刻,缺乏塑造新时代的共产主义的英雄形象,某些作品具有自然主义倾向也缺乏中国气派……但我不准备在这篇文章里涉及这些一般绘画上所具有的共同性的问题,虽然这些问题也是非常重要的。

这里我想就套色木刻的特点和目前在运用色彩上所存在的问题发表一些个人的看法,以作初学套色木刻的同志们的参考。

在我看来目前有很多从事套色木刻的同志对套色木刻的特点缺乏认识,因此他们在运用色彩时拼命追求油画和水彩画的效果,结果使套色木刻与一般彩色绘画没有区别,因而失掉了它的特色,亦即失去了它的存在意义。因为别的画种可以代替它,它就成为可有可无了。当然套色木刻是造型艺术,因而它首先就应具有与一切造型艺术共同的东西,如艺术的基本原理,社会主义现实主义的原则,以及作为造型艺术在取材与表现方法上的特点等等。此外套色木刻是有色彩的图画,当然它和油画、水彩画在色彩学的基本原理上又有许多共同点。然而它毕竟不是油画,水彩画……而是套色木刻,因而我们就应去充分认识它在表现形式上的不同和色彩运用上的特色。毛泽东同志在《矛盾论》中曾提出:"对于物质的每一种运动形式,必须注意它和其他各种运动形式的共同点。但是,尤其重要的,成为我们认识事物的基础的东西,则是必须注意它的特殊点。就是说,注意它和其他运动形式的质的区别。只有注意了这一点,才有可能区别事物。"毛泽东同志所说的这一哲学原理同样适用于我们去认识套色木刻这一艺术现象。

绘画所以要使用色彩,除了因为它有助于画中事物的真实感,有助于加强作品主题思想的表现外,同时也因为它能构成画面的特殊情调和气氛,以及画面色彩的美感。而套色木刻和别的色彩绘画形式比较起来其所以形成它的特殊性,主要由于它的工具的特殊性能和工具的局限性。而中国套色木刻与外国套色木刻之所以具有其特殊性,则主要在于使用工具的方法不同和表现形式的不同。

在我看来现代的套色创作木刻基本上是在现代的单色创作木刻的基础上发展起来的,正好像现代的单色创作木刻不同于古代的单色复制木刻一样,现代的套色创作木刻也不同于古代的或现在荣宝斋式的套色复制木刻。因此它首先应具有单色创作木刻的特点。那么什么是近代单色创作木刻的特点呢?这就是它的工具的特殊性和局限性所形成的画面的黑白对比,阴阳线效果,以及我们通常所说的"刀味"与"木味"。当然表现在套色木刻上的"黑白"已经起了变化,因为套色木刻已经比单色木刻增加了很多颜色,而且今日套色木刻上的阳线效果也应与古代复制木刻上的用线有所区别。然而近代的大多数套色木刻显然还保留了近代单色创作木刻上的黑白对比的优点。有的作品也在运用阳线刻法上发扬着古代复制木刻的所长。前者如最近在北京举行的罗马尼亚版画展览会上的套色木刻作品。我们可以从这些套色木刻中看出它与单色创作木刻在"黑白"运用上的微妙关系。这种微妙关系也同样表现在古元最近创作的"甘蔗园"（见"美术"1956年11月号）《绍兴风景》（见附图25）等作品上。后者如黄永玉最近刻的"阿诗玛"插图（见附图26），虽然这种刻法也还是他的最初尝试，但它无疑是具有木刻特点的另一形式。这种特点不仅在于和中国古代复制木刻有血缘关系，而且也在于它采用了中国水印版画方法所产生的特殊风味。

在我看来，套色创作木刻和单色创作木刻在"黑白"运用上的微妙的关系和阳线刻法的效果是必须重视的，否则虽然也可以成为一幅较好的造型艺术作品，但它作为套色木刻来看，总是有缺点的。例如过去张漾兮同志创作的套色木刻《牧歌》（见附图27），作为一般的彩色绘画作品来看，它是一幅比较优秀的画，然而这样的画毕竟是缺乏套色创作木刻的特色的。所以1955年10月间来华访问的保加利亚版画家华西尔·查哈里耶夫在一次与北京版画家座谈的会上说："版画，必须是版画。每一种艺术形式都应该有它自己的特色，在版画中，就不应该追求油画和水彩画的效果，而应该尽力发挥版画艺术的特色。"他指张漾兮同志的这幅套色木刻《牧歌》说："虽然这是一幅很美丽的作品，但是一看像一幅水彩画，如叫外行的人看，那就会分不清它究竟是水彩画呢，还是木刻。"我认为查哈里耶夫的这个意见是非常正确的。然而像这样的缺乏木刻应有的特色的套色木刻，在第二届全国版画展览会入选和落选的作品中还是有的。如丁正献的"平湖秋月"（入选作品），作为一般色彩绘画看，也是较好的作品，但作为套色木刻来看，就很少木刻的特色。这实应引起我们的注意。

三

目前在套色木刻上存在的缺乏木刻特点的原因也经常和有些作者拼命追求一般彩色绘画效果，因而使用了过多的色彩版有关系。这样的作法，作为套色的创作木刻来看，显然是吃力难讨好的。说它吃力是因为这种做法既费工又费料，说它难讨好是因为这样一来反而容易失去套色木刻在色彩运用上应有的单纯经济的特色。

在我看来，现代的套色创作木刻是以较少的色版充分发挥色彩的作用和效果，从而造成画面的鲜明调子为能事的。因为有限的套色木刻的色彩版永远也不能像油画和水彩画似的表现出事物的千变万化的色彩来，它只能表现自然的基本色调和画面主要物体的基本色彩特征。因而从事套色创作木刻的人就不应有使描绘对象完全符合事物本身色彩的想法，这不是套色木刻所能胜任的，而且也不必要。它应该发挥套色木刻之所长，而不应该强求其所短。也许有人说："这不是不忠实于客观事物的真实了吗？"那么我要回问："照这样说,水墨画、炭画、单色木刻不是更不忠实于客观事物的真实了吗?"显然,这种"忠实"论是一种自然主义的观点,这种观点必然会妨害版画家在色彩上的大胆创造,必然会妨害版画家在整个作品上的想象和诗意。因此,我们不仅在色彩问题上,而且在处理题材、塑造人物形象等方面也应该敢于有浪漫主义的表现手法。

我们中国绘画的优良传统从来就和以上所指的那种自然主义的观点有区别的。齐白石画的茶花、牵牛花、荷花……花是红色的,而叶子是墨色的,是不是这就算不忠实于客观事物了呢?显然不是。从齐白石的具体作品来看,这样的处理叶子的办法比画成事物原来的绿色要好的多,因为它除了能够收到使红花突出的效果,以使红色的花引人注意外,并从而形成中国彩墨绘画的特殊风味。中国画如何处理色彩的创造性的经验完全可供我们从事套色木刻的同志们作参考。

艺术为了表现客观事物的内在精神和本质,它的形象必须以客观事物为根据,但不等于要机械的、照相式的去摹仿自然。艺术上的所谓真实决不等于客观现实的真实,这是大家都明白的,否则又何必要创造艺术呢?

根据这种看法,因此我觉得展览会上有很多作品实际上是可以不用那么多套色版的,如前面已经提过的丁正献的《平湖秋月》以及肖林的《金色的山川》和我的《太行山风景》。我的《太行山风景》竟用了八个色版,今天看来这是很不经济的。根据我的经验,色版愈多,就愈容易失去套色木刻上应有的那种变象的"黑白"趣味,因此如果把我的《太行山风景》和《百合花》比较起来，就显得后者更具有木刻的特色，因为后者只有三个色版。当然我并不是说任何作品都不可以用八九个色版，真正使用得好，还是可以用的。而只是说一般的套色木刻应该尽可能经济色版，尽可能的少用色版，从而使套色木刻更加具有其本身的特色。

四

在这次展览会的入选和落选的套色木刻作品中，可以看出很多从事套色木刻的同志还缺乏色彩学常识，他们处理色彩时不是使它们彼此在画面上成为有机的联系，成为互相呼应或相反相成，而是使某种色彩在画面的局部孤立存在，结果这种色彩就在那里闹起独立性来，因而形成了画面的不调和，不悦目，使人看了难过。

这种现象最多的是在套色木刻画上孤零零地出现红色的红领巾和红旗。很多作者可能是这么想的，给儿童带上红领巾，就标明这是先进儿童，因而也就增加了作品的"思想性"。难道作品的"思想性"真是如此体现的吗？我想这种看法很能导致作品的"概念化"和"公式化"。红领巾和红旗在套色木刻的画面上当然是可以用的，如果确有强调的必要，而且用的好，不但在内容上能起积极的作用，而且在画面的色彩上也能起丰富画面和使画面增加热烈、鲜艳、明快等美感的效果。然而却并不是一切描绘儿童的作品用上红色的领巾就能够起以上的效果的。现在我们先从内容上来说：比方有这么一幅套色木刻画，其中儿童的形象刻的非常丑陋、恶劣，不能从形象上使人们感到他的可爱和优良品质，难道这样的儿童给带上红领巾也能起什么好作用吗？我想是不能够的，这只能成为对于红领巾的讽刺。可是现在有许多作品竟类似这类情况，他们不是首先从儿童的美的形象、美的性格以及与此相适应的行动的刻划上去求作品的"思想性"，而是片面的去强调红顿巾，把红头巾看成作品"思想性"的符号，好像有了红领巾就有了思想性。这正如把画中的人物身上写了"共产党员"四个字，以代替性格行为的刻划一样，这是丝毫也不能增加作品的思想性的。这只能显示作者的无能。现在我们再从色彩的效果方面来说：红领巾或红旗这样的红色是不好象文学中所描写的"万绿丛中一点红"似的来处理的，文学上这样描写是可以的，因为它不是属于视觉的造型艺术，它是依靠读者的想象来体会这种富于色彩感的"诗中有画"的诗句的，但真的要画成一幅画就须要合乎绘画的色彩规律，否则这"一点红"是不可能成为整个画面的有机成分的。因为在色彩上红可以有各种类别的红和各种色阶的红，而绿也是如此。画面上有接近于黄的绿就有可能和淡红调和从而使红不孤立；画面上如果全是接近于青的绿就难和深红合拍，从而使红闹独立性。因此"万绿丛中一点红"要变成绘画就不是没有色彩学知识和彩绘经验的人能够处理得好的。而我们的很多套色木刻上的红领巾、红旗、红衣……的出现却都是没有考虑到这些问题的。它们是既没有相同的颜色相呼应，也没有接近它的暖色去陪衬，因而它们与画面主色格格不入，造成了整个图画的不调和。有不少作品，没有这些红色倒还是一幅悦目的图画，有了它就起了破坏作用，这是非常可惜的。这样的套色木刻在落选的作品中可以举出很多的例子来，而在入选的作品中也不少。如李少言的《工地旗手》，虽然画中的红旗有必要加以强调，虽然背景天空的灰黄也接近暖色，然而这面红色的旗还是缺乏和它照应的色彩，因而显得孤立。与此有同感的还有柯华的《问路》和吴燃的《河畔》，这些作品中的红色也都显得太突出了。这种太突出也倒并非因为使用了红色，而是因为红色的纯度太强，缺乏透视，因而没有空气感，也是很重要的原因。但也有一些作品用了红领巾而不显得闹独立性，例如邸杰的《夏收》就是一个好的例子（见附图28），这是因为这幅套色木刻的主调是暖色的缘故。所以虽然全画也只有一点红，可是它是不孤立的，它和它的四周的深黄、淡咖啡以及黑色都很调和。

在运用色彩上，还有这样一些作品，它们只注意到色彩的对照和变化，而不注意色彩的均衡与照应。他们把画面的上半部搞成暖色，把画面的下半部搞成寒色，而两者丝毫不发生影响，使一幅画从色彩上截然分成两个世界。这样的画不仅违反了绘画的色彩规律，而且首先违反了自然规律。在自然中，红色的天空下就不可能有绝然青色的湖水，它一定要把湖水映成红色和紫色。然而在我们的某些套色木刻上竟不注意这些情况，因此这些作品就大都落选了。因为这些画的作者太缺乏绘画色彩的基本常识，把一幅画弄得太不调和了，因而不能成为一件艺术品。这种套色木刻之所以产生，一方面由于不了解色彩的均衡、照应,同时也由于不懂得在套印中使红色和青色在画面上重置而产生紫色的缘故。

从这次展览会的很多落选的套色木刻作品中,还可以看出很多初学套色木刻的同志,经常把颜色用得火气十足、枯燥乏味的现象。这些画使人看了感到刺目,感到厌烦。他们不能区别色调的典雅与庸俗。一般的说来,这种火气十足和枯燥乏味的色彩的形成,都是由于在一幅画面上过多地使用了对照性的原色,或过多地使用了纯度过强的色彩,以及不善于在两个以上的素质相同的色彩之间设置间隔作用的色彩所致。所以凡是这类的作品,就不可能有使人悦目的色彩的旋律感。我们不应把画面色彩的鲜艳与色彩的火气庸俗混为一谈,也不应把画面色彩的典雅误认为色彩的灰色暗淡。只有对此有了正确的认识才有可能提高套色木刻在色彩上的艺术性。

总的说来,从事套色木刻的同志必须经常注意使画面色彩调和而不失之单调,使画面色彩多样而不破坏统一。这一原理其实并不属于套色木刻的特殊性,而是一切彩色绘画的共同规律。因此,我们应该从著名的油画和水彩画中去多多学习这一方面的知识。

五

从第二届全国版画展览会的入选和落选的套色木刻作品中还可以发现很多作者对于套色木刻缺乏全盘计划,好像是刻成一幅完整的单色木刻后才想到要套色,结果套上去的色彩成了可有可无,而不是离开它就感到作品不完整,或根本不能成立。有的甚至于多了色彩还不如没有的好,有了它反而把一幅本来不坏的单色木刻给弄坏了。但这一类的木刻倒是颇有木刻的"黑白"味道的,可是却没有发挥套色木刻色彩的积极作用,没有使彩色成为木刻的有机成分。例如潘中亮的套色木刻《安错湖之滨》就是一个显然的例子(见附图29)。把这幅木刻画的主版作为一幅单色木刻来看是不坏的,但套上色彩,就显得画家并没有事先给色彩留下位置,因而有挤不进去之感。结果硬挤进去了,于是就使作品缺少了空气感,显得相当气闷,因而也就损坏了作品的美感。所以经评委们研究时,最后还是选取了他的黑色主版,作为一幅单色木刻画入选了。但如果有人要把莫测的套色木刻《黎明》(见附图30)只选取其黑色主版使它作为一幅单色木刻画入选,就会成为笑话,谁也会说这是胡闹。因为在这幅木刻中所套的色彩是整个画面的有机部分,少了它们就去掉了天空的彩云,湖外的远山,流动的水波……结果使一幅画成为没腿没手的残破物。

　　同是两幅套色木刻,然而潘中亮的这一幅给去掉了色彩却反而比有它还好看。可见画家对于套色木刻在事先构图时的精心设计有如何的重要。既要象一般绘画似的使主题突出、形象生动美丽,又要注意套色木刻上的"黑白"味道和色彩的单纯和谐,以及使色彩发挥积极的作用,成为绝不可少的成分。

以上的这些意见,仅作为我对套色木刻特点和色彩问题的初步探讨,尚有待于同志们的共同研究。

1956年11月于北京

附图目录

1.《水浒全传》插图：说三阮·撞筹 ……… 明代　刘君裕刻　065
2. 耶稣在十字架上 ……………………… 德国　丢　勒作　066
3. 启林额马之牡牛 ……………………… 英国　毕维克作　067
4. 羊　群 ………………………………………… 古　元作　068
5.《安娜·卡列尼娜》插图 ……………… 苏联　毕斯卡莱夫作　069
6. 墨苏友好（石版画）墨西哥　别利特兰作　070
7. 墨苏友好（木版画）墨西哥　别利特兰作　071
8. 印度民间舞蹈 ………………………… 印度　契塔普洛拉德作　072
9. 百合花 ………………………………………… 力　群作　073
10.《内战史》插图 ……………………… 苏联　苏复洛甫作　074
11. 离婚诉 ………………………………………… 古　元　作　075
12. 睡　觉 ……………………………… 德国　珂勒惠支作　076
13.《风波》插图 ………………………………… 古　元　作　077
14. 圣·保尔 ……………………… 英国　依恩·马克纳布作　078

15.《紫箫记》插图：霍小玉红亭送夫 …… 明代　富春堂刻　079

16.《泰伊系》插图 …………………… 法国　凯亥勒作　080

17.采茶 ………………………………………… 黄永玉作　081

18.无题 ………………………………… 法国　德　朗作　082

19.萎蕤 ……………………… 英国　衷屈罗·赫米斯作　083

20.《在林间》插图 ……………………… 英国　派克作　084

21.妇　人　像 ………………………………… 李　桦作　085

22.山东嘉祥武氏祠画像石（汉代绘画）　086

23.河南南阳汉墓画像石（汉代绘画）　087

24.蓝印花布图案：四季花开 …………………………　088

25.绍兴风景 …………………………………… 古　元作　089

26.《阿诗玛》插图：吹口弦 ………………… 黄永玉作　090

27.牧　　歌 ………………………………… 张漾兮作　091

28.夏　　收 ………………………………… 邰　杰作　092

29.安错湖之滨 ……………………………… 潘中亮作　093

30.黎　　明 ………………………………… 莫　测作　094

木刻讲座

1 《水浒全传》插图：说三阮·撞筹　　　明代　刘君裕刻

2 耶稣在十字架上　　　　德国　丢勒作

3. 启林额马之牡牛　　英国　毕维克作

4 羊群　　古元作

5 《安娜·卡列尼娜》插图　　　苏联　毕斯卡莱夫作

6 墨苏友好(石版画)墨西哥 别利特兰作

7 墨苏友好（木版画）墨西哥 别利特兰作

8 印度民间舞蹈 印度 契塔普洛拉德作

9 百合花　　　力　群作

10 《内战史》插图　　苏联　苏复洛甫作

木刻讲座

11　离婚诉　　　　　　　　　　　　　古　元作

12 睡觉　　　　　　　　　德国　珂勒惠支作

13 《风波》插图　　　　　　　　　　古　元作

14 圣·保尔　　　　　英国　依恩·马克纳布作

15 《紫箫记》插图霍小玉红亭送夫　　明代　富春堂刻

16 《泰伊系》插图　　　　　法国　凯亥勒作

17 采茶 黄永玉作

18 无题　　　　　　　　　　　　　　　　　　法国　德　朗作

19 葳蕤　　英国　丧屈罗·赫米斯作

20 《在林间》插图　　英国　派克作

木刻讲座

21 妇人像　　　　　　　　　　　　　　李桦作

22 山东嘉祥武氏祠画像石 （汉代绘画）

木刻讲座

23　河南南阳汉墓画像石　（汉代绘画）

24 蓝印花布图案：四季花开

25　绍兴风景　　　　　　　　　　　古　元作

26 《阿诗玛》插图:吹口弦　　　　黄永玉作

28 夏收　　邸杰作

29 安错湖之滨 潘中亮作

30 黎明　　　　　　莫测作

齐白石研究

齐白石先生传略

蔡若虹

　　齐白石先生1863年诞生在湖南省湘潭县吉子坞星斗塘一个贫穷的农民家里。父亲名贳文，母亲周氏，全家靠种田、织布为生。白石先生幼年好学，六、七岁的时候，他的祖父用火钳在炉灰上写字教他认字，他就能过目不忘。九岁的时候，他的母亲将辛苦积蓄下来的一点零钱，买了纸、笔、书本送他到外祖父处读书，但是未满一年，就因为家里需要劳动力停止了上学。于是他就帮助父亲放牛、砍柴，象所有农家少年一样，很小就参加了家庭的生产劳动。

　　他在劳动之余，非常喜爱画画，也喜爱写字，因为家境贫寒，他只能把旧账簿上的纸裁下来作为画画和写字的用纸。他的祖母感叹地对他说："三日风、四日雨，哪有文章锅里煮。明天没有米，看你怎么办？"可是他不怕困难，贫穷不能阻止他学习的愿望。当他放牛的时候,总是把书本儿挂在牛角上,一边放牛,一边读书。他从小就有这样坚强的性格,既参加劳动又不放弃学习。

当他十二岁的时候,因为身体很弱,不能种田,他的父亲就送他到木匠齐满家里去当学徒。他开始学粗木工,十五岁以后,才转学雕花木工,雕刻家具上的精细花纹。因为他雕花的手艺非常出色,又因为他的小名叫阿芝,所以乡里的人们都亲切地叫他"芝木匠"。

他做了十多年的木工,也练习了十多年的绘画,直到二十七岁的时候,他才认识了当地有名的文人和画师,他经常向他们请教,逐渐在诗文和画理上得到了启示。从此以后,他就在劳动生活的基础上开拓了艺术生涯。他不仅学习写诗、刻图章,而且兼作画工,为乡里人作衣冠像(肖像)。他的学习态度是非常忠实和刻苦的。在没有灯油的夜晚,他烧起松枝来读书;为了练习刻图章,他总是把石头刻了又磨掉,磨掉了又刻。他在学画方面,更有独到的见解。他吸收了古人艺术的优点,但总不忘记自己的创造;他反对不切合实际的空想,强调实际生活现象的观察,他经常注视鸟兽虫鱼的特点,揣摩它们的精神,描写它们的动态。他曾经说:"为万虫写照,为百鸟传神。只有龙未曾见过,不能大胆敢为也。"这就说明了他在青年时代,就建立了现实主义的观点,这给他后来的艺术创作打下了坚实的基础。他的艺术不仅追求形似,而且更着重神似;不仅保留了古人表现技巧的精华,而且还具有独特的艺术风格。

在四十岁以后，白石先生曾经五次游历南北各地，凡是中国的五岳名山、长江巫峡、洞庭湖、珠江以及黄河流域等地，都有着他的行踪。他在游历中画了很多山水画稿，后来又画了四十多幅册页，这就是他早期作品中比较有名的"借山图"卷。

由于国内军阀战争，白石先生在五十岁时避难来到北京，以篆刻和卖画为职业。六十岁以后，他就长住在北京，并且担任北京艺术专科学校的教授。从这时开始，他的艺术造诣就日趋成熟，创作数量很多，表现的方面也很广，无论诗词、金石、书画，无一不精。画的内容很多，无论是山水、花鸟、昆虫、人物……都有很高的艺术成就。他的作品贯穿着一种劳动人民对于现实生活的朴素的愿望，他用精细而又准确的技法去表现那些活泼的生命，流露了他自己对于生活的无限热爱。他用简练而深沉的笔触去表现壮丽的河山，流露着他对于自然风物的深厚感情。他也常常用尖锐的讽喻来表现人物，这又说明了他对于当时政治环境的憎恶和不满……他的艺术思想是和劳动人民的思想感情不能分开的，他的艺术形象也总是劳动人民所熟悉的，这就形成了白石先生艺术生命的特色。

1937年日本帝国主义者占领北京以后，他辞却了北京艺术专科学校的聘请。在严寒无火的冬天，他把学校配给他的煤火也退回去了，他宁可受冻也不接受敌伪政权的待遇。他在自己的门口，贴上一个"画不卖与官家"的字条，不让当时的权贵走进他的大门。从这些行动里面，可以看出白石先生不屈不挠的民族气节。

一个遭受过贫困压迫、饱经战争忧患的老人，不难从生活经历里面寻找着真理只有和劳动人民站在一起，才有前途，只有为劳动人民造福的人才是真正可以信托的人。因为他是这样，所以当一九四九年全国解放以后，他就在实际生活的接触中，找到了真理。他十分喜欢地迎接中国人民的解放，并且受到党和政府的百般关怀。他好象年轻了很多，创作的兴趣越来越旺盛了，他不断的作画。他画了一幅巨大的作品送给毛主席，他用太阳、白鹤和松树的形象来比喻共产党和毛主席，他的比喻是和中国劳动人民歌颂党歌颂毛主席是完全相同的。

1952年，他为了祝贺亚洲及太平洋区域和平会议在北京召开，创作了大幅的百花与和平鸽的图画，歌颂和平。

白石先生被中央美术学院聘请为名誉教授，又被选任中国文学艺术界联合会主席团委员。他的作品大量出版，他的名字家喻户晓，并且获得了国际的声誉。

1953年1月7日文化部授予白石先生以"人民艺术家"的光荣奖誉，同年十月又被选为中国美术家协会的主席，1954年，当选全国人民代表大会代表。1955年，德意志民主共和国总理格罗提渥同志在北京亲自授予白石先生以德意志民主共和国艺术科学院通讯院士的荣誉状。1956年，世界和平理事会又决定齐白石先生为1955年度国际和平奖金的获得者。

近年以来，由于白石先生年高力衰，健康情况已远不如前了，但就在最近一年中，他仍然制作了三四百幅作品。

1957年9月16日,白石先生在北京医院病逝。

白石先生的一生是辛勤劳动的一生,也是无穷丰富的艺术创造的一生。在他将近一个世纪的生活历程中,饱和着中国劳动人民的善良的坚强的品格,他的艺术成就,在中国和世界的艺术宝库中留下了不朽的财富。他为保卫和平所作的贡献,也在为争取世界持久和平的历史中留下了光辉的一页。他的名字和中国劳动人民永远连在一起,和全世界爱好和平的人们连在一起,这是齐白石先生的无上光荣,也是全中国为了争取和平、争取人类幸福而斗争的人们的光荣。

1957年9月93日发表于《人民日报》

国画大家白石老人
——为庆祝他的九十寿辰(1950年11月12日)而作

李可染

在某次展览会上,一间宽大的厅堂里,挂着将近百十幅的国画。我走了进去,首先被齐白石先生的作品吸引住。这些作品,神态生动,壮丽清新,使我感到了我们中华民族的磅礴气魄和伟大的创造精神。尽管旁边的作品,幅面很大,颜色浓重,但相形之下,就象一些影子似的,显得灰暗。

白石老人的画,不仅为一些美术家、鉴赏家所推重,同时也拥有极为广大的爱好者。解放以后,我们的政府对于这位老艺术家爱护备至,中央美术学院并聘他为名誉教授。不少的进步美术家不仅对他表示敬重,并且同样称扬他的作品。为什么齐白石能得到这样的光荣和尊敬呢,这完全由于他在美术上的成就和贡献,而这又与他一生坚韧不屈的奋斗精神有着密切的关系。

白石老人一生过着极其质朴单纯的生活。每天凌晨即起,作画刻印不知劳累。为了怕人纷扰,常把大门关锁。为了珍惜时间,睡觉及坐车时做诗。他把整个的生命力量都献给了艺术。他对艺术所下功夫,坚韧持久,从不间断。据说他母亲逝世时有十天未曾作画,这在他生平是仅有的事。因之他数十年来作画之多,真是千千万万,难以数计。我们的美术史上,记载古人用功勤苦的情形,有"池水尽黑"的故事。白石老人是个有绝大天才的人,在这一点上也承继了先贤的坚毅精神,付出了绝大的代价,他的成就岂是偶然。

我们研究白石老人的作品,首先不能忘记他已届九十岁的高龄,在他少壮的年代,中国的艺术环境同现在是大不相同。那时的中国画,已随着残破的封建社会,陷到最为腐朽颓废的阶段。公式主义的代表作家四王(王时敏、王鉴、王原祁、王翚)虽早已死去,然而他们的承继者所谓正统派画家,都是走着"离开古人不敢着一笔"的绝路。他们崇拜古人,却不善批判地接受古人的经验,而把古人的成法象一条绳子似的,把自己牢牢捆缚,弄得作品奄奄一息,甚至完全丧失了生命。另外一派在野的文人画家,承继了明遗民画家及扬州诸画家的传统,反对公式主义者的死守成法,主张创造。然而他们大半又把创作的源泉,寄托在个人的主观思想里,因而他们的作品仍然得不到真实的表现,而且失去了群众的欣赏。白石老人生长在这样的艺术环境里,他不赞成公式主义者死摹古人的作品,他的艺术思想,过去是曾经倾向于这些在野的文人画家的,我们在他的作品里,确也可以看出他是接受了明遗民画家及乾嘉间扬州诸画家的某些特长。然而他的接受是有批判的,同时是有发展的。他接受了这些作家的反对死守成法及主张创造的精神,接受了他们笔墨上的表现力,但在创造上却矫正了从主观出发的缺点。在他最近自写的小传里有这样的话:"二十岁后,弃斧斤学画像,为万虫写照,百鸟传神。只有鳞虫中之龙,未曾见过,不能大胆敢为也。"描写不根据空想,"传神""写照"都从客观物象出发,这样就使老人在创作上找到了真实的源泉。老人六十岁前画草虫时,家里就养了很多的虫子,画虾,经常在笔洗里放着两只活虾。他有一部借山图(山水画),就是他四十岁后五次出游西南各名山胜迹的成果。今年春节前,老舍先生选了四句苏曼殊的诗,请老人作画。内中有一句是:"芭蕉叶卷抱秋花",老人因为不熟悉芭蕉叶卷的情形,时当严冬,又无实物可作参证,逢人便问芭蕉的卷叶是从左到右,还是从右到左的。没有得到正确的答案,结果便没有画上卷叶。由此小小事例,可知老人在创作上对物象的真实,是抱着何等重视的态度。

　　白石老人的画,有细到微毫毕现的草虫,有粗到寥寥几笔的虾蟹。不管是粗是细,同样的都表现事物达到了形神兼备的境地。试看老人画的草虫,那两根敏锐的触须,真有一触即动的感觉。这决不是仅仅靠着摹写死的标本所能办得到的。再看他画的墨蟹,那脚爪活动的真实状态,更不是主观主义者凭空臆造所能梦见。老人曾告诉我说,他自己画的墨蟹,与那些伪作的容易分辨:他画的蟹腿饱满而表面扁平,伪作往往是滚圆的;他画的蟹是横行的,伪作常是蜘蛛似的向前爬行,这样就完全失去了蟹的特性。由此可知老人对物象的认识和表现又是何等的深刻。他画的小鸡,不仅画出身上的茸毛,而且画出了小动物可爱的稚气; 画的蜜蜂,那翅磅飞动,真仿佛要叫你听到了嗡嗡的声音……对着这些生动的形象,我想任何人都会承认老人的作品是写实的。然而我们若把他画上的形象与其实物相对比,又一定会感到这二者之间有着相当远的距离,那画面上的形象,都是经过千锤百炼,脱净了渣滓加过工的。他在作品上题过这样的话:"作画妙在似与不似之间,太似为媚俗;不似为欺世。"那种毫无创造,完全以形色酷似来讨好庸俗人的作品既为他所不取,同样"逸笔草草,不求形似"的文人墨戏也责之为欺世。他的创作,从客观事物出发,把真实对象加以思想感情的铸造,而后用他有力的笔墨表现出来。因此他的作品形神兼备,显示出健康的特色,一扫当时文人画的主观偏颇、轻视形象的病态作风。

　　白石老人的作品,还有另一个特色,就是色彩艳丽,充满了生命的朝气。我们知道中国画在元朝以后,由于士大夫画家思想的消极,鲜艳的色彩便一天一天地在画面上衰退,惨淡颓废的情调一天一天地在画面上增长。早在宋朝就有画家写出了这样的诗句:"雨里烟村雪里山,看时容易画时难。早知不入时人眼,多买胭脂画牡丹!"雨景雪景都是不用色彩纯用淡墨画成,因为不为群众所欣赏,才使作者发出了感喟诗句。元朝以后的山水,画家在色彩上大多只喜欢使用一点淡淡的赭石,名曰"浅绛"。画面的情调也以"冷逸""苦涩"为高。这样甚至使以后的画家产生一种极不正常的看法,认为高深的艺术,只能表现苦闷哀愁,鲜艳的色彩与高尚的画格不能相容。这样不仅使国画远离了群众,同时也使它发展的道途日益狭窄。但是在白石老人的作品上,却相当的矫正了这些偏颇的病态。他画的牵牛花,红艳到了顶点,真仿佛受了一夜甘露,迎着朝阳,欣欣向荣,使人看了精神为之振奋。过去曾见他画过一幅"莲花翠鸟"及一幅"红梅寿带",五色缤纷,绚灿极了。然而并未因此就降低了画格。老人的画,不仅在色彩上作风上表现出欣快峥嵘的情绪,同时还欢喜直接使用一些民间吉祥的题材,如"大吉大利""喜上眉梢"等等,这些为怪癖的士大夫画家认为"俗"的题材,一到了他的笔下,同样的能成为高度的艺术品。他的作品所以能博得很多人的喜爱,这也是一个主要的因素。

　　由于白石老人的这种创作方法,由于他数十年艰苦持久的功力,在他的作品成就上,不仅打破了公式主义者死硬成法的束缚,并且矫正了文人画"不求形似"的缺失。同时把水墨画的技法,从原有阶段向前推进了一步,使它富有了更高度的表现力。我们看任何平凡的题材,到了老人手里,就能"化朽腐为神奇",真仿佛到了"点石成金"的程度。记得有一次,我告诉一位美术界的朋友说老人画的樱桃是如何的美妙。这位朋友怀疑地说:"樱桃形色都极少变化,如何能制成美好的作品?"及至看见了原画,那红艳的饱含液汁的颗粒及错综变化的枝梗,加上装饰风的果盘所形成的效果,不仅马上打消了他最初的怀疑,并且使他留恋在画前不肯离去。记得我初到北京,第一次看老人作虾,在十几分钟的制作中真是使我感到惊异。他画一只虾,其容易就象普通人写一个字,笔墨过处,体积、质感、动作、神气,应有尽有,结果游泳在水里透明体的虾子,栩栩如生地出现在纸上了。这样你能不惊叹他水墨画的表现力吗?

　　为什么白石老人生长在那样颓废的艺术环境里,而能走向比较健康正确的道路,因而提高了水墨画的表现力呢?我认为这除了有它当时社会的因素外,还有一点是不容忽视的,这就是他出身于劳动人民,朴素的品质和民间艺术对他作品的重大影响。老人曾做过不少时期的雕花木匠。据说他雕出花板是"刻画入神"的。二十岁后又做过画像的画工,他画的人像不仅能传达神气,而且有表现从纱衣透露出袍褂花纹的绝技,可知他的写实技巧是很高明的。因为原来是民间艺人,所以能很自然地把民间艺术健康写实的特色,带到他的艺术里来,这是一点。白石老人四十岁后,虽然入了士大夫之林,成了专业的艺术家,但他一直保持着质朴劳动人民的高贵品质,一生不会沽名钓誉,不知使用手段,一切全靠自己天才的劳动创造,靠着欣赏者的拥护爱戴。因之他的作品,自然就与一部分群众欣赏者有着直接密切的联系,自然就得照顾到他们的要求,满足他们的要求。一般欣赏者的要求与艺术的提高发展,在过去旧国画中本存在着很久很深的矛盾,白石老人却能因此慢慢把它克服了,我认为这种成就是难能可贵的。

　　艺术原为群众而创造,而旧国画数百年来,却演着远离群众的悲剧。成百成千的画家都在叹息着:"阳春白雪,曲高和寡！"却不知深入地挖掘这矛盾的根源。白石老人处在这样的艺术环境里，独能以艰苦自学，天才创造，接近了群众的欣赏，博得广大的欣赏者的爱戴，这不能不使我们惊佩！当然他的创作，受了时代的限制，所表现的题材，有一定的限制。但我们从他的作品中至少可以认识到国画中的水墨画可以写实；可以使用艳丽的色彩，可以表现欣悦向上的情感，并且也具有相当高度的表现力。他的作品不仅具有现代人健康朴素的思想感情，同时又包含着深厚的传统和独创性的风格，和一般所谓文人画很不相同。这在我们新国画技法的发展和创造上，具有开启宽广平正的道路的作用，给予了宝贵而又丰富的滋养。我认为这是白石老人在我们美术上的重大贡献，也是他在美术史上不可磨灭的成就。

1950年11月发表于《人民日报》

杰出的画家齐白石

——祝贺齐白石的九十三岁寿辰

王朝闻

我们中国的美术工作者,祝贺人民的画家齐白石老先生九十三岁的寿辰,感到愉快和骄傲。因为他的精神劳动突出地表现了中国人民的艺术才能,因为他的创造性的精神劳动使人民的精神生活更丰富,因为他在艺术上的卓越成就对于美术工作者具有示范作用。

齐白石不仅是杰出的老画家,而且也是具有特殊才能的书法家、治印家、诗人。他出生在湖南湘潭的一个农家,自幼热爱绘画,七岁就开始作画。可是,如同许多贫困家庭中的少年儿童一样,兴趣和愿望很难得到发挥和满足。小时只读过半年书,在二十七岁之前,当过牧童,作过十五年木匠。在当木匠的时期,虽然白天经受了辛苦的劳动,晚上却不放松绘画练习,常常一直到深夜都不休息。由于他在细木雕工及绘画上显示出特异的才能，引起识者的重视，获得了投师学画和学诗的机会，学习的条件仍然是困难的。在"往事示儿辈"这一首诗里，可以看出他当年学习时的勤奋、坚韧和艰苦：

挂书无角宿缘迟，廿七年华始有师。

灯盏无油何害事，自烧松火读唐诗。

二十七岁以后专门从事绘画。他不懈地努力，绘画技巧不断提高。四十五岁之后，五次出游，游历了半个中国。在五十岁之后，拥有广大爱好者，实现了成为艺术家的志愿，对人们贡献了难以数计的优秀的绘画及其它艺术品。他生在形式主义绘画统治中国画坛的时代，他的绘画作风是反对形式主义的。既不使艺术成为自然现象的机械的模仿，又能把当时信笔涂抹的"写意"画从似是而非的陷阱中拯救出来。

劳动者出身的这位艺术家，一贯热爱自己的工作。除了不得已的原因，从来不间断自己的工作。据他的学生和朋友李可染说，老先生几十年来只有两次间断过十天没有作画。一次是被重病所缠绕，一次是母亲死后被悲哀所摈击。直到九十二岁的高年，每天还作几张画。他的工作态度认真，即令是一棵白菜，也都不是草草从事的笔墨游戏。1951年应老舍的要求，把"蛙声十里出山泉"这一诗句用绘画来表现，费了几天时间来思索，最后以成群的蝌蚪顺山泉出谷来表现，让蛙声从读者的想象来体会。这不只依靠他的想象力，也依靠他那严肃的工作态度与工作作风。木匠出身而能够成为一个杰出的画家，决不是偶然的。

齐白石早期长于人物写真，掌握了工细的技术，可以逼真地画出从纱衣里透出来的袍上的花纹。四十岁以后改变作风,追求笔墨尽可能简练的"写意"画。他的"写意"画和一般的笔墨游戏有根本上的区别。笔墨简到无可再简,但简中见繁,形象真实,不是所谓"不求形似"的笔墨游戏。色彩浓丽、鲜艳、强烈,不琐屑也不庸俗。他善于掌握工具的性能,用笔十分肯定,不犹豫也不在落笔之后作修改。他的意图明确,强调什么在落笔时已有十分把握。布局开朗,虽是小品画,境界广阔,没有局促、拘谨和小气的缺点。一草一木也具备"神形兼备"的效果,给人一种力量充沛、格调清新的感觉。

1945年为徐悲鸿画的一幅《青蛙与茨菇》,就是齐白石巧妙地运用笔墨以塑造生动的形象的例子之一。如同其它作品一样,发挥了毛笔和水墨的特长,而毛笔和水墨这种工具又加强了它的风味的特色。三个姿态各别的青蛙,神气活现,有很强的运动感,好象正要跳跃,正在嬉戏。简单几笔所画出的整个青蛙,浓淡变化的墨色表现了它的立体感和肌肉的弹性。茨菇叶是饱和的墨汁所画出的,叶子的柔嫩和生气,和活泼的青蛙相照应。其它作品,同样显示出笔墨的巧妙。例如画蟹,一笔能画出蟹爪的硬度和茸毛的质感。画蝴蝶,一笔蘸墨横抹,显现出蝶翼上的花纹。画虾,由于虾的触须的开合程度不同,显示虾的游动和暂时静止的状态……而这一切,都是笔墨洗练,形象真实和生动的特点。

这似乎是信手拈来一挥而就的"写意"小品,不但在物象的造型上,而且在结构上,都是严谨的。在方法上,如何表现物象的相互关系,如何运用对照与照应的法则,如何使重点突出，如何讲求强弱、虚实的变化①与和谐，其实和工笔的或大幅的作品没有根本上的分歧。

　　如果说前辈的"写意"画家的题材比较狭窄（如金冬心长于画梅，石涛长于山水……），那么，这位木匠出身的画家，感兴趣的东西很多，自己会有"为万虫写照，为百鸟传神"的说法。描绘了各种各样的物象，扩大了题材的范围，小鸡、丝瓜、白菜、豆角，也成为作品的主角。由于他取材不受任何成见所限制，他的许多富于抒情味的作品，显出艺术形象的多样性，证明水墨画能够适应多种题材。正因为他来自民间，懂得劳动人民的爱好，吸取了水墨画的优点，所以在取材上突破了士大夫画家的套子，发展了水墨画的特长，用这特长来描写许多不被他们重视而符合人民趣味的事物，是他的优点之一。同时，他那浓丽的色彩的大胆运用，更接近中国民间美术在用色上那种明快和强烈的风格，也和强调色彩轻淡的一般文人画大不相同。

　　齐白石虽然不常画人，也较不长于画人，他的题材多是花鸟虫鱼。可是，这些题材的描写，不产生引入出世、使情感颓废的坏作用，而是表现了健康的人的趣味的。尽管现实生活不只向我们提供齐白石作品那样的题材，尽管人民不只要求齐白石式的绘画，而花鸟虫鱼这些题材是人民喜爱的，一经他用传神的笔墨加以描写，产生了使人感到生命的力量和生活美丽的积极作用。正是因为这样，这些花鸟虫鱼的描写才得到爱生活的人民的欢迎，也才能够丰富人民的精神生活。

齐白石的作品的优点之一，是有趣味。它不只是描写了客观事物的状况，而且同时体现了画家主观的情感。例如，他所描写的这些情景：蜻蜓追逐水上的花瓣；空中垂着一个挂在丝上的小蜘蛛，钓丝刚一着水群鱼就围拢来，不仅扼要地抓住了客观现象的动人的情景，也透露着画家爱怜它们的情绪。画家想要表现自己的情绪，首先着重于物象的描写。画家不以再现自然为满足，取得了状物与抒情的一致。虽然齐白石描写的多是花草虫鱼，可是在如何避免不能合人满意的——冷冰冰地记录现象和如何避免形象与主题脱节因而"文不对题"的——创作上的严重缺点，使作品成为有趣的艺术，应该说志在反映人与人的斗争的画家，也能够从这种花鸟虫鱼的动人的描写里得到有益的启发。

齐白石虽然不大接触社会问题，当他一旦接触社会问题的时候，也分明显示出在旧社会中曾经遭遇许多不愉快的老人赞成什么和反对什么的态度。他在1901年画的一个不倒翁，是一个鼻梁上涂粉的小丑型的戴乌纱的官吏，形象丑恶可惜。这种近似漫画的作品，容或有人以为是不雅的。然而作者选择了这样的题材，并题了讽刺性的诗句，使这种近乎戏笔的作品具备了特殊的讽刺意义。诗句是：

秋扇摇摇两面白，官袍楚楚须身黑。

嗟君不肯打倒来，自信胸中无点墨。

在跋中还有这样意味深长的讽刺的语言：

……大儿以为巧物，语余：远游时携至长安，作模样，供诸小儿之需。不知此物天下无处不有也……②

他不仅扩大了取材范围,而且运用了各式各样的表现形式,使同一类的题材具有许多变化。例如他所画的荷花,创造了生气蓬勃的新荷,余芳未尽的残荷,赋予挺拔、艳丽、枯萎、清冷的造型和色调,使人感到非常明显的季节的区别和变化,形成了各不相同的情绪的感染作用。这些成就,明白表现了他的不平凡的技巧的修养和艺术的造诣,也证明他曾经认真观察过描写的对象。经过苦学苦练的齐白石,其创造的劳动再一次证明,艺术的成就基于对客观实际的深入观察,基于表现形式的认真探求,绝不依靠取巧和偶然的幸运。

为了不陷入笔墨游戏和重复形式主义的滥调,为了获得艺术的创造性的条件,为了创造具有真实感的艺术形象,他养草虫,种花木,在外形和神态上作过深入的观察。他重视和认真研究了描写对象,所以,不论是工笔是"写意",他的青蛙、蝈蝈、蚱蜢、蝴蝶、蜻蜓、蝉、虾和蟹都栩栩如生。由于他十分熟悉他所描绘的对象,才能够掌握画得好与画得不好的可靠标准。正因为他熟悉了描写对象,也就提出了准确加以描写的要求,因而不断努力,提高了和描写对象相适应的绘画技巧。对客观实际深入的观察,也就是他不被艺术的表现法则所束缚而能够自由运用法则的现实根据,也就是他十分尊重前人的经验而又能够避免因袭前人技巧的可靠条件,也就是他能够发挥独创性而且获得观众喜爱的主要原因。

不论是作品,不论是言论,都显示着老先生认真观察对象的主张。就作品而论,除了前面提到的青蛙、螃蟹之外,其它如透明的外硬内柔的虾体,欲跃的蚱蜢和蝈蝈的动态,正在振动着两翼的蜜蜂,饱和液汁光泽耀目的樱桃,弹性的松针和挺拔坚实的松干,梅花的正侧向背的变化和有变化的枝干的穿插……不论笔墨繁简,都具备着物象的高度的真实感。他画的丝瓜,那后半段下垂而前半段向上弯的状况,呈现着它在生长过程中的挣扎。这种真实感的形成,不能不归功于他观察的精细和深入。在言论上,他从来反对脱离实际。例如,他的学生中有人在画芭蕉时,省略了不应省略的蕉叶的筋脉,违反了蕉叶筋脉细密的真实状态,他不满意:艺术造型和对象的距离太大,不成其为蕉叶。这,如同"枇杷梗要粗大,冬瓜梗要细小"的主张一样,对于芭蕉之类的对象,他严格要求描写的真实。容或有人以为这是不足道的十分平凡的常识,然而没有认真观察过对象的画手,常常不免在这些平凡的现象之前显得无能。

齐白石的"写意"画是很洗练的,但形象仍然依靠具有重要意义的细节来构成。我们知道,任何客观事物都拥有无数细节,细节是构成艺术形象的必要条件。齐白石的作品,不论是工致的早期的草虫和"简略"的后期的瓜果、花卉,都包含着一定的细节。对于对象不一定绵密地加以描绘的"写意"画,如果根本没有细节(例如丝瓜的勾状),观者就不可能从寥寥数笔的形象中感到形象的生命。正因为"简略"的形象中包含着丰富的细节,正因为他已经把观察得来的物象的特征纳入具体形象之中,他的写意画才具备耐看的力量,也才具备使观者信服的物象的真实感。他的工笔画和"写意"画在写实这一点是统一的,不矛盾的,他的"写意"画无非扼要地着重描写了最有代表意义的细节。例如他画虾,为了造型上的单纯,早些年有意删除一些不损害虾的真实性的腿,为了形象的单纯,后来又删掉了一部分不损害虾的形象的真实感的须。这种改变常常是必要的,因为观众欣赏艺术中的草虫,不是为了得到动植物标本的说明。这种改变不是要损害形象的真实,而是为了获得比面对真实草虫更精粹、更具魅力的艺术形象。对于齐白石,只能说他后期的作品在造型上更精粹更洗练更具有概括性,只能说在一定的创作目的之下,在其艺术的加工与表现过程中,发挥了熟练的笔墨的特长,决不能以为这是一种偷工减料或粗制滥造,也不能以为它和早期的工笔画绵密的精细的作风有写实主义和形式主义的原则性的分歧。

齐白石之所以能够获得如此卓越的成就,重视前人的经验,重视艺术法则,是重要原因之一。为了把观察得来的结果巧妙地表现出来,为了去伪存真,去粗取精,使形象更真实更动人,为了善于组织画面或运用笔墨……都必须掌握前人在创作实践中丰富起来的艺术的法则。如果说由于他灵活地运用了前人的法则而描绘了相当新的题材,因而发扬了传统的特点,那么,他的成就对于还不重视前人的经验的某些美术工作者就更具示范的作用。

齐白石一直用崇拜的态度来对待前辈画家如徐渭、朱耷甚至吴昌硕[3],就是重视前人的成就和艺术的表现法则的具体表现。然而,他不因袭旧套,也不被艺术的表现法则所束缚。他在题自己的山水画时,有这样的句子:"用我家笔墨写我家山水。"这种强调独创性与反对因袭的主张,和崇拜前人的态度是不是矛盾的呢?不矛盾。反对因袭陈套,其实就是为了灵活运用法则。不机械服从法则,其实正是尊重法则。因为艺术的法则来自前人对于描写对象的认识,脱离实际,也无从认识前人的法则的优越性。我们知道,懂得法则并不难,难于灵活运用。齐白石,是能够灵活运用艺术的表现法则的。正因为他能够正确理解艺术的表现法则,所以他在描写对象时,不被对象的芜杂现象所迷乱,把握得住要点,找得到一定的规律,避免琐屑和零乱,给予条理化的重点突出的描写。他的梅花、荷花、牵牛花以及虾的触须等等,在结构上,已达到繁复而不零乱的效果。但艺术既然不是任何公式的刻板的乏味的演绎,那么,在创造形象时就必须从具体对象出发,以真实和生动作为运用艺术法则是否得当的标准。正因为有实际作为根据作为标准,他才突破"芥子园画谱"等书所介绍的梅花枝干的"女"字形之类的结构法的桎梏,从而取得结构上的组织性,也不失形象的生动性。

重视吴昌硕等人的笔墨的齐白石,长于书法和治印法的齐白石,四十岁之后从工笔画转到"写意"画的齐白石,他后期的绘画确实是很讲究笔墨趣味的。然而,他在绘画上所讲究的笔墨,只能作为优良的民族传统的承继和发扬来理解,只能作为洗练和巧妙地描写对象所必需的技巧来理解,而不应当看成脱离对象物象特征的纯书法趣味的卖弄。如果说他的绘画的风格也是属于文人画范围的,可以说因为他的笔墨具备书法的特长,他的枯荷的长梗,虾的须,其用笔,确实可以当成有力的活泼的写字的用笔来欣赏,没有软弱、板滞、浮滑等等缺点。它那富于节奏感的起伏顿挫等特长,完全符合书法要求。然而他的绘画既是从形象出发而不是从笔墨出发,不是借形象卖弄笔墨,而是为了准确地刻画形象,因而获得书法趣味与形象的一致性。不论如何,不能把他的绘画和形式主义的文人墨戏混为一谈。

如果说,中国古典绘画的优良传统的特点之一,是不机械地模写自然而又不脱离自然,善于运用洗练的笔墨,塑造比自然形态更精粹更单纯(不是简单)更具魅力的形象,那么,齐白石的作品,就是这些特点的表现。他创造那些既真实又活泼的艺术形象,完全是自觉的,有明确目的的,而且很自由。在他题自己所画的枇杷时,恰好说明了如何塑造形象的见解:

作画妙在似与不似之间;太似为媚俗,不似为欺世。

这句话是他怎样塑造形象的主张,也是他那优美的形象的确切的注解,是他那丰富的创作经验的最好的概括。这句话的内容,较之某些连篇累牍的创作理论更丰富。他的作风之所以和自然主义与形式主义根本不同,就在于既尊重对象、反对轻视自然("不似"),又不是被动地受自然对象所拘束("太似")。抓住了对象最可宝贵的、必须向观众介绍的特征,而且以表面稚拙而实质巧妙的笔墨,传神地加以描写,他确切地介绍了对象,也很自由地表现了艺术家自己。然而他在创作上的长处,他那独创性的技巧,他那精辟的见解,仍然和他认真观察客观事物的努力分不开。他的作品和见解再一次证明,观察得愈深刻,创作目的愈明确,创作也愈有主动性。

齐白石,人民的画家。他不仅用作品丰富了人民的精神生活,而且用他的作品参加了保卫和平的神圣事业,因而更能引起人民对于他的尊敬。他在艺术创作上的方法和态度,他艺术上的卓越成就,他的灿烂的才华,早为人民美术工作者所热爱和尊敬。祝贺他的九十三岁寿辰,不仅表示对他的热爱和尊敬,而且将是美术工作者认真学习他在艺术上的成就的开端。学习他如何承继和发扬民族艺术的优良传统,学习存在于他的作品中的被承继和被发扬了的民族艺术的优良传统。

发表在1953年1月8日《人民日报》

注:①齐白石在八十岁时教育美术学徒的诗中,对于作画,也有强调变化的主张:"……半如儿女半风云。"这句诗,按他自己的解释,是"工者如儿女之有情致,粗者如风云变幻,不可捉摸。"

②另外还有几幅不倒翁,所题诗句都是讽刺性的。例如:"乌护白扇俨然官,不刨原来泥牛团;将汝忽然来打破,通身何处有心肝?"

③齐白石在如下的诗里,表现了他对于徐渭、朱耷、吴昌硕和石涛等人的尊敬:

"青藤雪个远凡胎,老缶衰年别有才。
我欲九原为走狗,三家门下转轮来。"

"下笔谁教泣鬼神,二千余载只斯僧。
焚香愿下师生拜,昨夜挥毫梦见君。"

谈齐白石的花鸟草虫画

力 群

齐白石是我国当代的大画家,是民族绘画传统的杰出的继承者。由于他的卓越的绘画艺术对世界和平运动的贡献,他在最近荣获了1955年世界和平理事会颁发的国际和平奖金。正确地评价他的作品,指出他对于我国民族绘画事业的卓越贡献,认真地研究、学习他的作品和他的创作方法,对于我们当前的绘画事业的发展和帮助人民群众欣赏他的作品,都是很有好处的。

在研究齐白石的作品时,我们最常碰到的问题,是有些人往往单纯从他的作品所描绘的题材出发,因而就产生种种怀疑,不知道这些反映花鸟草虫的作品,对于当前政治斗争有什么关系,它们对人有什么样的教育意义。在这篇文章里,我想对这个问题谈一些个人的理解和意见。

我们知道每个艺术家的创作道路都不一样，这也就形成了各个艺术家所独有的艺术和艺术风格。对待齐白石，也和我们对待所有其他艺术家一样，决不能离开他所生活的具体历史时代而提问题，更不能对他的作品不作具体分析而乱下断语。如果用对目前一般直接表现人民生活斗争的作品的要求去要求他的花鸟草虫画，那是脱离时间、地点和条件的非历史的观点。至于因为齐白石的画曾被旧社会的某些上层分子喜欢过，或因为他的作品和封建社会士大夫画家和文人画家的作品有继承关系，没有反映革命事件和人民的生活和斗争……就主观地认定他是为封建主义服务的，因而不是人民的画家，企图把他的作品当作封建社会的上层建筑来加以否定，这就不可免地堕入了把艺术现象简单化的庸俗社会学的观点。党曾一再指示，我们的文学艺术创作必须"百花齐放"，而劳动人民为了丰富精神生活，他们对于文学艺术的要求也是多方面的。因此，只看到艺术内容和形式的一个方面，忽略和拒绝其他方面，从而把艺术为人民服务了解得非常狭隘，这就错误地把人民的文化要求限制在一个小小的范围之内，同时也是直接跟党的文艺政策相抵触的。

　　现实主义艺术的主要描绘对象，当然应该是人的社会生活，然而人的社会生活决不是现实主义艺术的唯一的描绘对象。现实主义并不排斥艺术家去描绘与人的生活有密切关联的自然环境。不论取材于社会生活或自然环境的现实主义的艺术作品，都在于通过人们对艺术的欣赏从而提高人们的精神，丰富人们的精神生活，满足人们对于美的欣赏要求，并对人们进行美的教育。而取材于人的社会生活的现实主义艺术作品,在今天来说,除了以上所指的作用外,还在于通过人们对艺术的欣赏去教导人们认识生活,向生活学习,对人们进行共产主义教育。从这一点上说,取材于自然环境的现实主义的艺术作品,对人们所起的作用就不象前者所起的那么直接、显著。它不是通过社会典型人物和社会生活矛盾的刻划来影响人的思想感情,而是通过画家的观点和感情,以艺术的形象表现自然的精神状态和自然的性格特征,从而影响人们的精神的。而齐白石的绘画就正是属于这一种艺术。

齐白石从事绘画艺术的时代,是中国社会政治十分黑暗、艺术也不很发达的晚清时代,那时候还没有出现无产阶级的政党,更没有出现革命的美术批评家,因此还不曾有人以无产阶级的或进步的观点指导青年画家,并向他们提出要求。画家画什么,怎样画,主要是由绘画的传统力量和当时的艺术风尚,以及欣赏者们和画家本人的爱好来决定的。因此处于盛行山水花鸟草虫画的时代,而且在这方面也有了不少有成就的先辈的当时,齐白石也选择了取材于花鸟草虫的绘画,是完全可以理解的。如果硬把齐白石和不同国籍、不同历史条件的列宾相比,向他提出不适当的主观的要求,就象硬把梅兰芳和卓别林相比一样,都是很不现实的想法。有这种想法的人,好象只知道俄国十九世纪末期有列宾,而不知还有希施金和列维坦。在他们看来,好像人民只需要前者,而不需要后者,好象前者可以代替后者,好像艺术批评家只承认列宾而不承认希施金和列维坦,这无疑是对待艺术事业的一种庸俗社会学的观点。

而另一方面,我们也知道,齐白石学画的时代,正是中国绘画上的公式主义——艺术教条主义盛行的时代,以清代四王为代表的纯"以古人为师"的方向,影响到后来的很多"正统"画家走着"离开古人不敢着一笔"的道路,这种以临摹代替创造的作风,造成了当时艺术脱离生活的消极倾向。虽然另一方面也有在野的文人画家承继了明代遗民画家和所谓"扬州八怪"画家的传统,反对公式主义,主张创造,可是他们又大都轻视客观对象——艺术的真正源泉,而太重视主观想象,所以他们的作品大都不为广大群众所理解。而齐白石处在这个时代,却能批判地接受明代遗民画家及乾嘉扬州诸画家的长处,又不因袭前人,终于从古代画家"以造化为师"的创作方法中找出方向。这样就决定了他的艺术有了别开生面的前景。因此我们既要看到齐白石不能离开他所处的历史时代的一面,又要看到他并不为当时绘画的各种清规戒律所拘束的另一面。他没有站在时代的保守方面,而是力图在作品中开辟新的途径,后来终于创造性地发展了中国传统的绘画,在中国绘画史上有了新的贡献。这些功绩,主要就表现在他坚持了现实主义,使作品反映现实时达到了"形神兼备",并吸收了民间美术和士大夫绘画的优点,使作品达到雅俗共赏。

当人们简单化地用"阶级观点"来说明齐白石的作品时,经常总是得不到令人满意的答案。阶级分析的方法是马克思主义分析社会现象的基本方法,但是假如看不到文学艺术这一社会现象的复杂性，而只是简单地搬用一些概念来硬套，就往往不但得不出正确的结论，而且反会导致离开阶级分析的粗暴的结论。例如认为神话就是迷信，凡是没有描写人物形象的古典作品就没有人民性等等。

在阶级社会里，人总是有阶级性的，画家也总是属于一定的阶级，具有一定阶级的艺术观点和一定阶级的心理与爱好，因此以有阶级性的人物为描绘对象的作品，又通过有阶级性的画家描绘出来，表现出他对于对象的态度和感情，总是比较容易看出画家的艺术观点和作品的阶级性的。然而，也不能简单地来对待这样的问题。正因为文学艺术是一种复杂的社会现象，于是我们看到，过去的不少出身于统治阶级的艺术家，由于他们能够忠实于生活，更重要的是由于种种条件使他们和人民有着或多或少的联系，在他们的思想感情上、在美学观念上往往就受到了人民的影响。同时，作家、艺术家的阶级意识，又并不是直接在作品中论述出来，而是通过对于生活的形象的反映表达出来的。于是，常常发生这样的情形，即当不管出身于什么阶级的伟大艺术家忠实地描写了现实的时候，他的真实、丰富的生活形象往往就突破了作者思想上的局限，而具有更多的意义，这也就是高尔基所说的"形象常常大于思想"道理。正因为这样，对于过去的文学艺术，就不能用简单的贴标签的办法来对待，不能以为只要在一个作品上贴上"某某阶级"，就算作了科学的分析，而是应该从它的产生的时代，它所反映的生活的真实程度，它所表达的美学理想的多方面的分析中来考察它的实质，探索它有无人民性或其中的人民性是否丰富深厚。我们决不能轻易地把过去时代的绘画都当作是为封建阶级服务的。

绘画艺术和文学不同,是通过线条和色彩所塑造的可视的形象作为艺术语言来表达画家的思想感情的。加以有些题材容易表达画家的阶级思想感情,有些又不容易表达;有些画家的阶级思想感情可能较强烈,而有些画家的阶级思想感情可能不强烈,甚至有些画家虽身为剥削阶级,但也可能憎恨自己的阶级而同情农民……基于以上这些复杂情况,因此即使是人物画也并不是都很容易看出它们的阶级性来的。至于美术中描写自然景物的作品,就有着更复杂的情况。比如花鸟草虫画,它不是人们社会生活的直接的反映,艺术家的思想感情和美学理想,是通过对于自然的描写表现出来的。而花鸟草虫本身是没有阶级性的,它们对什么阶级的人也一视同仁。同时,在对美的欣赏中,不同的阶级也可能有共通的地方。这是因为,美是客观存在的,虽然不同的社会集团对于美,都有其不同的观点,但只有社会的先进力量和与人民有联系的艺术家,才能真正发现和最充分地认识美,因而他们的美学理想,就具有不仅是一个集团的,而是普遍的意义。因此描绘花鸟草虫的绘画作品就有可能为不同时代、不同的阶级和社会集团的人们所喜爱。当我们判断某一种艺术作品时,就不能单单根据已往由于种种原因劳动人民无法享受这种艺术,便认为它是为当时的统治阶级服务的。艺术作品为什么人服务的问题,首先必须由它的倾向性来决定,例如鲁迅的文学著作,在一定的历史阶段,由于劳动人民不识字而无法阅读,但是却并不因此就否定了它是为劳动人民的利益服务的。而齐白石的花鸟草虫画,也决不能因为它在一定历史阶段劳动人民无法欣赏,就认为它是专为地主阶级服务的。根本的问题在于,我们在他们的作品中,是否看到了人民的思想感情和人民的美学理想。

至于在旧社会,某些官僚地主曾"欣赏"过齐白石的画,那也是不难理解的。我们知道,过去的某些剥削者,在他们的肮脏的勾当之余,有时也要玩玩古董字画,故作风雅,或者作为他们无聊的生活的点缀,他们自然是不会真正重视有人民性的艺术和艺术家的。而只有在人民得到了解放的年代,齐白石的画和其他富有人民性的艺术,才使劳动人民得到了欣赏的权利,才能越来越为广大的人民所喜爱。

当我们研究齐白石时,只有从他的美学思想、他的创作方法、他的作品的精神实质出发,进行比较具体细致的研究,才有可能对他的创作得到正确的认识。

齐白石在他的作品上曾题过这样的话:"作画妙在似与不似之间,太似为媚俗;不似为欺世。"这句话是他的作品的一个很好的说明,而他的作品也正是这句话的充分的体现。这是齐白石经过多年对于民族绘画的研究和多年的创作实践之后获得的对于艺术的认识,是他的丰富的创作经验的概括,同时也是他的创作实践的指导原则。

这句看起来有些矛盾的话是很有意思的,它朴素地说明了艺术和现实之间的辩证关系。所谓"似",就是指的艺术应来源于客观现实,以客观对象为根据,以客观对象为基础,也就是说它应该是现实的真实的反映。所谓"不似",就是说艺术应有想象、理想和创造,应与客观实在有区别,而不同于照相。也就是说,艺术反映客观现实时,应去伪存真,去粗存精,应有集中和概括,应有夸张和提炼,应更典型。反映客观物象时要做到所谓"似与不似之间",其实并不是一件容易的事,这既要凭画家对于描绘对象有深入的观察与体会,又要凭画家的高度的概括能力。这句话是统一而不可分割的,强调了一方面而忽略了另一方面,都要违背现实主义。强调"似而忽略了"不似",使它走向极端就发展为自然主义,其结果是使作品不能反映事物的精神本质,从而也就削弱了作品的创造性和教育作用。强调了"不似"而忽略了"似",使其走向极端就发展为超现实主义、未来主义等形形色色的形式主义,其结果是失去了真实性,也同样否定了作品的思想性,因而也就失去了群众性。超现实主义等画派的哲学指导思想是反动的唯心论,自然主义的哲学指导思想是庸俗的机械唯物论和经验主义。前者是过于强调主现能动性的脱离客观实际的胡风式的"自我扩张",而后者是否认了主观能动性的甘愿把艺术创作当做自然的奴隶的创作方法。我们是主客观一致论的马克思主义者,在艺术和现实的关系问题上既反对超现实主义和一切的形式主义,同时又反对自然主义。

在目前我们的美术创作中虽然没有超现实主义,但却有严重的自然主义倾向。这从我们的新年画和宣传画上都可以看出来。自然主义是不可能有创造性的,它和我们民族绘画的优良传统决不相容。它满足于事物的表面的相似,向照相看齐，而不知在原料的基础上加以改造和加工，从而创造性地表现事物的本质和精神。

由于齐白石的作品承继了我国民族绘画的优良传统，所以真在他的作品里是找不到自然主义的，他的作品和他的艺术观点都说明他是一位出色的现实主义者。

由于齐白石对于花鸟草虫有深刻的仔细的观察，善于运用巧妙、精炼而又有力的笔墨来表现这些东西的特征，善于强调对象的要点又不忽略应有的细节，而使它们形神兼备。由于他的画中的物象能表达出对象的生命和神采，具备了事物的鲜明的色彩特征，并融会了民间美术的健康情调和中国民族绘画的特点，所以就构成了它的作品的美，使人久看不厌，受到了广大群众的喜爱。然而人们假如把他的作品中那些生机勃勃的植物、动物和原物相较，就会看出它们之间的鲜明的区别，就会看出他所说的"妙在似与不似之间"的现实主义的精神。这说明齐白石所采取的创作方法和他的艺术观点，是历史上进步的艺术创作方法和观点。这种观点是符合于人民的艺术要求的。

由于齐白石出身于劳动人民，早年是民间艺人，所以他深知劳动人民对绘画艺术的要求和爱好，深知民间艺术的单纯、朴实和用色的鲜明富丽以及它的装饰趣味的优点和特色，并对劳动人民生活环境中的花鸟草虫具有深厚的感情。到后来当他学习了文人画时，就掌握了文人画的笔墨技巧，从而集中了民间艺术和文人画的所长，以现实主义的方法，创造了他的内容与形式完整出众的花鸟草虫画。

在绘画的情调上不同的阶级是有不同的趣味和爱好的。齐白石的画，是对充满了生命和朝气的自然界生物和人民的劳动果实的歌颂。这是他和劳动人民的健康的思想感情和美学理想相一致的表现。他画的牵牛花，正如李可染同志所形容的"红艳到了顶点，真仿佛受了一夜甘露，迎着朝阳，欣欣向荣，使人看了精神为之振奋"。1945年，他画了一幅名为"蛙"的作品，在我们面前出现了三只有生命感的青蛙，一大两小，大的从远处急忙跳来，两个小的像两个孩子似的表示着欢迎的神态，使一幅描绘池边水生动物的图画有了动人的情节。在齐白石的笔下，他并不机械的去追求蛙的皮肤颜色和它身上的斑点的真实，而是通过熟练的笔墨表现蛙的鲜明的特征和生动的动作。在他的图画中，"虾"是最受群众欢迎的作品。他画的虾不仅表现了它在水中游的状态，而且还能表现出它的透明的质感。作家老舍在齐白石九十三岁寿辰的庆祝会上说："白石老先生画的虾，可以看出虾在水里游的运动，像活的一样。但他作画的时候决不是对自然事物单纯的模拟。有一次他说：'虾爪上的东西还很多，可是我不用画这些玩意。'他是有提炼的。"他画的植物如红梅、菊花、樱桃、紫藤、荷花等，动物如青蛙、松鼠、小鸡、翠鸟、蜻蜓……都充分地表现了它们的性格，生动的神态，令人感到生命的美好。在第二届全国美展中展出的他的"松鹰"，更是一幅具有强烈的刚健气概的作品，通过雄赳赳的老鹰和在狂风中动荡的松枝的形象，充分表现了松鹰的坚强的性格和充沛的精神。

总的说来，代表了我国民族绘画的齐白石的壮丽的作品,是生动而有力的,它的构图是新颖的,形式是单纯而优美的,笔墨技巧是卓越而熟练的。它充满了劳动人民的乐观主义的精神,能够鼓舞人们热爱生活,热爱人生,对人生采取积极的态度。他画出了美好生动的自然界,画出了劳动人民在生活环境中深感兴趣的东西。他的作品和没落颓废的封建地主阶级的苦愁病态的思想感情毫无共同之点。齐白石被称为人民的艺术家,是受之无愧的。新的时代为他的作品和广大人民群众的联系创造了十分有利的条件,他的作品中的雄伟的气魄和乐观主义的精神,将和人民群众的火一样的为社会主义建设的热情相辉映。他的作品将日益受到更加广大的群众的喜爱。

1956年5月发表于《文艺报》

感念齐白石老师

于非闇

正由于我爱我的家乡,爱我祖国美丽富饶的山河大地,爱大地上一切活生生的生命,因而花了我毕生精力,把一个普通中国人的感情画在画里,写在诗里。直到近几年来,我才体会到,原来我所追逐的就是和平。

这是齐白石老师去年在荣获国际和平奖金授奖典礼上的一段心里话。齐老师不仅仅是卓越的国画家,而且是爱乡土、爱祖国、爱人民、爱和平的伟大艺术家。他的艺术成就,丰富了世界艺术的宝库。

早在1954年,齐老师写给东北博物馆的谢函中就说道:"白石老年,身逢盛世,国内外人士对余画之喜爱,应感谢毛主席与中国共产党对此之倡导与关怀。"从齐老师这封信里,更坚强有力的驳斥了右派分子说党"消灭国画","不尊重老国画家"的无稽谰言。

齐老师七十来岁的时候,我拜他为老师,跟他学过刻图章和山水画。齐老师特别喜欢诱掖后进,绝不藏私,对于我这样的穷学生,还送给我印谱印泥等等的学用品。我那时还不会画我现在这样的画,全部精力都忙着教书来维持生活。可是,我受齐老师的教益,却终身不敢忘。齐老师在那时就谆谆的告诫我刻图章"不要学我,学我就是摹仿,没有好处"。他曾衡量他的诗文书画篆刻说,这些都是在传统的基础上别创新意,不落老套。因此,他认为自己刻印第一,诗词第二,书法第三,绘画第四。他认为他的画还没有跳出古人的窠臼,还受着前人的影响。

在那时,齐老师的画已然是驰名中外了,他家里却非常朴素。齐老师事必躬亲,充分显示出劳动人民崇高的品质。他的画桌上总是放上一个大海碗,碗里放满清水,养着几条小鱼,有时养着几只小虾。画画刻印的闲空时,他总是看看鱼,看看小虾,研究它们的游动。偶然好象有所领会,他就伸纸执笔画了起来,画后又看,看后又画,有时竟把一张纸画满了各式各样的小鱼小虾,同时还换用几管大小新旧不同的毛笔。画完,绷在墙上对坐,有时就此睡去。齐老师爱吃螃蟹,也喜欢玩螃蟹,往往放两只螃蟹在地上或在水里,看它横行觅食。蒸熟了的螃蟹,他也一样放一两只在画桌上,前后左右的琢磨它,怎样用色彩来描写。小鸡雏也是养的时间、研究的时间比画的时间要多得多。以七十岁的高龄,仍然这样的刻苦钻研，真使我深深的受到感动。他后来所描绘的小动物，受到世界人民的喜爱和欢迎，并不是偶然的。

齐老师画工笔草虫，我没有瞧见过他怎样画，我也没有见到他养过蛐蛐、蝈蝈等草虫。但是，齐老师亲自画出来的工笔草虫，却和他自认为是他衣钵传人的齐子余先生（老师的三子，已故）所画的有显然的不同，其他弟子们的摹仿，那更容易鉴别了。子余先生的画，确实可以乱真，可是，比起齐老师的工笔草虫，总是觉得工致有余而气韵不足，不如齐老师的有筋有骨，有皮有肉，使人耐看。例如，画蜻蜓，齐老师对四个翅膀的描写，先着力的写出每个翅的主筋，用笔有去有来，瘦硬秀挺，使人一望而知这是翅膀的钢筋铁骨。其余大部分网状纹，则是随着翅膀的筋节，一笔一画的描写，又匀停，又润泽，使人看了有透明的感觉。又如，画蝗螂的六条腿，齐老师仅运用笔的一提一顿、一转一折，就把六条腿的筋骨皮肉特别是关节的交搭表达出来，达到生动活泼的境界。子余先生对这些，似乎功力还不够。我们不妨将齐老师的工笔草虫和故宫所藏的五代黄筌"珍禽图"比较一下，齐老师在工笔草虫传统的基础上，确实是又有所发展了。

齐老师不止一次的对我说，他在早年，既临摹，又写生，曾下过多少年勤学苦练的真功夫。他用大笔水墨描写一些小动物以及长松破荷，既不是顺手乱涂，也不是全凭想象，而是在写生的基础上，用意用笔都是从工致细密、一丝不苟出发的。同时，在用墨用色方面，也是从全局设想，浅深浓淡，变化多端，总的效果，是对人民精神生活方面给人以青春，给人以活力,真不愧为人类灵魂的工程师。

  本来我是"游夏之门,莫敢赞——词"的。但从齐老师在七十来岁时自己评定自己的诗词书画篆刻来说,老师又经过二十多年时刻苦钻研,各有不同程度的前进,齐老师的绘画,被列为第一位,非常允当。由于我非常顽钝,未能继承师学,愧悔之余,特将齐老师在授奖典礼上一段心里话写在前面,作为我继承师志的座右铭。

1957年9月20日北京

齐白石的画

叶浅子

有这么一开白石老人的册页,画着一个葫芦和一只甲虫。葫芦很大,占了册页的一大片,小甲虫只有一粒瓜子那么大。两个形体的比例相差悬殊,可是这两个形象在这幅画里是同等重要的,谁也不能压倒谁。画家在处理这样一幅画的时候,自然必须使小甲虫格外突出,才不至于因大失小。

白石老人是画草虫的能手,要他刻画一只活生生的小甲虫并不费力,问题在于如何使小甲虫在和大葫芦的对比中,夺得视觉的胜利。这里,白石老人运用了色彩的对比效果:在葫芦的黄颜色上点了一点甲虫的红颜色,这一小点红色在一大片黄色的衬托下,显得十分醒目,于是小甲虫的形象鲜明地突出来了。而且,由于红黄两色的对比作用,葫芦的色感似乎也显得强烈一些。因为,假使没有红色的对比,单纯的黄色在白纸上的色感是不很显著的。这是白石老人使用色彩的独到之处。

在任何一个绘画展览会里,只要有齐白石的画,那么,最突出的一定是他的画。说也奇怪,那怕是他的一幅小品,夹在别人的大件里排着,也仍然能够突出。为什么齐白石的画如此吸引人呢?要分析起来,会涉及到美学、造型艺术和民族传统等许多问题,一时不容易说得清楚。但是,作为一个普通的齐画爱好者来说,关于齐画的艺术特征还是可以体会一点的。

首先,我们感到白石老人所画的花、果、虫、鸟,无一不是生机勃勃,栩栩欲动,挑逗起人们对于这些小生命的爱悦之情。站在这些画幅前面,总想多看一会儿,不忍离去。我们知道白石老人在年轻的时候,对这些自然界的生命有浓厚的感情,自己种植花卉果木,养虫养鸟,朝夕观摩,反复描绘,因而掌握了这些东西的典型性。更由于他的勤学苦练和创造才能,所以能匠心独运,达到了高度的艺术概括能力和洗练的笔墨技法。

以画虾为例。虾的精确的形态,虾的有弹力的透明体,虾在水中浮游的动势,把艺术造型的"形""质""动"三个要素完满地表砚了出来。这样丰富的内容,老人用的是极简练的笔墨,不能多一笔,也不能少一笔,一笔一笔可以数得出来。以极简练的笔墨表现极丰富的内容是艺术造型的最高标志。所以我们完全可以理解,为什么小小的几只虾,能在万紫千红中突现出来。

白石老人九十一岁的时候,有一天,作家老舍抓了"蛙声十里出山泉"这一句诗,请老人画。这句诗所表达的的意境,不容易用绘画形象来表现。比如,"蛙声十里"就是一个难题,而且规定的背景是山泉,只能在山泉上做文章,老人思索了几天,终于画出了一幅杰作。画是四尺长的一幅立轴,画着一片急流,从山涧乱石中泻出,水中夹带着几只蝌蚪,高处抹了几笔远山。这乱石、流水、蝌蚪,代表着画家多么巧妙和深湛的想象啊!

又如,老人画的一幅棉花,题了"花开天下暖,花落天下寒"两句旧诗,寓意也是很深的。

白石老人也画人物,在他的人物画里,有时流露了他对旧社会的爱和惜,表达了他的人生观。有一幅不倒翁,他题了这样四句诗:

乌纱白扇俨然官,

不倒原来泥半团;

将汝忽然来打破,

通身何处有心肝。

又一幅画着一个老翁,也题了四句诗:

宰相归田,囊底无钱;

宁肯为盗,不肯伤廉。

从这两首题画诗里,可以看出白石老人敦厚的人品和高尚的气节。这样的人品和气节,赋予他的艺术以朴素明快的风格。白石老人不仅在高度的艺术造诣上是后学的典范,他的人品气节也当得起正直人物的崇高标志。他的艺术和人品将永远为后世所景仰。

1967年9月23日发表于《人民日报》

再读齐白石的画

王朝闻

今年九月十六日,人民敬爱的画家齐白石长逝了。生活了近一世纪的老人,劳动了一生,留下了难以数计的好作品。老画家别出心裁地描写了可爱的自然,平易近人地揭示了自然的美,永不满足于既有的成就。全国解放之后,力图表现从苦难中站立起来的人民的高兴,歌颂了人民热爱的革命领袖。他是名符其实的人民的画家,一生的努力无愧于他所得到的荣誉。有些以左的词句作为进攻武器的右派分子,力图贬低他和他的作品的社会意义,完全是徒劳的。

齐白石由贫苦的木匠变成伟大的艺术家,经历了悠长的岁月,经历了不平坦的道路。在他的诗"与儿辈携酒至舍外饮"里,流露出他的愤慨,也反映了他的遭遇:"成仙无术从他死,伴鬼犹忧处世如。"在他的艺术已经成熟的时期,还引起同行的攻击,攻击他大胆创造的态度和清新的风格。以因袭为能事的同行,象今天国画界的右派分子反对探求多种多样的表现方式一样,把齐白石当成脱离传统的邪门歪道。其实,他十分尊重徐渭、石涛、朱耷、吴昌硕,尊重到了崇拜的程度。曾经把这些画家的作品当成学习对象的齐白石,正如提倡"借古以开今"却又不让"古之须眉生我之面目"的石涛一样,不过是把因袭当成没有出息的行为,其不拘前人绳墨的创作,并不是脱离传统的怪物。

齐白石在艺术上的成就,和前人的成就分不开,个人的才能没有脱离集体的智慧。可以说没有金冬心、李鱓等前辈画家也就没有齐白石。可是齐白石和历代勤劳、勇敢和智慧的画家一样,不把前人的成就当成自己的成就,主张"我行我道,下笔要有我家笔法"。在《梦大櫯子》这一首诗里,他记下了自己的感慨:"皮毛袭取即功夫,习气文人未易除。不用人间偷窃法,大江南北只今无。"在九十二岁时的题画诗里,也看得见他那作为艺术家而非复制匠的抱负:

逢人耻听说荆关,宗派夸能却汗颜。

自有心胸甲天下,老夫看惯桂林山。

在题跋和笔记里,齐白石一再表示坚决要改进自己的画风。他认为秦汉刻印的好处是"胆敢独造"。他敢说:"吾有独到处,如令昔人见之,亦必钦佩。"(见手稿《辛酉日记》)正因为齐白石敢于进取,所以他的国画和其他艺术达到了前人未曾达到的造诣。在任何美术展览会里,他的作品总以引人注目的力量从别人作品之间"跳"出来。只消看一看他愈来愈洗练的笔墨,例如画虾的笔墨的表现力,决不会有今不如昔的误会。即令画了别人曾经画过的东西,也有他自己的独到之处;即令是反复使用既成的画稿,第二次不就是第一次的重复,多少也有新的创造。他运用了兼有民间艺术的纯朴和文人画的洗练的笔墨,扩大了前人取材的范围。

依靠他观察的努力和敏感,深知对象的美之所在,排除了流行的成见,敢于把自己深切的感受表现出来,其作品形成了与众不同的境界。在书桌上入睡了的孩子,两个小鸟同时咬着一条蚯蚓,黄色的葫芦上有一个小甲虫,枯了的莲蓬上立着一个小蜻蜓,蜘蛛网上有一片落叶,水面上有几片落花,树干上有一个蝉的空壳,老母鸡的背上站着一个小鸡,一只蜻蜓在追逐水上的花瓣,三个精神饱满的小青蛙好象在嬉戏,几个不知利害的小鱼围着钓钩,不安分的小耗子正在仰头瞅着油灯。甚至,行动不灵的偷油婆在打咸鸭蛋的主意。这些平凡的现象,没有脱离画家的注意。有些作品,使人觉得他不过是用普通人的眼睛看事物;有些作品,使人怀疑画家是以孩子般的眼睛来看生活。可是他终究不是平凡的人而是很有才能的画家,他好象拥有点石成金的魔法。看起来并不新奇的东西,一经他的描写,就把欣赏者诱入特殊的迷人的境界之中。

蝌蚪——青蛙的前身,在有成见的人看来,这有什么好画的?至少,它不会象牡丹一样容易讨人喜欢,不象新鲜的樱桃那样容易讨人喜欢,不象细嫩而且透明的秋海棠那样容易讨人喜欢。可是,一经老画师的描写,存在于蝌蚪本身的美就显得突出了，显得逗人爱怜了。老画师用浓墨象写字那样沉着地一点，点出一个椭圆，再一拖，拖出一条短短的由粗而细的波状线，蝌蚪的立体感、质感特别是动态就活现在纸上了。说活现在纸上还不恰当，它是活现在水里。它那微微地摇摆着尾巴的神气，好象是自在地却也有点胆怯地游动在无形的水里。这是高明的切合创造意图的技术，这是平易近人而又神奇的笔墨，这是容易被人忽视却很动人的境界。

齐白石不是平凡的画师。他的笔墨的好处，决非准确一词可以说明。较之准确，他更注意神似，虽然准确和神似是不矛盾的。他一再改变表现的形式，其实是力图表现出对象最精彩最动人的东西。他匠心独运地处理画面的虚实、照应等关系，从而揭示出对象的美。去年画的牡丹、葫芦、荷花、老来红，虽然远不及创作盛期的作品动人，却也有它的特点：构图奇特，格调浑厚；牡丹花迎风招展的姿态，画得还很有神。齐白石一贯不放弃传统的重要特点——传神。老画家明白：要是刻意求工，忽视对象的精神，画蝌蚪难免丧失蝌蚪最动人的特征——稚气和活泼，而成为昆虫标本。只画出虾的透明和肥嫩，老画家是不满足的，他运用了简到无可再简的笔墨，着重表现了这些小生物欲动不动、正要跃动的神气。

人们说齐白石的画充满诗意，这是不错的。所谓诗意，从齐画来看，不是什么不可捉摸的东西，无非是艺术家的"心"，从对象的某一方面，某一个富于代表性的方面，去和对象相接近，使形象能够集中表现素材中最精彩、最动人的东西，表现了对象的神和美，而且体现了画家对于对象的感受——爱和憎。不用说,齐白石九十岁时画的蝌蚪追逐荷花的侧影是富于诗意的,他的题画诗,例如"鸡、蝴蝶、花",也可以真当成富于诗意的画来欣赏:

小院无尘人迹静,一丛花傍碧泉井。

鸡儿追逐却因何,只有斜阳蝴蝶影。

(见手稿甲子乙丑白石诗草)

对象的特征和画家的感受的适当表现才能产生诗意,情景交融的形象才是诗意的形象。"意中有意,味外有味"(樊山题白石诗草)的形象才是诗意与形象,只求逼真地模仿对象的外形,看不出艺术家的主观能动作用的作品,即使是从写生得来的,也难免使人感到乏味。

基于敏锐而细致的观察,齐白石掌握了别人容易忽略的特点,构成了不落陈套的意境,夏夜的扑灯蛾,曾经妨碍幼童温课,妨碍少女桃花,在人们的印象中,它至少不是什么讨人喜欢的东西。可是,当它和古老的油灯一起出现在齐白石的画面上的时候,人们可能得到不同的印象,它有可能唤起人们的怜悯。那似乎正在颤动的细小的触须和脚的描写,如果说画家想要强调的是小虫的追逐亮光,不懂得利害的特点,而不是小虫妨碍人干活的讨厌的特点,不算是毫无根据的猜测。许多作品表明,画家没有把对象本身不存在的格格不入的东西,强加到它的身上,却也不愿意被动地冷淡地人云亦云地对待他的对象。他总要强调他认为值得强调的特征。一幅笔势纵横的"残荷",画的是萧瑟的秋塘。可是,画家不愿重复一般的画法,也不因此重复一般的格调。画家按照实际情况,不仅描写了残荷的残败,而且描写了别的特征——静中的动。画家依靠莲蓬和荷花、荷叶的巧妙安排,画出了一片动乱飞舞的热闹景象。用浓墨画成的、散布在画幅各处的许多枯了的莲蓬,是在错杂中求条理,在条理中讲变化的。有趣的是,因此使残荷能够在衰颓中显出力量。显然画家有着自己独特的发现,在构图时有发挥主观能动作用的可能。正如他那强调虚实变化、对比照应、计白当黑的印章的布局一样,他的许多小品,虽然象是很不吃力,信手拈来地画成的样子,却总是力图表现自己感动过和觉得有趣的东西,经过苦心经营的。因而具体描写了对象,也相应地表现了画家自己的特殊感受。

齐白石一贯反对造型脱离它的原型,十分尊重客观对象。他给蟋蟀的生活状况和性格特征作了细致分析的《画蟋蟀记《(见手稿《辛酉日记》),也可看出他研究素材的认真。可是他不把自然的、如实的模仿当成创作的最高境界。熟悉对象和拥有高度艺术修养的老人,敢于提出容易被庸俗观点所僵化的人误解的主张:"作画妙在似与不似之间。太似为媚俗,不似为欺世。"这种说法,和石涛的"至人无法,非无法也,无法而法,乃为至法"的说法是相通的。孤立地看齐白石的这二句话,唯心主义者可能强调"不似"。只要联系他的作品,从他自己的实践来考察,可知他所主张的"不似"正是为了"似"。"不似",其实是在"似"的基础之上发展起来的,决不是"似是而非",而是更高的"似"。他的这种"妙在似与不似之间"的主张,既反对依样画葫芦的摄影主义,也反对脱离实际的形式主义。作画,要做到不象当然很容易,要做到很象也不太难;难在又要象又不太象。在齐白石看来,画出对象的外形不算功夫,要做到画出对象的神气就不大容易。片面强调笔墨的趣味,不顾对象特点的画家,达不到这要求。要是狭窄地了解现实主义,以为画得逼真就是好作品,不易了解齐白石的理论,也不易了解他的成就。"妙在似与不似之间",是见多识广经验丰富的老画家的真知灼见,只有和对象有了默契、善于构想的艺术家才认得出才做得到。

齐白石作品中的形象,恰好是"妙在似与不似之间"这说法的具体的解释。荷花画得红艳艳的,荷叶却只用淋漓的水墨。枇杷用黄色,草莓、牵牛花用红色,而叶子,却只用淋漓的水墨。面对着这些画面,欣赏者会在不知不觉之间被魅惑,使人觉得体现了工具特长所画出来的水墨的叶子是绿色的。因为画家适应了自然现象相互联系这一科学规律,利用了欣赏者相应的联想作用,大胆使用了这种半真半假的画法。淋漓的水墨虽然没有如实模仿花叶的绿色,却已经再现了它那一个重要方面的特征。这就是说,淋漓的水墨画出了花叶的生意,这生意和真的花叶接近,具备了真实的感觉,它和红的花一样,是从某些方面而不是从所有方面和自然接近了的。花用彩色,叶用水墨,好处还不只是为了表现出叶子本身的重要特点,表现它的真实性,而且也因此加强了有色的花的鲜艳,从强烈的对比中产生了强烈的效果。如果怀疑齐白石这种画法是非现实主义的,甚至说他是印象主义的,那么,不只不容易认识齐白石的艺术,也不容易认识其他一切非自然主义的艺术。

艺术形象,只能是也应该是从某些方面和它的原型相联系相接近的,它不必也不能再现一切。具有咫尺千里之势的山水画,例如几株桃花使人觉得桃林广远的"借山图",较之真山水,实际上要微小得多。要是抱着求全的成见,反映了红军战士的坚定和乐观的戏剧"万水千山"也会被抹杀,因为它毕竟没有记述长征历史的一切。"艺术之成其为艺术,正因为它不是自然"。生活是艺术唯一的源泉,但艺术形象要是和自然形态没有分别,那就取消了艺术。问题在于艺术家是不是着重表现了自己真正受过感动的对象的某些方面的特征。神似的形象,和自然形态是很有区别的。有才能的演员说书或演相声,只要是胸有成竹的,尽管没有化装、完全是日常生活的打扮,动作和神气出模拟部分,完全可以达到这样神奇的境地:使观赏者着迷,以为他仿佛就是他所模拟的人物。这种表演省略了许多并非不重要的东西,可是因为演员已经把握了某些具有决定意义的东西(照中国画家的说法是"神"),可以唤起丰富的想象的东西,观众难免着迷。民间过年耍龙灯,从来不掩饰掌灯的人。当龙灯还没有舞起来的时候,这些"龙脚"实在是引入注意的。可是当他们在锣鼓声中特别是在灯光之下舞动起来的时候,他们的存在就从欣赏者的注意圈中隐退,代替他们的是蜿蜒地前进的精神抖擞的大爬虫。齐白石的国画,和不化装的说书、相声、耍龙灯都不一样,可是却都一样是突出了对象的值得突出的特征,刺激和诱导观众进行"再创造"的心理活动,因而欣赏者原谅分明存在的这不足"之处，喜爱这种"半真半假"的艺术。在"不完整"中求完整的，以有限的东西表现了不受这有限的东西所限制的东西，这实在是不只有技术而且有技巧的艺术家。

语言，和造型艺术的区别更加显著，然而从"妙在似与不似之间"这一点来考察，它和造型艺术也有共通的地方。在回忆全世界劳动者伟大的领袖列宁的演说里，斯大林说他所敬爱的领导看列宁是山鹰。借用那些看画着眼于形似的人爱用的词汇，可以说这一比拟是不"科学"的，因为列宁就是列宁，哪里是什么山鹰。然而，只需从列宁的性格——勇往直前、在战斗中不知恐惧为何事的特点着眼，斯大林为了称赞而用的"妙在似与不似之间"的比拟，就艺术创作的角度来看，实在是很"科学"的。此外，我以为人的外号也一样，其所以能够流传，也因为又象它的原型，又不太象它的原型。外号虽然不能概括性格的全部，可是凡是可能流传的，就其原型的姿态、声调或神气看来，都不是不"科学"的。

前些日子，美术家协会展出了一些波兰电影宣传画，就齐白石"似与不似"的主张来考察，就形象的简明与富于概括作用这一点来考察，这些内容、形式和风格同齐画很不一样的宣传画，和齐画也有相似之处。《这样侥幸的事情只会有一次》《婚姻介绍所》《屋顶上》等画（均见《美术》十二月号画页），其形象，显然不是电影镜头的简单的模仿，而是从某些方面来和它的原型——电影接近的。这些构思与构图很巧妙，造形很特殊以至怪诞的形象，可能使没有看过这些电影的欣赏者猜到它的情节以及主题思想。即令是画法比较朴实的"罗马十一点钟",那几个少女的眼睛——苦恼地期待着什么和发现了什么可惊的不幸的神气,作为暴露资本主义罪恶的这部电影的宣传画来看,它是富于表现力的,可是何尝是电影镜头的简单模仿。

如果说艺术对于生活是一种"解释",这种"解释'只能依靠单纯化的形象。"完整"到了和素材缺少区别的程度,无法完成艺术的任务诱导欣赏者进一步认识生活,观众似乎没有多大必要欣赏艺术。比较写实的艺术,例如前不久在苏联展览馆展出的优美的俄罗斯绘画,和齐白石的作品一样,不过是按照艺术家的生活经历、文化教育和审美要求等等特殊条件所形成的见解以至感觉,用艺术形象从事现实的"解释"。这种"解释"很细致(有的连马毛的光泽也画出来了),和齐白石的水墨画大不相同,可是还不能说它和生活本身已经一样。表现了俄罗斯人的英雄气概的"士兵",愈看愈觉得充满了仇恨的"农民",表现了俄罗斯风景的美的"解冻""薄曙月初升""雨后的村道""风平浪静彩云浮",不论具体状况如何不同,其画法也都不是包罗万象而是有所选择有所强调的。透过了复杂状况,着重表现了存在于对象本身的也就是画家最关心、最感兴趣和觉得非表现出来不可的特征,才算得是艺术。

不是只有复杂化才是提高,不是任何复杂化都是提高。由繁琐到单纯,象齐白石的创造过程,必须承认也就是一种难能可贵的提高。齐白石运用了极其明快的笔墨,画出了江水的浩荡,海棠的艳丽,山鹰的雄健,正如运用了工细的笔墨,画出了蚱蜢的欲跃和蝉的欲鸣的神态一样,老画家不是以再现对象的一切为作画的目的。作画的魅力决不只是以外形的逼真为转移,正如人的德和才不决定于外貌一样。可是反对党的文艺政策的右派分子偏偏要说笔墨洗练的中国画是落后的,不科学的,必须用西洋技法来代替。一切进步的艺术家,为了避免模仿照相,为了防止摄影主义作风的发展,从并非以再现一切能事的齐白石作品里,完全有可能学到很可贵的知识。

齐白石花鸟草虫的造型的美,基于对象的重要特征的突出表现。因此,不论多么特殊的画法,例如那些兼工带写的作品,以及用水墨画花果,用焦黑画花瓶的作品,也不使人怀疑形象的真实性。象中国古典歌舞剧"血手印"、"柳荫记"和"焚香记"在悲剧中穿插了喜剧情节一样,虽然把一笔不苟的工细到了极点的蝉和用笔简到无可再简的枯叶或树干结合在一个空间,几乎是把黄筌与梁楷的画法结合在一起,欣赏者不能不承认这种画法是合理的,正因为把握了对象的重要特征,看画的人来不及找毛病就被形神兼备的形象所陶醉。也正因为画家抓住了对象的重要特征,例如枇杷的弹性,灯台的坚硬,水波的柔和,柳丝的袅娜……即令其用笔是基于书法的,强调抑、扬、顿、挫等等构成音乐的节奏感的因素,不仅不失为现实主义的艺术,而且使现实主义艺术更多彩。

"妙在似与不似之间"的说法,从欣赏者的角度来考察,它有欣赏心理的根据。画一把破了的蒲扇和剥去莲子的莲蓬,白石老人就给人夏去秋来的联想,按照欣赏的经验看来,我总觉得，欣赏活动所以是有趣的，不只因为欣赏者被动地接受了什么，也因为他可能主动地发现了什么，补充了什么。正因为欣赏者有相应的脑力活动，流行在民间的歇后语、寓言和俏皮话才给人觉得是富于吸引力的。舞台上虽然没有门、桥、车、马和山水，依靠演员高明的表演，能使观众觉得这一切是存在的。白石老人那使人感到秋意的破蒲扇和许多作品证明，启发欣赏者相应的脑力活动，给他提供发挥想象和联想的条件，艺术才更有魅力。苏联画家帖尔然诺夫的"日阿玛尔"，画的是一个坐在草地上守着饭锅煮东西的女人，正象俄罗斯伟大画家克拉姆斯科依的"月夜"（画中的女人只占了长椅的一角）那样，不是一览无余的，这种构图使欣赏者的注意力没有被有限的画面所拘束，效果上是扩大了画面的空间。就这一意义而论，可以真说欣赏者就是艺术家的合作者。人们当然不能和去世的齐白石一道作画，可是他在取材、构图、用笔、题字以至盖章等一系列的措施中，都能够启发欣赏者相应的脑力活动，联想到没有出现在这画上的事物，使欣赏者也成为艺术的"创造者"。

齐白石那些"由小见大"和"以少胜多"的作品，正如中国古典戏剧或庭园设计一样，基于既有的富于真实感的形象，欣赏者经过了一番不吃力的脑力活动，由可视的形象出发，"看见了"没有直接出现在画面上却和画面上的形象有密切联系的东西。只画飞虫，不画天空，欣赏者不怀疑它是贴在纸上的鱼、虾和蝌蚪，即令代表水的几条弧线也不画，人似乎觉得它活动在清彻的水中。只画一个干了的莲蓬，配上一只蜻蜓，几道微波，或者在枝上画一只蝉，配上几片黄叶，就能够把看画的人带到爽朗的秋天的大自然之中。一点歪斜的灯火，一片枯黄的落叶，不只表现了风，而且给人们带来了凉意。那些小幅画使人联想到的空间，较之画面本身要广阔得多，深厚得多。

一切决定于画面既有的形象的实感，如果希腊雕刻是不现实的，雕刻家罗丹不会从触觉上感到它的体温。如果黄河的水势不是陡急的，富于想象的李白也不会创造出"黄河之水天上来"的名句。如果莫斯科的普希金铜像表现不出诗人构思的精神状态，诗人郭沫若就不会说"你是否在酝酿着新的诗篇"？如果苏里柯夫的"士兵"的性格是模糊的，这一草稿就不会有独立价值，不能使人联想到不出现在画面的英雄行为。不是任何写意画都可能唤起欣赏者相应的想象和联想的，纯书法趣味的游戏，决不可能象齐白石用水墨画成的叶子那样，唤起绿色的感觉。不存在的绿色的唤起，离不开水墨已经把握了的叶子的重要特征——厚实、丰润、新鲜的生气。齐白石的水墨画所以是可贵的，正因为形象巧妙而且真实。

可能不再有人怀疑了，艺术不直接提供任何抽象的结论，而是利用感性的、具体的、可视的形象，引导欣赏者自己得出一定的结论。能够唤起热爱生活的热情的齐白石的作品，显然看得出画家不是以教诲者自居，而是十分懂得欣赏者的欣赏兴趣和接受能力的。不论画家是不是自觉，作品一定会体现一定的概念。只有富于概括性的艺术形象才能够明确体现一定的概念。齐白石的那些富于概括性却又不是一览无余的形象(也就是富于代表性的具体描写),让欣赏者自己去发现,去补充,从而接受一定的概念。人民感谢他,感谢他给人类贡献了异常珍贵的劳动成果,也感谢他对于欣赏者的欣赏力的重视,敢于创造而又尊敬前辈的齐白石,其作品继承了中国艺术的优良传统,体现了造型艺术的特殊规律。不管我们用什么形式表现什么题材(包括反映社会生活的意义重大的题材——这是最重要的),他那敢于标新立异的、富于独创性的、宝贵的、丰富的绘画遗产,十分值得我们认真学习。

发表于1957年12月《美术》

探花蜂苦蜜方甜[①]
——文艺欣赏随笔

王朝闻

伟大画家齐白石的遗作,将于1958年1月1日在苏联展览馆展出。包括从来没有和广大群众见过面的非常珍贵的诗稿和画稿,展品有画、字、印和手稿共七百余件。这许多不同样式和体裁的作品,最显著的共同的特色,是格调纯朴、深厚、自然,正如画家自己的性格那样。

展出的作品,最早的是大约二十岁时画的鲤鱼。朴实无华,一笔不苟,显示着认真的雕花木工的本色(这时期齐白石是雕花木工)。民间艺术的长处分明表现在这一时期的作品之间,也继续保存在此后各个时期的作品之间,构成了巧与拙、生与熟相结合的特色。

山水画《借山图》,是他游历了半个中国之后,四十七岁时在湖南故乡创造的组画。正如他的另一组山水画"石门廿四品"那样,笔墨不及成熟期纯熟,却已初步显示了个人的独特风格。在他的《诗草自序》里说,"虽诗境扩,益感作诗之难"。因为力求确切表现自己的所见和所感,即令形象还不大十分成熟,其新鲜的气概远远为笔墨甜熟的画家所不及。

大约在五十七八岁,齐白石的绘画技巧已经成熟了。笔墨洗练而富于表现力,造型单纯而耐看,题材范围广泛,表现方式多样。有些作品的构图变得很热闹,不完全保持冷逸的趣味。大胆使用了强烈的颜色来画花卉,而且敢于和水墨并用。形式美的追求,和描写对象某些方面的特点的要求密切联系着。不论山水、人物、花卉、草虫,各方面都有出众的地方。这个时期,已经拥有丰富的创作经验的老画家,主观的要求与客观的特点和谐地统一着。白石老人不把平铺细抹算功夫(他的诗句有"一笑前朝诸巨手,平铺细抹即功夫"),讲究笔墨的变化,同时又要求这些变化合乎"天"(自然,现实):

山水笔要巧拙互用。巧则灵变,拙则浑古,合乎天。天之造物,自无轻佻浑浊之病。

(摘自1919《老萍诗草》)

基于现实而又在表现形式上不断进行新的探索,形成形象的真与美的统一,构成别人想不到的境界,获得与众不同而又不矫揉造作的风格。

漫长的红云一般横贯在河边的桃花林,使人感到寒意的被迷蒙的烟雨笼罩着的山村,不过几笔涂成却显得很热闹的绕林的寒鸦,虽不挺拔却昂然地迎着寒风的北方的柳树,象鸟一般轻捷地浮游在渺远的江上的帆船,透过疏疏的桃林现出一群放牧的水牛,孤零地但又是自负地矗立在江心的小丘,"深林绕屋无惊雀"②般幽静的居处……这些境界特殊的山水画,格调清新,不落前人窠白,处处都是经过推敲的,却又十分自然。它使人觉得与其说是画给别人看的,不如说无非是画家朴素地记录了自己深切的感受。画家不断探求新的境界面而又兼具了普通人的感情,满足了自己的创作欲,也适应了欣赏者的需要。

齐白石作品的境界和人民的感情分不开。幼小的急于归家的牧童,拉着一条不懂得牧童心情、迟迟不前的大水牛,画面单纯得很,却使人深深感到画家怀旧的真挚感情。掷柴耙玩耍的三个小孩,也是画家童年回忆的造型化。读者当然不会具备齐白石童年生活一样的回忆,可是这些形象可能唤起类似的回忆。因为作品的意境和我们的生活很有联系,我们看了感到很亲切。有一幅没有来得及展出的"迟迟夜读图",也是老人这一时期的好作品。那个抵抗不住"瞌睡虫"的折磨、伏在书桌上打磕睡的孩子,何尝只是画家关于他的儿子的回忆录。

齐白石以平易近人的方式,表现了美好的自然中的东西,所以小孩也喜欢他的作品。一个七岁的孩子,有机会接触展出作品的照片,深被沙洲上站着一群鹭鹚(鱼鹰)那幅画所吸引,聚精会神地观赏着。我问他喜不喜欢这幅画,开始是用"不知道"三个字来搪塞。多呆一会儿,他说出他对于鸟的好感:"他们正在玩儿。"尽管他连这一群鸟的名目叫不出来,不懂得它们的基本形态怎样错综地组织在一起而形成了它们的动势,不懂得一笔画成而又很传神的鸟需要多么艰苦的学习过程,更不用说他不关心画面的空白与着墨之处以及署名和盖印的布置依据什么原则,却能够不需要什么解释,只凭直觉知道画家喜欢的是什么,因而着重表现了什么。

这幅鱼鹰,画幅并不大。远处,紧靠画幅的上边,是用几笔水墨画成的远山。中景,是用几笔水墨画成的沙洲。最近的地方,画幅的左下方,沙洲上站着十来个鱼鹰。鱼鹰是用浓墨画成的。用笔很简单,效果却很不简单。猛一看,鱼鹰的眉眼,什么都看不清楚。黑黑的一片,象剪影。可是只消多看一会儿,愈看愈有趣。不知道画家是记录他觉得有趣的景象,还是他想象出这一种有趣的景象,反正,他在自然中,把握住一种和人的心境有密切联系的东西,把握住热爱生活的人所喜爱的东西,把握住能够培养高尚的健康的感情的东西,而且,毫不吃力地介绍给我们。

这一群鱼鹰,是在广阔的江水边上。所谓广阔的江水,其实不过是白纸,不过是和远山、沙洲、鱼鹰结合在一起的一些空白。大胆利用空白,是传统的中国画的好处,齐白石继承了这些好处。空白,在画面上所占的面积很大。大片儿地方一笔水纹都不画,完全是干干净净的空白。可是,人们看画的时候,不把这些空白看成是空白。人们就象受了迷惑,把这些空白当成广阔的江水。久住在屋子里的人,看了画就能联想到祖国的大自然,感到心绪澄明。

动人的形象不是容易得来的。即令是很简单的几笔,都经过苦心的经营。许多画稿不只表现了画家的才能,也表现了作画的艰苦。1919年的一幅很有趣的画稿的背面,包含着画家辛勤的劳动。几笔画了一只很生动的鸟,题了几句话说明这一形象的来历。白石老人说他六月十八日和一个学生在北京法源寺谈天,看见砖地上白色的石浆恰似一只鸟,于是用笔就地描画下来,觉得"真有天然之趣"。显然,这一偶然现象里包含着不偶然的原因。并不是任何人都可以从地上的斑痕看出生动的鸟的形象的。这一"有天然之趣"的形象,不是运道很好的普通人碰见的,而是随时都想要创造的齐白石发现出来的。如果说艺术家有一种特殊的敏感,这种敏感并不神秘,还是离不开画家日常观察和思索的努力。

一直到晚年,齐白石不满足于既有的成就,总是努力追求新颖的创造。晚年的作品,不只是笔墨更加老练,构图更无拘束,而且有些作品的构思,妙想天开,完全出人意料。大家一再谈过的"蛙声十里出山泉",不用说是对于那些以为凡是出题目做文章就一定产生公式化劣货的说法的否定。他适应了作家老舍的要求和造型艺术的特点,煞费苦心地也是巧妙地用看得见的蝌蚪间接表现蛙声的来历。1952年画的那一幅荷花,蝌蚪追逐荷花的水上倒影,完全突破了造型艺术与诗的界限,给只能写生不敢发挥想象的人提供了大胆创造的范例。荷花的倒影,是人看出来的,住在水里的蝌蚪,能看得见荷花与倒影吗?这样是不是脱离实际?画家不被成见所拘束,不怕违背自然科学,敢于借这种半真半假的景象表现生物的稚气,而且体现了自己对于对象的美妙方面的感情——爱。

这不是简陋的报道,不是平淡的叙述,更不是琐碎的解释,而是感情洋溢的吟唱。

手稿《庚申日记》里的一条画记,也可以看出他那艺术家的自觉:"有谓余画观音大士,何以美丽而庄严?余曰:须知菩萨即吾心也。"不是当作一种迷信的偶像,而是当成一种美与善的集中表现的人的形象来看,画家不是只画其所见,而且要画其所感,以至要画他的理想。为了防止艺术创作中的摄影主义,并非直接描写重大的社会事件的齐白石的作品,也应该是当成模范来欣赏的。

大胆创造是中国人民高贵品质的具体表现。齐白石的手稿里有许多反对因袭的激情的言论。1921年为陈鸿寿(曼生)刻印的拓片作的题记,可以看得出他那作为艺术家的自觉和自信:

"刻印,其篆法别有天趣胜人者,维秦汉人。秦汉人有过人处,全在不蠢,胆敢独造,故能超出千古。余刻印,不拘昔人绳墨,而时俗以为无所本。余尝哀时人之蠢,不思秦汉人,人子也,吾侪亦人子也。不思吾侪有独到处,如令昔人见之,亦必钦佩。曼生先生之刻印,好在未死摹秦汉人为铜印,甘自蠢耳。"(摘自《辛酉日记》)

在"庚申日记"里,白石老人记下他对古人的尊敬,也预见了敢于创造的自己的艺术创作的未来:

"青藤、雪个、大涤子之画,能横涂纵抹,余心极服之。恨不生前三百年,或为诸君磨墨理纸,诸君不纳。余子门之外饿而不去,亦快事也。余想来之视今,犹今之视昔,惜我不能知也。"

全国解放之后的事实证明,齐白石的预见没有落空,而且远远超出了他的预见。在全国解放之后,当他还健在的时候,就得到了历代中国画家从来没有得到过的崇高的荣誉。

齐白石的成就,依靠前人的成就,也依靠他那忘我的劳动。正如此次也展出其一部分作品的画家黄宾虹和徐悲鸿那样,勤勤恳恳地劳动了一生,才给后代留下了光辉灿烂的精神财富。劳动形成人的高尚品质,白石老人的遗作展览会,何尝仅仅使人们受到一次深刻的美的教育。

1957年12月1日发表于《人民日报》

注:①②摘自《白石诗草二集》

白石老人"衰年变法"

胡佩衡

我们的党和政府为了纪念艺术大师白石老人的逝世,在北京举办了一个规模巨大的遗作展览会。搜集展出老人精意的作品七百余件,其中有绘画,有书法,有诗文、有篆刻,满目琳琅,非常难得。特别是绘画部分,按照年代排列,从最初青年时代幼稚的作品,经过逐渐成熟的发展阶段,直到晚年成功的杰作,整个发展过程非常清楚。可以明确看出,老人的成就是从临古而写生,由写生而创造的相互关系以及循序渐进的规律性。

这次展览会对人们有极大教育意义,使人感觉到白石老人的伟大成就不是天生带来的。只有象老人这样从事绘画劳动,终生不懈地努力学习,才可能由木工达到艺术上高深的境界。应该特别指出,白石老人杰出成就的关键——1917年到1927年，所谓"衰年变法"。了解这一阶段的详细过程，会给人们尤其是艺术家们极大的鼓舞。

白石老人一生在学习上是十分虚心的，他不仅向绘画遗产学习，并且也向当时的画家学习。不管是谁，只要画有所长，他就要学习。因此，他最爱才，有才能的画友和学生，都成为他的良师益友。提起来，对白石老人影响最大的画友是陈师曾，使白石老人最崇拜而没有见过面的大画家是吴昌硕。

白石老人五十五岁定居北京后，经陈师曾的劝告，才走上吴昌硕开创的大写意花卉翎毛一派。后来，一变再变，到六十多岁才独创出红花绿叶的浓色花卉和用墨笔画鸡、虾、蟹等杰作，自成一格。

白石老人在1917年认识陈师曾后，很钦佩他的绘画才能，又博、又深、又富有创造性，人物、山水、花鸟，无所不画，细心钻研，大胆创作，笔墨高超。不久，老人与师曾就成为益友，互相帮助，研究艺术。老人记师曾有"君无我不进，我无君则迟"的诗句，可见他们之间的关系了。在那时，我就认识了白石老人，我又和陈师曾先生同在北京大学画法研究会任导师，也常和陈师曾同到白石老人家研究艺术，所以，白石老人这一阶段的情况我还记得清楚。

陈师曾最崇拜吴昌硕，曾得吴昌硕的亲传。当时，吴昌硕所创大写意画派很受社会的欢迎，白石老人也非常崇拜吴昌硕的作品，自己认为笔墨上和吴昌硕相差很远，必须虚心学习。况且，已经有名的大写意画家很多，除吴昌硕、陈师曾外，还有王一亭、陈半丁、姚茫父、王梦白等人。当时，收藏家吴静庵印"寒籍谚画萃",集吴昌硕、陈师曾、陈半丁、凌文渊、王梦白和白石老人等六位的花卉作品。在这本画集里,白石老人以自己的作品和其他画家相比,觉得自己的造诣不深,作品也不突出,应该再进一步努力"衰年变法",因此就听信了陈师曾的劝告———学吴昌硕。

白石老人有诗注记这一时期的情况说:"予五十岁后之画,冶逸如雪个,避乡乱窜于京师,识者寡。友人师曾劝其改造,信之,即一弃。"

那时,白石老人已经快六十岁了,作品的确可以和明末大画家八大山人朱雪个比美,绘画造诣原已很深。再学吴昌硕也与一般不同,是在自己原有的造诣基础上,吸收吴昌硕的优点,融化在自己的技法里,进一步再创造,独立风格,自成一家。

这一过程非常艰苦,是老人艺术造诣杰出成就的关键,对这过程老人称为"衰年变法"。老人记叙当时情景有诗:

扫除凡格总难能,

十载关门始变更。

老把精神苦抛掷,

功夫深浅心自明。

诗句记叙为了"扫除凡格"独创新风格是很艰难的,老人用了十年的长时间,闭门研究,才开始有了变化。在漫长的岁月里,老人苦苦地把精神花费了不知多少,功夫是深是浅只有自己的心里明白!

"扫除凡格总难能,十载关门始变更",是指白石老人来北京定居后的十年，也就是1917年到1927年左右，真是十载寒窗苦。他记叙当时艰苦努力的情况还有"涂黄抹绿再三看，岁岁寻常汗满颜"的诗句。意思是说，自己的进步太慢，作品年年总是寻常，不突出，自己很不满意。

老人这个时期学习的方法与以前的临摹大有不同。他对着原作品临摹的时候很少，一般都是仔细玩味原作的笔墨、构图、色彩等，吸收它的概括力强、重点突出、大胆删减、力求精炼的手法。把这些优点加进自己的作品里，进行新的创造，以达到"扫除凡格"的目的。

当然，"扫除凡格"的目的也不是容易的事，我常看到他面对着吴昌硕的作品仔细玩味，之后，想了画，画了想，有时一稿可画几张。画完后都挂在房里，仔细分析每一张的收获和优缺点。这种艰苦奋斗认真钻研的精神，令人十分钦佩。

在这一时期里，老人画了很多习作和创作，凡自己认为精到的有显著进步的就保存起来，展览会中这一阶段的作品大部分是老人自己的收藏，这都是我们研究老人"衰年变法"最宝贵的材料，应该特别重视的。

因此，我们看出白石老人1927年前后的作品和以前大不相同，根本看不出来哪里是"八大山人"，哪里是"徐青藤"，那里是"吴昌硕"了，我们看到的只是"齐白石"。老人的变法终于成功了。

我们应该了解，白石老人摹古师今不是学皮毛，而是广泛吸收成功的经验，长期写生的所得，苦下功夫再进行创造，推陈出新，才有这样的杰出成就。也正象白石老人常说的：

"小技，人拾者则易，创造者则难。欲自立成家，至少辛苦半世，拾者至多半年可得皮毛也。"

　　这种虚心学习、刻苦钻研、大胆创造的精神，老人不是自七十岁成名以后就终止的，而是活到老学到老。例如展览会上有一张仕女，就是他八十多岁临王梦白的作品。我知道老人学习的面很广，甚至自己的学生谢时尼画的鸡，老人以为有独到处，也要学习一回。毛主席告诉我们"虚心使人进步，骄傲使人落后"，白石老人一生能这样不断进步，获得杰出的成就，正是这句名言在实践中的证实。这种虚心的精神是值得我们每一个人学习的。

　　　　　　　　1958年1月10日发表于《文汇报》

白石老人的画

于非闇

　　人民艺术家齐白石先生,在去年九月十六日以九十三岁的高龄与世长辞了。他给我们遗留下数以万计宝贵的艺术作品,这些作品也丰富着世界艺术的宝库。

　　他小时在湖南家乡放过牛,年轻时当过木工。在勤劳朴素的生活里,三十岁以前业余画人物,四十岁以前画山水,四十岁以后才画花草虫鸟。在五十岁时,他的画还没有创造出自己的风格。他认为还不够成熟,仍然在勤学苦练,追求着他认为最好的目标——他自己独特风格的绘画。

　　由于白石老人是劳动人民出身,熟悉劳动人民的生活喜好,他取为绘画题材的,也就是一般劳动人民喜闻乐见的一些事物,例如小雏鸡、牧童耕牛、小虾、小蟹以及牵牛花、枇杷果之类。他在旧社会憎恨资本家常用的大算盘,他就拿起粗笔黑墨歪斜地画了一个难看的大算盘。对于劳动人民常用的柴耙,却画得干净利落,一笔一画,非常生动,象画一个老友。

中国画,用的色彩不多,白石先生更善于用这少数的色彩,鲜明地画出许多东西来。他还能用黑墨代替一切的色彩。他可以用墨画出物体的明面和暗面,他可以用墨画出物体的薄、厚、软、硬,以及物与物之间的距离、主从等等关系。他画小雏鸡的时候,由于他熟练地掌握了墨色的浓淡,水分的干湿,蘸到笔毛上哪一边墨多和哪一边墨少,他就巧妙地画出活的小鸡形态,连它们身上的软毛绒也画出来了。当他没有作画以前,脑子里已经塑造好了许许多多小雏鸡的形象,用着不同的笔法和不同的蘸墨法,画出来的雏鸡也就有各种神态,达到笔情墨趣、形神兼备的境地。白石老人画的一些水墨的小动物,我认为是最工致最细腻的作品。

中国画的纸和墨,都是不易掌握的。白石老人用过苦功,经验多,到了他的手中,就能够随心所欲地运用,使之发生良好的效果。我最佩服他用淡墨画的那一条俯冲前窜的大鲇鱼,除去眼睛和两条须之外,连头带鳃,通身到尾只有五笔,就把条二斤来重、油光水滑又肥又圆的大鲇鱼塑造出来了,而且表现出鲇鱼摇尾前进的习性。白石老人曾在河边用棉花球钓过大虾,和我谈过钓鱼捕鱼和以鲇鱼作菜的故事,因为他仔细观察了这些动物的神态,熟悉它们,所以画出来的鲇鱼,把它在水里的力量也充分的画出来了。

白石老人用颜色,喜欢用浓重的,红的真红,黄的真黄,画花卉很少用粉红色,仍保持民间艺术的色彩。至于植物的叶子，大部分是用墨来代替叶子的颜色。他画残荷，有的荷叶用墨，有的用赭色，整个荷叶的中心部分是向内凹进的，他只把叶的周围用大笔一笔画出来，空着凹进的部分不画，单凭叶心几根曲线向外幅射，一片大荷叶的凹进部分就突出地表达出来。

据我个人体会，老人的绘画是沿着两条表现方法的道路发展的。一条是古代的"双钩"（钩出物体的轮廓线）方法，例如工细草虫。另一条是古代的"没骨"（不用钩轮廓线）方法发扬光大的，这一成就是：一笔落到纸上就要成一个形象。这个形象的面、体和质感等等，就凭这一笔表达出来，毫不含混。在塑造的时候，老人认为某处须要明，某处须要暗，老人只是在蘸墨的时候采用不同的方法，或手腕用力一提一顿，效果就完全显示出来。这种塑造形象的艺术，是以前画家极其少有的，也是白石老人的拿手活。

1958年1月15日《工人日报》

读齐白石画稿

郁 风

最近由于筹备齐白石遗作展览会的工作关系,有机会读到老人数十年来自己保存的画稿和诗稿、日记等手迹,使我如同走进了隐蔽在他的单纯朴素的作品背后的一座丰富奇异的宝库。他所遗留给我们的,不仅是通过他不朽的作品所散布的生命的欢乐,而且从这些遗稿中,还告诉我们他在艺术创造上所走的道路和所经历的甘苦。这些珍贵的资料还有待于专家们的研究,这篇短文仅仅是作为一个美术工作者向齐白石老人学习的片断笔记,选刊的画稿也可以给读者作直接的说明。

当我们欣赏着齐白石的画,新鲜的花朵,可爱的稚气的小动物,浩渺的山水自然,我们分享着他创造简练而完美的艺术形象的随心所欲的快乐。但是我们却很少见这种"随心所欲"所需要的吃力的劳动。

我们从舞台上欣赏乌兰诺娃的舞蹈,她的身体象一缕轻纱一样随着"小夜曲"的音乐飘飞在空中,但是她自己却说过,当她练习跳跃的时候,她感到自己的身体象有千斤一样的重,每一个刹那的动作都是多么吃力啊。同样的,齐白石的画似乎是三笔一个小鸡,五笔一朵荷花,但是在他数十年来的遗稿中却是一千笔一万笔工细的摹写着前人的画稿,也记录着他自己从生活里所获得的形象。

有一厚叠薄薄的棉纸,他用双钩描摹着清代他的同乡画家并非怎样有名的瓮塘老人的繁密的梅花,连题款也钩得工工整整。他所钩的金冬心山水册页,在严谨中带着稚拙;也有用手头的任何纸片临摹着他所拜服的八大山人、李鱓等人的山水,以至唐寅的人物画。在临摹的粉本中,有一件是比较特别的,上面没有题款,看来是出自宋代王居正的纺车图(最近故宫博物院绘画馆有原作展出),这说明他早年学习传统不仅限于他后来所最为推崇的也是受影响较大的石涛、八大、徐渭、扬州八怪等明清画家。他推崇先人是经过多方面的摸索之后,有了自己的见解才狂热的爱上某些画家的作品的。他在58岁写道:

"青藤(徐渭)、雪个(八大山人)、大涤子(石涛)之画,能横涂纵抹,余心极服之。恨不生前三百年,或为诸君磨墨理纸,诸君不纳,余于门之外,饿而不去,亦快事也。"——庚申《老萍诗草》。

他对于艺术和前人成就的虚心追求还可以从他的画稿看出来，如有一幅无款荷花鸳鸯双钩草稿。每一片花瓣、叶、茎和鸳鸯的羽毛都注着颜色和浓淡，更具体的如"点外之色似朱砂，少许和墨和黄，欲紫不紫"；在一些轮廓的边缘上注有很多这一类用笔方法的文字：笔墩向这边，笔尖向这边，顺笔，笔尖向这边横扫来，等等。在他的笔记中说到过常有厂肆拿画来卖，价钱太贵不能买，他又极爱，便急急用纸摹下，记清颜色笔法，日后便细细按照记录草稿重画出来。

在他有机会接触先代名家作品以前，更多的是从民间艺术中学习。二十余岁做雕花木匠时就为乡人画过帐檐上的挑绣花卉草样，他本身也可说就是民间艺人。二十七岁时拜了两个乡间画工为师，主要是学画神像和人像。在遗稿中有大幅关帝读春秋和天官像，大约就是那个时期临摹的粉本，我们从展出的早年人物画中就可看出这种民间神像画的影响。此次展出还有一套比借山图更早一些的山水册页石门二十四景（约四十余岁作，东北博物馆藏），用色鲜艳，构图层次热闹饱满，显示着建筑彩画的影响和民间艺术富有生活情趣的健康朴实的格调。而这种来自劳动人民的天真纯朴的气质，正是构成他日后发展巧妙构思的厚实的基础，即使到了五十几岁后，当他已经从先代画家作品中吸取了对他有用的滋养，逐渐形成了个人特色，他仍然随时从民间艺术学习，如在遗稿中有一小幅，画着一个老人和两个童子，题字为"丁巳（五十五岁）客汉上，有瓷瓶卖者，余见其雕瓷甚有天趣，因戏钩其稿，将付儿辈他日为有用本也"。又如另一张画一鸭子正举步前行，右边题字："余尝于友人家（见）铜鸭香炉，通身有神味，非如流俗画家画鸭也。"又在鸭脚下注几行小字："此足踵，此长者中爪，中爪上短者旁爪。足欲蹈未蹈时，两旁之爪向上反，故旁爪在上，中爪在下。"他从这件艺术品所表现的鸭子举步的神态仔细研究了它的造型的特点。

在他所存的散稿中还夹杂着许多从画报上剪下的图片，除了金冬心、八大山人以及时人的画之外，还有各种动物的照片，有葫芦和藤萝的照片，也有类似月份牌画片的百禽图之类。说明他不拒绝从任何东西吸取参考，来补充自己的直接观察。

四十岁以后五次出游陕西、江西、广西、广东等地，在旅行中随时将所见记下，在他的日记、诗草里常插入一两页带有文字说明的画稿。散稿中也有象广东的帆船，西北的冰船，桂林阳朔山水等写生记录。从文字注中可以看出他观察的用心，在一幅小姑山画稿的题记："余癸卯由京师还家，画小姑山侧面图，丁未由东粤归画前面图，今再游粤东画此背面图。"他这样做并不是为了记录对象的全部，而是为了一丝不苟的要求准确的把握形象的特征。他的写生画稿，和自然主义的记录外形的一切细节的写生方法毫无共同之处，但需要细致的地方，即使是照相机所拍不出来的，他也要画仔细，或用文字记下。如在他这张棉花稿上注着"花瓣之里有纹"，"未开棉之壳似桃子"，"一叶一花"（就是每一片叶子茎上长一朵花），说明他认为重要的是棉花的形象特征和它的生长规律，花和叶的关系。如果在一定的角度一成不变的记录了一株棉花的花叶重叠的姿态,如果你没有掌握一花一叶的规律,尽管写生技术如何准确,当你再画一株棉时,仍然可能违反了真实。而在白石老人看来,似乎简单的画稿里,却包含着供他日后创造形象所必须的要素。

在他从生活中吸取材料时,他不止是观察了对象,掌握了对象的特征,而且当他写生时就已经进行创作构思,确定了表现方法。在这幅"立在石上的鸟"一稿中写着:"石下之水只宜横画,不宜回转,回转似云不似水也。"在石头下面水纹中是先画了回转的线,又启为横线的。在写生画稿中注明修改的文字更是很多,如鹰的"后腿应长三分",爪上"横纹极密"……鹤的"头宜稍长""足不宜再长""黑毛此外宜推下五寸许"等等,他对待形象的极为严肃的态度,是许多人不能想象的。在他的乙丑(六十三岁)白石诗草中的杂记里写着:

"凡大家作画,要胸中先有所见之物,然后下笔有神。故与可以烛光取竹影,大涤子尝居清湘,方可空绝千古。匠家作画,专心前人伪本,开口便言宋元,所画非目所见,形似未真,何况传神?为吾辈以为大惭。"

因此他从生活中从不放过任何可以入画的形象。

但是他不满足于"形似",而追求神似与形似的统一,追求创造。他说:

"大笔墨之画,难得形似,纤细笔墨之画,难得神似。此二者余常笑昔人。来者有欲笑我者,恐余不得见。"——辛酉(五十九岁)

为了这,他是经历过痛苦的。而这种痛苦还不是指技术锻炼所必须的劳动的辛苦，因为这种劳动已经成为他的快乐。他所经历的痛苦是对于自己的否定，一个艺术家必然经过无数否定才能不断达到新的成就，才能有新的创造，而否定自己总是痛苦的。在他五十七岁时题画写道：

"余作画数十年，未称己意。从此决定大变，不欲人知；即饿死京华，公等勿怜，乃余或可自问快心时也。"——《己未老萍诗草》。

他是这样咬牙切齿的逼迫自己下决心以求大变。所谓大变也就是要超越前人窠臼，要"我行我道，我有我法"。终于他获得了他的"道"和"法"，而成功为人民所热爱的艺术家。

然而他的"道"和"法"从哪里来的？

这些极为珍贵的画稿就告诉了我们：

从传统中来，

从民间艺术中来，

从生活中来。

发表于1958年第1期《文艺报》

白石老人的童心

林　元

白石老人高寿近百岁,可是在他的画里却一直流露出一颗跳跃的童心。

由于这颗童心,老人对儿童生活有敏锐的感觉。孩子游戏,儿童第一天上学,自己的儿子迟迟晚上读书打瞌睡,……都成这个老画家的题材。

由于这颗童心,老人对自己的童年生活,尽管过了六十年、七十年、八十年、九十年,都恍惚是昨朝的事情一样。他六十岁那年想起了童年时竹马游戏的生活,便画了一幅竹,在上面提到:

儿戏追思常砍竹,

星塘屋后路高低。

而今老子年六十,

恍忆昨朝作马骑。

时间又过了十多年,当老人七十五岁左右的时候,也许又记起了童年的竹马游戏生活吧,便画了一幅"松坪竹马"图。在这幅画里,我们看见四个总角的孩子,在广阔的松坪上,每人拿着一枝竹竿作马骑着。三个孩子跑到前头去了,另一个孩子在后面追赶,跑呀跑的,一个孩子"噗"一声摔倒了,……多天真烂漫的生活,不,应该说多天真烂漫的一颗老人的心!老人八十多岁的时候,想起童年养猪的生活,便画了一幅猪,在上面提到:"追思牧豕时,迄今八十年,都似昨朝过去了。"直到他九十二岁,他还想起童年放牛时,在身上系着一个铜铃,祖母听见铃响,知道孙子回来了,才不再在门口等候的事情。于是,他画了一幅"牧牛图",题道:

祖母闻铃心始欢,

也曾总角牧牛还。

儿孙照样耕春雨,

老对犁锄汗满颜。

王朝闻同志在"再读齐白石的画"里提到:白石老人的"有些作品,使人怀疑画家是以孩子的眼睛来看生活"。的确,老人的有些作品,是洋溢着孩子的天真感情的。在这次举行的"齐白石遗作展览会"上,展出了一幅老人九十一岁画的钓鱼图。画面极简洁:两根小钓竿,一条长长的线钓着鱼食高高垂下,四五条小鱼立刻快活地摆着尾巴围上来。画上题着"小鱼都来"和"九十一岁老人齐白石戏"一行字。"小鱼都来"这一句话,多天真啊!这是孩子的语言,这是孩子的生活,也是孩子的天真的感情和希望。然而却出自一个九十一岁的老人之口!这使人想到的是什么呢?是老树在抽芽,是人生九十如赤子,是一个九十多岁的老人象孩子似的在戏弄着几条小鱼。是的,这一点,老人自己也在题款里的那个"戏"字上点出来了。

老人的童心,还表现在他描绘的对象上。老人最爱画的一些题材,是"草木知春君最早"的玉兰花、一清早就带着露水开放的牵牛花、生命活跃的小蝌蚪、生命刚接触大自然的雏鸡……总之,都是一些最稚嫩的、最充满朝气的东西。老人在九十岁左右画过一幅小品,画上画着三只小鸡:两只小鸡在前面侧着头仿佛愉快地在商量着一个恶作剧的游戏,另一只小鸡就赶忙从后面飞来。老人在上面题了一行极平常的题辞:"白石山翁夜灯余兴"。然而,就在这个极平常的题辞里,我们看见了一株开不败的花朵,看见了一个青春永驻的生命。试想想看:一个近百岁的老人,辛勤地画了一天的画,到了晚上,还有"余兴"来创作,而且创作的对象,又是生命最嫩的、最有朝气的雏鸡,而且是三个小生命在天真地游戏!从这一点上看,你能说这个九十多岁的老人是"老"了么?

在老人漫长的九十三年的生命里,在老人的数以万计的大量作品里,都贯穿着一个东西,那就是一颗天真的跳跃的童心。所谓"童心"是什么呢?是蓬蓬勃勃的朝气,是乐观主义的精神,是对生活有无比的信心和热爱的一种表现。而这些,正是白石老人绘画艺术的一个主要特点。

1958年1月15日发表于《光明日报》

齐白石"发财图"的题跋
——文艺欣赏随笔

王朝闻

齐白石的"发财图",引起很多观众的注意。"发财图"里的算盘,作为一种视觉形象,因为它还不足以明白表现艺术家的思想感情,实在不见得比他自己画的花、鸟、虫、鱼更吸引人。可是有了那大段题跋,这块算盘的作用就很明白了。那一大段题跋,可以当成独立的文学作品阅读,读起来觉得意味深长。它接触了意义重大的社会问题,可是它好象不是服从什么庄严的意图,只不过随便谈天,读起来觉得很不吃力,也觉得画家写起来很不吃力似的。

读了这样的题跋,很容易联想到中国优美的文学作品,联想到那些"文已尽而意有余"的文学作品。

明朝选辑的一本笑话集里,有一则题名"风水"的象"发财图"的题跋，读起来觉得也很有趣，讽刺的作用也很强。它的故事是这样的：一个临终的人，要他的儿子在棺材的边上钉四个大铜环。儿子问他，这是为什么？回答说："你们日后少不得要听风水先生的话，把我搬来搬去。"

这样的笑话，并不明说它是在和什么思想意识作斗争，它的实质却没有脱离思想意识的重大问题。这一个读起来觉得怪诞的故事，不只嘲笑了那些迷信风水、贪图富贵却又不惜利用死尸的人，而且也嘲笑了那些把不漂亮的目的掩藏在漂亮的理由之下的伪善者。

主题明确不是语言干瘪和单调，严肃的主题不一定只有一本正经的形式才能体现，轻松活泼的形式和思想尖锐的内容可以不冲突。不见得只有直接把结论说出来的谈话才算是有结论的，肯定意义的内容不见得就不可以用疑问的语气来表现。为了避免生硬因而乏味的说教，为了加强艺术的吸引力和说服力，上述的笑话和齐白石"发财图"的题跋，应该承认它也是一种如何反映生活的值得学习的榜样。尽管这些作品是讽刺的而不是歌颂的。

齐白石在六十多岁时，画了一幅不倒翁，也是一件讽刺的艺术品。不倒翁的样子很象歌舞剧中的官衣丑。画上题了一首诗，说那些没有学问的官僚和不倒翁一样，没有心肝。和诗一起还题了几行字。大意是说：从前在南岳庙前，花了三个钱买了一个不倒翁，送给儿子玩耍。大儿子认为是巧东西，劝他出远门时带了去，复制一些给孩子们玩耍。大儿子哪里知道，这东西到处都有。这些题跋，也象"发财图"的题跋一样，它的好处之一,是善于启发读者进行思索,参加艺术形象的"再创造",从而深刻体会作者提出来的判断。不是简单地把一定的概念硬塞给读者,不是强给读者接受一定的概念。在那些双关的话里,分明包含着画家憎恶反动统治者的心情。可是这种憎恶感情的表现,不象做作过火、制造感情的表演那样,企图强求观众感动,而是一种有力的启发,有趣的诱导。这种题跋,象那些表现了花鸟虫鱼的美的视觉形象一样,使欣赏者自然而然地接受老画家的宣传。

"发财图"里的题跋,也象笑话"风水"和"不倒翁"里的题跋,是话里边有话的:

"丁卯五月之初,有客至,自言求余画《发财图》。余曰:'发财门路太多,如何是好?'曰:'烦君姑妄言著。'余曰:'欲画赵元帅否?'曰:'非也。'余又曰:'欲画印玺衣冠之类耶?'曰:'非也。'余又曰:'刀枪绳索之类耶?'曰:'非也。算盘如何?'余曰:'善哉!欲人钱财而不施危险,乃仁具耳。'余耶一挥而就,并记之。时客去后,余再画此幅藏之箧底。三百石印富翁又题原记。"

题跋里提到的东西,财神老爷、衣、帽、印玺、刀、枪、绳索、算盘,都是各自独立的东西。发财的门路,危险的手段,仁,都是一些各自独立的现象和概念。为了构成特殊的形象,当它们被结合在一起,靠它们相辅相成的作用,使人感到在这一结合之中,潜伏着一种不可捉摸却又是分明可以体会得出的观念、感情以至思想。这一切,不是不便用语言直说,而是有意留给读者去说。这就是说:反动统治者使用的衣、帽、印玺,强盗使用的刀、枪、绳索,剥削者使用的算盘,本身并不是什么可憎的东西,本身不代表善与恶,正如写字作画的笔和墨(工具)没有阶级性一样。可是,当它们和发财的门路、危险的手段等概念相结合,而不是和勤俭、劳动等概念相结合时,读者就可能按照画家提供的线索,在脑海里构成只能如此而不能如彼的判断,断定不正当的生财之道的性质相当于强盗的掠夺。

这样的语言艺术,其主题是很明确的,它不是那种虽然易懂,却是淡而无味的东西。短短的题跋,就技巧来看,体现了不只是语言艺术才需要的规律性的知识。如果说电影艺术蒙太奇的长处在于运用巧妙的结构体现特定的主题,那么,齐白石的"发财图"的题跋,好象杜甫的"兵车行",马志远的"天净沙",可以当成电影的蒙太奇来欣赏。

当成摄影机来看,老画家的注意点在转换。利用这种转换,突出了处于特定条件之下的个别事物的性质。而且,更重要的是基于老画家对于构成蒙太奇句子的"细节"的选择和组织,表现了作为"剧作者"或"导演"的齐白石的创造意图。他的"摄影机"首先是对着代表发财愿望的赵元帅,再是对着当官儿的衣、帽、印玺,再其次是对着反动统治者或强盗用的刀、枪、绳索,往后对着算盘,对着"危险的手段","仁"。不必依靠注释性的"字幕",线索分明的这一组"镜头"已经揭示了事物全部的含义,体现了和人民观察现实的态度一致的老画家的态度——憎恨剥削。这就是说,按照画家一定的创造意图而结合在一起(不是任意拼凑在一起)的这些现象和概念,给读者提供了一种有力的暗示，使读者联想到一种没有直接出现在文字之内的东西。这好比互相联接在一起的几个镜头所产生的所谓"中间物"。齐白石虽然没有给读者提出抽象的结论，却已经把读者引向一定的结论。作为战斗的武器，这种"言有尽而意无穷"的写法，是很有趣也很有力的写法。

这一题跋在语言技巧上的好处，和老画家塑造视觉形象时所运用的手法是相通的。它不只是使某些比较接近的现象和概念互相补充，象人们把桃花与人面并提那样，让读者便于了解它们的共通性。而且，正如他画花、鸟、虫、鱼一样，善于使性质对立的东西结合在一起，让对立的东西得到统一的和谐的描写，从而加强艺术形象的吸引力和表现力。齐白石在绘画里，惯于使宾主、强弱、虚实、动静、枯荣、浓淡、工拙等对立的因素，把主要对象的特质表现得很鲜明。如在枯黄了的老玉米的干和叶之间，穿插了鲜艳的牵牛花，因而使人觉得牵牛花显得更鲜艳，似乎牵牛花不甘随时令一同消逝的样子，就是对照法的并非一览无余的运用。"发财图"的题跋，也是对照地利用了性质相反的东西的结合。为了进一步攻击剥削者，齐白石故意把不正当的发财工具说成是"仁具"。"仁"，在这儿是一句反话，有了这一句反话，使仁与不仁有了强烈的对比，使不正当的生财之道的性质掠夺，特别是那些掩盖在虚伪的漂亮理由之下的掠夺行为的性质，显得更确切，更鲜明，更有说服力。这种写法，和鲁迅在小说《药》里用祝寿的馒头来形容坟墓相似，和人们所说"你是好人，你是好人里头拣出来的"语言相似，为的是在假设的肯定中造成更有力的否定。

艺术是生活的反映，但反映的方式可以是多种多样的。利用各种方式，例如运用宛曲的写法，唤起读者的思索，而不是生硬地把现成的意见硬塞给读者，这也是这些文艺作品使人感到有味而不是枯燥的原因之一。戏剧家史坦尼斯拉夫斯基认为："在艺术中只能诱导，不能命令。"（"谈话录"第194页）看样子，"发财图"的题跋的艺术技巧，对于各方面的艺术家都有借鉴的作用，不只是讽刺文学的榜样。

1958年2月3日

试谈齐、黄

张　仃

过去，人们谈到中国画家的时候，总喜欢说南某某北某某。如果现在我们将黄宾虹先生与齐白石先生，相提并论为"南黄北齐"，看作近代中国画家中有代表性的南北两位艺术大师，是当之无愧的。

黄工山水，齐工花鸟，两人生于一个时代，都享有高寿，却以不同的艺术题材、不同的艺术方法，在艺术造诣上，达到同等的高峰。今后对这两位大师如能作比较研究，是件有意义的但也是艰巨的工作。现在，对于齐白石先生的研究才刚刚开始，而对于黄宾虹先生的研究，可以真说还没有开始。

在他们的笔墨上，我以为齐是以"简"胜，黄是以"繁"胜。齐白石先生的笔墨，简到无可再简，从一个蝌蚪、一只小鸡到满纸残荷、一片桃林，都是以极简练的笔墨，表现了极丰富的内容。

黄宾虹先生的笔墨，繁到不能再繁，尤其到晚年的时候，越是画兴高、画意浓、画到得意处，越是横涂纵抹。近看似乎一团漆黑，退几步看看，真是玲珑剔透，气象万千。在极繁复的画面上，令人感到处处见笔，笔笔有情，单纯而统一。

所以与朋友们闲谈时，常用自己的话说：在表现方法上，黄用的是"加法"，一加再加，加到不可再加为止，在黄先生的画上，是一笔也不能再加的了。齐用的是"减法"，一减再减，减到不能再减为止，在齐先生的画上，是一笔也无法再减的了。

齐白石先生的"减"，是对丰富的生活与自然，经过长期与深刻的观察，然后加以艺术的提炼和加工。齐先生的艺术提炼过程，在画面上丝毫不露痕迹，使人们只看到他的艺术结果，他艺术上的单纯，以及惊人的夸张手法，富于说服力，使人们肯定。艺术原本就是如此。

黄宾虹先生正相反，在他的创作中，将对艺术探求的全部过程，都通过笔墨在画面上一一留下痕迹。因为他心胸中的丘壑，层次井然，脉络分明，所以不管他如何涂抹，总是繁而不浑，杂而不乱，坚实而不呆滞，在他重重叠叠、厚、密、重、满的画面上，洋溢着清新活泼的蓬勃生气。

"简"是难的，要达到象齐白石先生那样简练的笔墨，需要深湛的艺术修养，经过艰苦的长期的艺术实践。但"繁"却也很不易，象黄宾虹先生的"繁"，将创作过程全部坦露出来，更无可藏拙，无法虚饰。

在创作态度上,齐白石先生是最重视"创造"的,时常谈到"我家法","我家笔墨","逢人耻听说荆关"。黄宾虹先生是最重视"师承"的,甚至在作品题记上都强调一笔一墨必须有所师承。但他对从前上海滩上一些公式化概念化的中国画,则深恶痛绝,曾尖锐的讽刺说:他们画树的办法,是刻好的各类"梅花点""个字点"的橡皮图章,一个个打上去的。

其实,齐先生是最善于继承优良传统的,在他中年时期,曾师法过朱耷、金冬心、吴昌硕诸先辈,都十分深入,但并不沉溺于其中,一旦深入,立即跳将出来。所以人们说,齐先生是"几进""几出"。齐白石先生所说的"创造",是真正理解"师承"真谛的创造。

黄先生十分推崇明遗民画家,尤其深受着石溪的厚重而沉郁的风格的感染,但是黄先生的画,却完全是用的自己语言,有着自己的风貌,虽然他口口声声讲"师承"也重视临摹,却真正是师了"古人之心",不是师的"古人之迹"。他的艺术自传统出发,开辟了自己的道路,于水墨山水有所发展。黄宾虹先生所说的"师承",是创造性的师承。

对于两位先生,更加重要的一点是,他们都是十分热爱生活。齐先生的为百鸟传神,为万虫写照,因此他的艺术,充满生机,这已是人们所熟知的了。黄先生生活于"师古人"为主要艺术潮流的清宋,难能可贵的十分注意"师造化",曾遍游中国名山大川,打下千百张草稿,使自然的山水深印于心胸。所以黄先生的画,是抒写自己心胸中之丘壑。笔墨上的"加",是有所可加而加,非加不可而加,加一层笔墨,多一分生机，笔墨加到淋漓尽致处，山水就磅礴逼人，离纸而活脱！

齐白石先生与黄宾虹先生，在他们的艺术实践中，通过作品，最出色的回答了什么叫"创造"与"师承"。他们都是在自己的时代，身体力行的艺术革新家，推陈出新的先驱者。既反对无所师承的盲目创造，更反对一味模仿、食古不化的师承。对如何向传统学习，如何在传统的基础上向前发展，作出了光辉的范例。

1958年2月发表于《美术》月刊

蛙声十里出山泉

钟 灵

当代艺术大师齐白石,以他数十年的艺术实践,留给我们的遗产是如此丰富多采,有必要组织专家们进行有系统的研究。作为齐白石遗作展览会的一个观众,我只想从漫画工作者的角度,谈谈自己的感受。

齐白石在绘画上的主要成就并不在于他的讽刺作品,虽然他具有那么天真而深刻的幽默。但是漫画家从他那里可以学习到的东西,至少也和其他美术家一样的多。

齐白石的作品有一部分具有极明显的讽刺性。例如"发财图"的题跋,简直是一篇出色的小品文,老人尖锐而含蓄地挖苦了市侩,最妙的是他俏皮地称剥削者的"算盘"为"仁具",意思是说,用算盘为工具来干损人利己的勾当,较之用"刀、枪、绳索之类"的强盗手段来"发财"只是"文明"一些罢了。

又如大家比较熟悉的"不倒翁",确有漫画趣味。老人在解放前画过许多幅(解放后,老人只在应友人之请时才复制过)。在旧社会,他对不学无术只知鱼肉人民的官僚最为卑视,看到民间艺人创造的玩具不倒翁,把官僚塑造成小丑模样,让小孩子推来推去,觉得大出胸中闷气,于是作为画材,并题上语意双关的讽刺诗,常见的有以下几首:

秋扇摇摇两面白,
官袍楚楚通身黑;
嗟君不肯打倒来,
自信胸中无点墨。
能供儿戏此翁乖,
打倒休扶快起来;
头上齐眉纱帽黑,
虽无肝胆有官阶。
乌纱白帽俨然官,
不倒原来泥半团;
将汝忽然来打破,
通身何处有心肝!

不过,这些作品的讽刺性,与其说是通过形象表现出来,不如说主要是通过题跋表现出来的。象"发财图"的题跋十分重要,算盘本身倒居于从属地位了。因此,漫画家如果仅只向这几幅作品学习,当然也会有所收获,但也可能把自己思想的手脚束缚起来。

应该向老人学习含蓄而巧妙的构思。

让我们看一看"蛙声十里出山泉"吧。这是老舍先生引用查初白的诗句所出的画题,这句诗很朴素但很生动,短短七个字,不仅托出了环境和季节,而且描写了声音,这个题目出得很高,可是多么难呵!怎样用绘画的形式达到这一诗的境界呢?老人以他绝妙的构思解决了这一难题:在长满青苔的乱石中,山泉直泻,几只蝌蚪被流水冲激着,更加显得天真活泼,摇曳着它们的小尾巴顺流而下。画面上并没有半只青蛙,可是读者却能够想象得出,蛙声正和泉声奏着迷人的交响乐。不由得使我们联想起"踏花归去马蹄香"的故事,画家用围绕着马蹄的蜂蝶来表达诗意,画面上并没有花,"花香"却表现出来了。

这种传统的巧妙手法所达到的艺术效果,值得漫画家(当然不只是漫画家)深思。我们的某些说明图式的漫画作品(包括我自己的作品)出于善意地生怕读者看不懂,总是设法让所有的事物都在画面上露脸,外加啰哩啰嗦的标题和对话,甚至还不放心,再加上小字注解,真是所谓开门见山一览无遗,要表达的意思好象完全说清楚了(其实未必深刻、全面),读者大概一看就明白了(有时也不尽然),但看过之后,象喝过一杯白水一样,印象并不深,不久也就忘记了。我想这恐怕是在构思时忽略了艺术还需要一定的含蓄,需要留一些余地让读者用自己的想象去丰富它。这种必要的含蓄,使作品有余味可供咀嚼,读者的感受才会深,才可能产生艺术的魅力。

我并不是提倡晦涩。如何使作品易懂,使广大读者容易接受,漫画家在创作时必须首先加以考虑。我认为"易懂"和"含蓄"完全可以统一起来,因为一方面不应该对读者的欣赏水平估计过低(其实群众是很懂得含蓄的),另一方面含蓄也绝不等于含糊。

懂得含蓄的艺术家,可以在有限的画面里奔驰着天马行空的思想,他善于抓住带关键性的一点来概括其余,甚至象"蛙声十里出山泉"一样,把看来最重要的主角——青蛙摆在画面之外,只用蝌蚪指出它的存在,几只蝌蚪可以使你想象出很多在叫着的青蛙。面对着这样的作品,读者的思想会随着艺术家的思想一起摆脱了画面的限制,走向无穷无尽的天地。学会这种本领,对于一个漫画家是何等重要啊!

我们在漫画创作中,有时越想要全面,越想要表现得多,结果越不全面,越表现得少,恐怕就是不善于用含蓄而巧妙的构思来引导读者发挥联想的缘故。

老人在创作上给我们的启发当然并不止这一点。

老人的作品用笔简练而意味深长,这也是漫画家应该不断追求的技巧。他的画能使人百观不厌,越看越有味道,能够获得不同艺术欣赏水平的读者普遍的喜爱,就连儿童们也喜欢他的画。这一点很不简单,恰恰因为老人的艺术造诣很高,才能做到。把"提高"和"普及"对立起来的人,认为普及的作品可以马马虎虎敷衍了事,只有劳动人民欣赏不了的艺术才是"提高"的艺术的人,应该从老人这里得到教益。

老人主张作画"妙在似与不似之间","要胸中先有所见之物,然后下笔有神"。这就辩证地解决了主观和客观统一的问题。老人非常忠实于客观现实,从他许多手稿中可以得到证明,例如他对棉花的形象特征、枝叶生长的规律,都作了极其细致的观察和研究。为了画鸽子,鸽子尾巴上有多少根羽毛他都数过。但老人的作品绝不是简单机械地模拟自然,老人懂得在艺术创作中必须有所省略,有所强调,有所发挥,有所创造。"不似"其实正是为了"最似",因为艺术家突出地表现了对象的最典型、最本质的东西。

我想漫画创作的道理也是一样。学习老人如何现实主义地反映生活,既不走自然主义的道路以"媚俗",也不走形式主义的道路以"欺世",对于我们克服漫画不漫,或由于夸张变形不适当,看起来不舒服等等缺点,一定会有所帮助。

1958年春节,北京
发表于1958年第4期《文艺报》

谈齐白石老师和他的画

李可染

不少的青年美术工作者参观了齐白石遗作展览会,要我谈谈白石老师的生平和他的艺术。我是白石老师的一个小学生,也应该对这个展览会进行一次认真的学习。我前后在展览会上看了五个整天,对着老师的遗作真是思绪万端,不知从何说起。现在就谈谈我的一些感想的片断。

一

我想不论是谁,当他走进了会场,站在白石老师的作品之前,都会感到有一股清新蓬勃之气,雄强健壮的力量扑人眉宇,心胸为之一快,精神为之振奋。更可贵的是这些作品的思想感情与我们的思想感情息息相通,不感觉有什么疏远和隔阂。仅这一点就与一些其他老的传统国画有所不同。

我很欢喜白石老师九十几岁画的一棵棕树。棕干笔直冲天,棕叶下垂,笔力之雄健其可说是"如能扛鼎"。这里我不想说这张画的棕皮、棕叶的质感如何的神似,我感到的是一种震撼人心的气魄,正如画上题字"直上青霄无曲处"的那种雄迈昂扬不屈的精神。

有风园柳能生态,无浪池鱼可数鳞。

此是人生行乐事,夕阳闲眺到黄昏。

这是老舍先生收藏的《钓丝小鱼图》的题句。画的上部占着很大的篇幅,只画一根被微风吹动的钓丝,下边几条淡淡的被钓饵所吸引的小鱼。看来画面似乎没有什么东西,但是,我们很难用语言表达那绝妙的意境——晚凉风中,一天的暑热刚刚过去,还留着一线余霞,人在塘边观看游鱼,满纸是诗的意境。我站在画前,不禁忆起了自己的童年,说忆起了童年似乎还有点不大恰当,应该说是嗅到了童年时代的气息。画上那一根线,看来是一根真实的线,但又觉得不应该说它是一根真实的线,哪有一根真实的线能给人那样美妙的感觉呢。这张画使我们深深感到白石老师的感觉锐敏和感情的真挚。

白石老师的作品,哪怕是极简单的几笔,都使人感到内中包含着无限的情趣。过去他曾给我画过一幅小画:玻璃杯里插着两朵兰花,花头上下相向,上边题着"对语"两个字,其使人感到是"含笑相对,窃窃私语"。画展中有一小幅放牛图,前面一片桃林,草坪上几头水牛或卧或立,老牛的背后还跟着一头小牛,寥寥几笔就描绘出一片春色的江南。老师画的花卉迎风带露,欣欣向荣。记得一次我陪一位印度的著名诗人去访问老师,老师画了一幅牵牛花送他。诗人站在画前激动地说:"这花的艳丽生动使我感到在枝叶间就要窜出一只蝴蝶……"等了一下,他又说:"这不仅是一枝花,这是东方人对和平美好生活的歌颂。"

二

白石老师晚年作画,喜欢题"白石老人一挥"几个字,不了解的人就会联想到大画家作画,信笔草草一挥而就。实际上,老师在任何时候作画都是很认真,很慎重,并且是很慢的,从来就没有如一些人所想象的那样信手一挥过。他写字也是一样,比如有人请他随便写几个字,他总是把纸叠了又叠,前后打量斟酌,有时字写了一半,还要抽出笔筒里的竹尺在纸上横量竖量,使我在旁按纸的人都有点着急,甚至感到老师做事有点笨拙,可是等这些字画悬挂了起来,马上又会使你惊叹,你会在那厚实拙重之中,感到最大的智慧和神奇。

从这里,使我想到了老师的为人。他平时不喜欢讲话,也不大会应酬,没有一点那种艺术家自视不凡的气派。我想任何人最初和他会见了,都会感到他是一个朴朴实实平平常常的人,可是同他处得久了,就会认识到在那平平常常里面包含着很不平常。

在我与老师十多年的相处中,深深感到老师所以不平常,不仅因为他有非凡的天才和高超的艺术修养,更重要的是他具有劳动人民俭朴、勤劳、正直、真诚、善良的品质和思想感情。

白石老师到了晚年,虽然名满天下,受到人民的敬爱和尊崇,但他一直没有忘记劳动人民出身的根本,我们看他"鲁班门下""木人"等印文,可知从来不避讳他过去木匠的身份。平时在生活上自奉非常刻苦俭朴,记得有一次我买了一点菜食送他,菜是用一块白菜叶包着的。老师叫人把菜拿到厨房后,自己把那一片菜叶用布擦得干干净净,他说这块菜叶切碎用酱油调了可以下一餐饭。平时他常把一些有棉性的包物纸理平收藏起来,并且很喜欢在这样的纸上作画。我就见过他在老式鞋店包鞋的皮纸上作画,画上还隐隐可见朱印的鞋的号码。他作画后,常常把笔上余色用清水冲下,留作下次再用。从来不肯把星星点点有用的东西,随便抛弃。过去有人把他这种劳动人民珍惜物质的俭朴作风说成"吝啬",实在是不应该的。

白石老师生长在前清国家危难动荡的时代,但他的作品充满了坚强不屈、昂扬乐观的精神,一点没有灰暗颓废的气息,这一点就与士大夫文人画家有很大的不同。他歌颂生活中的美好事物,同时讥讽当时社会的丑恶面。观众对他用不倒翁嘲笑当时的官僚、画算盘讽刺剥削者的作品感到兴趣,不是无因的。他曾画过一幅无叶松,上边题着这样的诗句:

松针已尽虫犹瘦,松子余年绿似苔;
安得老天怜此树,雨风雷电一齐来。

把官僚剥削者比作虫子,人民的脂膏(松针)被吃尽了,还不满足(虫犹瘦),他盼望能来一次雨风雷电,把这些害民的东西消灭干净,这是何等强烈的反抗精神!

在解放以前我曾见老师在一幅倭瓜的画上边写着这样动人的题词:"此瓜南人称之曰南瓜,其味甘芳,丰年可作菜食,饥年可作米粮。春来勿忘下种,慎之。"在那苦难的岁月,南瓜可以救济饥荒,谆谆叮嘱"春来勿忘下种",表现了他的劳动人民的情感又是何等真挚!

"寻常百姓人家""杏子坞老民""星塘白屋不出公卿""中华良民也",老人在旧时代里不止一次用这样的词句刻成印章,表明自己的身份不同于官僚士绅阶级。为什么白石老师的作品那样亲切感人,为什么他画的一些极为平常的事物如萝卜、白菜、竹耙、锄头之类都能深深打动人心,我看最主要的就因为他是一个寻常的劳动人民,因而才能对这些与他的生活有亲密关联的事物,寄以深厚真实的感情。

古人说"画如其人""笔格高下,亦如人品",我们国画传统是很重视品质修养的。白石老师的成就固然条件很多,但劳动人民纯正善良的品质和思想感情实是最根本最主要的。其他如艺术方向、苦功、毅力等等也无不与这有着密切的关系。

当一个艺术家动手创作时,他的目的是什么呢?他是不计个人得失,竭尽心力把自己的正确的思想传达给人,并企图把作品做到尽善尽美,给人以丰富的滋养呢?还是带着欺骗的手段,以表面华丽炫人借以攫取个人名利呢?这一点,我看不仅是分辨艺术家人品高低的关键,也是分辨画品高低的关键。白石老师有两块印文是"心耿耿""寂寞之道"。他对人民的艺术事业是忠心耿耿的,但当他在创作的途中,人们一时还不能完全理解或为保守思想所反对时,他就不计个人得失,甘守"寂寞之道"。我们知道,他过去在北京多少年来一直为一些得势的保守派所攻击,甚至在解放以后还有人骂他的作品为"野狐禅"。过去他有一块印文是"知我者恩人",可知当时真正能认识他的并无几人。展览会上有一幅《芙蓉小鱼图》题着这样的一段话:"余友方叔章尝语余曰:'吾侧耳窃闻居京华之画家多嫉于君,或有称之者,辞意必有贬损。'余犹未信。近晤诸友人面白余画极荒唐,余始信然。然与余无伤,百年后来者自有公论。"

于此我们可以看到他当时的处境,然而他始终象一座山似的,兀立不动,从来不肯低头屈服。白石老师另有两方印文是"宁肯人负我""我不负人"。这种品质难道是一些带着流氓或市侩品质的艺术家所能有的吗?美术界封建把头徐燕荪有两块印文是"小字阿瞒""天下英雄惟使君",徐燕荪竟以"宁负天下人,不使天下人负我"的曹操自喻,与白石老师恰好成了鲜明的对比。

三

白石老师平时作画,既不看真实的对象,又不观看粉本和草稿(除了特殊的题材),就是那样"白纸对青天"凭空"自由自在地在纸上涂写。但笔墨过处花鸟虫鱼、山水树木尽在手底成长,而且层出不穷,真是到了"胸罗万象"、"造化在手"的地步。

有次我在江南写生,一天午后躺在一棵大松树下睡着了,醒来仰观天际伸出的松枝,忽然感到似在哪里见过,想想才恍然知道那分枝布叶及松子的神态,原来就象一幅齐老师的画,这时使我感佩老师作画不仅是从造化入手,而且观察认识是那样细致深刻。过去也曾有人认为国画家"凭空"作画,就是不重视生活,殊不知我们优秀的传统画家都是把研究生活、认识生活,作为修养的一个极其重要的部分。但当他正式进行创作时,认识生活的阶段已经成为过去。我们不能设想白石老师一边执笔一边观看,能画出今天这样生动的虾子。中国画家在长期不断的观察及不断的习作中,逐渐全面深入地认识了对象,等到"成竹在胸"的程度,才能进行真正的创作。作者到了这个境地才有可能不受约束或少受约束,将全部或较多的精力经营意匠加工,充分地表达事物的神气和自己的思想感情,因而达到艺术上感人的化境。由此可知,中国画家在创作时不再看对象是高度熟识了对象的结果,而不是脱离了生活。

白石老师在五十岁以后才定居北京,在这以前他几乎有半个世纪的时间居住在农村。早年在他的生活稍稍宽裕后,就在家园四周种花种树,养虫养鸟,朝朝暮暮饱览饮看,把这些景物都稔熟在胸中。四十到五十岁之间五次出游,"身行半天下",更进一步扩展了眼界和胸襟,为他的艺术奠定了一个强固的生活基础。

四

白石老师在他的艺术修养中，除了向生活学习外，还深入地研究了传统。他的绘画是从民间艺术开始的，如做雕花木匠学画花样，以后做了画工兼画神像衣冠像等等，民间艺术健康朴素的特色，一直保持在他后来的作品里，成为他独特风格的一个重要部分。到了二十七岁以后，才逐渐与古典传统绘画接触，并同时钻研诗文、篆刻、书法，丰富了他艺术的天地。

白石老师生长的年代，正当中国画衰落而又混乱的时代，死气沉沉，离开古人不敢着一笔的复古派与主张突破成法提倡有独创精神的革新派相对立。白石老师对待传统并不是认为任何古代的东西都是好的，而是有所批判有所抉择的。他所承继的是后者，反对的是前者，他最崇拜的画家是徐青藤、石涛、八大山人和乾隆、嘉庆年间的金冬心、李复堂，以及后来的吴昌硕等等。

"青藤、雪个（八大山人）、大涤子（石涛）之画，能纵横涂抹，余心极服之。恨不生前三百年，或为诸君磨墨理纸，诸君不纳，余于门之外，饿而不去，亦快事也。"

"青藤雪个远凡胎，老缶（吴昌硕）衰年别有才。

我欲九原为走狗，三家门下转轮来。"

我们从这些诗文里看到他对这几位画家是何等的尊崇，

他的画在很多方面与这些画家的作品是有血缘关系的,我们也可说,如若没有这些前代的画家,就没有今天的齐白石。

在民间艺术传统的基础上又钻研了古典绘画传统,这本来也不算什么希奇,可贵的是,民间艺术和古典艺术本有很多地方是互相矛盾,格格不入的,但通过白石老师的天才和努力,在他的作品之中却把二者统一了起来。

我们在展览会上看到白石老师的作品,从早期二十几岁起到九十三岁止,一直在不断地变化着,从来就没有停止过。如在九十以后还改变了虾子的画法,去掉了虾子头上几根短须,使造型更加单纯有力了。我们假如把前后作品对比来看,就会使人吃惊,他的变化真是到了"脱胎换骨"的程度。由此也可以使我们认识到,白石老师在他的艺术道路上,并不是盲目地跟随着古人,而是为了达到自己的理想,批判地学习古人。我们不难看出他的变化,是一直在与困难矛盾作斗争,克服了困难,解决了矛盾,促进了艺术的发展。我这里只想谈谈在他一生的许多变化中比较重要的两次。

前面讲过,白石老师的绘画是从民间艺术开始的,后来他离开了偏僻的家乡,五次出游,尤其是初到北京,比较广泛地接触了古典绘画传统,因而感到自己的作品的缺点有改变的必要:

"余作画数十年,未称己意。从此决定大变,不欲人知;即饿死京华,公等勿怜。乃余或可自问快心时也。"

"获观黄瘿瓢画册,始知余画犹过于形似,无超凡之趣,决定大变,人欲骂之,余勿听也;人欲誉之,余勿喜也。"(《老

萍诗草》)

　　为什么要变,因为看到一些优秀的古典绘画感到自己的作品过于形似,无超凡之趣,简单的说就是太象太俗了。太象太俗,不能说不是民间绘画短处的一面。怎样变呢?更加深入地潜心钻研古典绘画传统,从中吸收更多的东西。当他钻研了青藤、八大山人、石涛等人的作品以后,画风由俗日趋于雅了,尤其是他曾经特别沉溺于八大山人的作品,并在作风上受了他很大的影响。但是新的矛盾又产生了。这时他的画虽为少数高人雅士所赏,然而与广大群众的欣赏趣味却有了距离。在他定居北京后,要靠卖画、刻印生活,这样的画很难在市上换得柴米之资。于是他的好友陈师曾又劝他改变。"余五十岁后之画,冷逸如雪个。避乡乱窜于京师,识者寡,友人师曾劝其改造,信之,即一弃……"(见白石老人小册跋语)他对这冷逸的作风,当时及后来虽然仍有所留恋,但却毅然地变了。怎样变呢?他把人民群众朴素健康的思想感情与古典艺术高妙的意匠努力揉合起来,一方面尽力满足群众的要求,一方面又提高这些要求。他为这样的目标,埋头辛勤努力实践了很多年,到了六十岁前后才逐渐得到了成果,形成了自己的作风,七十岁左右这种作风发荣滋长到达了高峰,把民间艺术大大地提高,把古典绘画颓废灰暗的一面去掉,因而他的艺术得到了健康的成长。这样就把传统上民间艺术和古典绘画上格格不入的雅与俗统一起来,把形似与神似统一起来,把思想性与艺术性统一起来,最为重要的是,把数百年来古老的绘画传统与今天人民生活和思想感情的距离,大大地拉近了,为中国画创作开辟了革新的道路,这一点我认为是大大了不起的,划时代的。

白石老师生长在那样的时代,为什么在艺术的道路上能有这样正确的方向呢?我想这与他的劳动人民健康纯朴的思想感情是分不开的。他热爱生活,同时又有长期深入生活的基础,于是就产生了强烈的要正确反映生活的欲望,要求传统为反映生活感受服务,而不是盲目的学习古人,因而落在古人的窠臼里。写到这里使我想起老师给我讲过的一件事了:陈师曾在日本为他带来几本吴昌硕的画册,他看到后非常欢喜,翻阅到深夜不能罢休,可是第二天却画不出画了。他说:"我乡居数十年,又五次出游,胸中要画的东西很多,但这次看到吴的画册,却受到了约束。"因之他把画册送给他儿子子如了。我们听了这个故事、当然不会误解为他不要研究前人的作品,而是认识到,他一方面尊重和学习传统,一方面又不受传统束缚,这种正确对待传统的态度实在是值得我们好好学习的。

五

白石老师在艺术上的高度成就,是与他一生辛勤的劳动实践分不开的。

记得有一次在老师家里,一位客人问老师说:"我想学画,请您讲讲学画最重要的是什么。"当时躺在藤椅上的老师还未答话,站在旁边的老尹却插嘴说道:"呵!您老要学画,赶快用大板车拉满一屋宣纸,等把纸画完啦,再来说罢。"老尹说的虽象是笑话,实则是他跟老师工作日久,看见老师作画之勤苦,因而有感而发。白石老师有句诗道"采花蜂苦蜜方甜",好心的艺术家往往只愿把有丰富滋养芳甜的成果分享给人,却不愿人知道自己所受的辛苦。假若有人问白石老师在他艺术的修养上,用过多大的苦功,我想以俗谚"钢梁磨绣针"这一句话作比并不怎样过分。就以老师画案上那块砚台来说,那是一块又粗又厚的石砚,我不知他是从何时用起的,但以老师作画之勤,经过千万次的研磨,砚底有的地方已经很薄,近年别人给他磨墨时,总是嘱咐墨往厚处磨,不要把砚庭磨穿了。老师曾经对我说过,他一生十日未作画,一共只有过两次,一次是太师母逝世的时候,一次是他害了重病,此外总是天天作画,功夫从不间断,把画画作为日课,哪天因事作画数量不够,次日还要多画补足,白天时间不够,晚上张灯继续。所以我们在老师的画上也常常可以看到"白石日课"和"白石夜灯"的题字。听说他早年在北京,为了潜心用功,牺牲了一些个人娱乐享受,摆脱掉一些不必要的社交关系,为了杜绝当时社会一些无意义的干扰,白天也把大门落锁,甚至在门外贴上"齐白石已死"的字条,因而传为逸闻。他平时主要的时间是作画,其次是刻印,他说他利用出门坐车及睡醒尚未起床的时间作诗,这样他似乎还嫌时间不够。我们看他"痴思长绳系日"的印文,可以真体会他是如何珍惜时间。

  白石老师晚年为青年题字好写"天道酬勤"这一句话。他逝世的前一年给我写的最后一张字是"精于勤"三个字。勤学苦练,功夫不可间断,是我们艺术传统中历代匠师留下的名言,白石老师就是终身遵守这些名言的典范。在我与老师的接触中,使我深深体会到,艺术不仅要苦学更重要的是苦练,学而不练,所学必然都落了空。

　　由以上种种看来,白石老师能有今天的成就岂是偶然。解放以后,老师以九十多岁的高龄而在思想感情上能与新社会和谐合拍,也绝不是偶然的。记得一次老师参加人民代表大会回来,大家谈到新中国的建设及社会风气时时刻刻都在改变的情况时,老师感动地说:"毛主席和共产党是真正给人民做事情的,可惜我的年纪太大了,不能做什么了,我若年轻几岁,我也要加入共产党……"

　　实际上老师到了解放以后,精神上是已经年轻得多了,创作的情绪也陡然愈加旺盛起来。为了和平运动不断地画和平鸽,为了响应党的文艺政策,画百花齐放,不避繁重地书写共同纲领等等……老师这时的作品真是到了如他所写的一副联语"漏泄造化秘,夺取鬼神工"的境地。一些看来平常的事物到他手底似乎都可"点石成金"、"化腐朽为神奇"。有人说白石老师的艺术所以伟大是他的根底太厚了,我觉这话实在很有深刻的意义,白石老师的根底确实是太厚了。厚在哪里?厚在他的艺术代表了数亿劳动人民的思想感情,同时还包含了中国数千年的文化传统。他的作品不仅代表了广大劳动人民爱祖国、爱生活、爱和平、爱一切美好事物的善良心愿,同时还体现了中华民族伟大的气魄、坚强不屈的精神和欣欣向荣的朝气。最为可贵的是白石老师到了他逝世的前一二年，还能经常不断地创作，而这些作品精力饱满一点未见衰颓之气。试看他九十二岁画的一幅秋海棠，红光满纸，神采焕发，浓艳至极。另外一幅万年青那真是一种永不衰竭的生命力。我站在画前，感到老师虽逝世，但他的艺术定是同这幅万年青一样，长生不老，青春永在！

我们若能认真学习白石老师的作品，就会在他劳动人民的品质、思想感情、生活作风、艺术方向、苦功等等方面得到深刻的教育，因而使我们的中国画在今天的社会里得到更高、更光辉的成长。

白石老人的艺术渊源初探

傅抱石

  我很幸运,这次到北京开会碰上了齐白石老人的遗作展览。这次展出的除四百二十件画之外(少数书法),尚有画稿、手稿、诗集、图集、印谱和手治石章三百零六件,共约七百多件,真是"洋洋乎大观哉",俨然象一所艺术学校,规模之大,影响之巨,感人之深,毫无问题,中国画史上是没有前例的。全部展品大体可分作三个部分陈列。特别第一部分(包括老人二十岁至六十岁左右的作品)很多材料,怕还是第一次和世人见面。这次展览对学习和研究者来说,具有无比的重要性。

  当我第一次走马观花似地拜观了一遍之后,一再徘徊在第二部分的作品面前,我为老人这一时期非凡毅力所震惊。他什么都画,也什么都学,尤其那些画稿,立刻会使您认识到一位伟大艺术家的成就,需要怎样的把自己的基础打好,又需要怎样的勇猛精进、百折不回地付出顽强的劳动来巩固它和提高它。老人坚持了七十多年的艺术实践为我们创造了如此美妙如此丰富又如此伟大的业迹,他得到党和政府的重视,全国人民的爱戴和全世界爱好和平人民的尊崇,不是偶然的。

现在我想就老人的高艺对于传统的渊源简略地谈谈个人的浅见,其中着重绘画和篆刻两个方面。

作为造型艺术来看,特别作为中国造型艺术来看,老人是出色地完成了中国绘画上朴素、天真、健康、有力的美的典型的,它丰富了中国人民的精神生活和文化财富。这种美的典型的完成是基于老人书法(诗,跋)、绘画、篆刻高度的统一和有机的构成,老人的每一幅作品,都是一件崇高的艺术品,是一首排奡纵横的诗,是一曲令人难忘的交响乐章。画面上的每项东西(书、画或者篆刻)都生动地成为了艺术品的不可分割的有机的一个组成部分。老人这种崇高的美的构成形式,是老人丰富的人民感情的具体表现。在很大范围内,应该认为它是中国绘画的民族形式中成就是卓越影响面最广泛的一种。

"三绝诗书画"虽然是句老生常谈,可是它体现了古代艺术家们所憧憬所追求的艺术境界,也体现了读者、作者一致的要求,我认为这一直是中国绘画的优良传统之一。它要求艺术家把文学、书法、绘画等不同表现形式的东西(当然,对作者是有共同的基础的)以绘画为中心使它们联系起来,逐步提高而成为一个完整体。从七世纪到十三世纪末，我们的画史上也产生过一些"擅三绝之才"的大家。但是这个时期，印章在书画上还没有得到书画家们应有的重视，只不过作为官家（或私人）书画鉴藏的标记。

原来，中国印章的历史有两千多年，用于古画鉴藏方面，大约起于八世纪，用于自己的书画作品，则大约起于十世纪。不管用在哪个方面，官印全由统治阶级的专门机关供给，私印则多出自匠人之手。当时认为匠人之作，不懂篆法（实即书法），不足登大雅之堂，事实上决非如此，是庸俗的，因此用在书画上的并不甚多。到了十三四世纪，有少数的书画家对印章在画面的关系有了初步的认识，如赵子昂、王冕等。但往往还是自己先写好交由刻字工人去刻（这情况十五世纪初还相当普遍）。因为，用作印材的多半是金、银、铜、角、牙之属，质地比较坚硬，不是随随便便就可以奏刀。十五世纪中期，浙江省青田、昌化两地的石头，开始比较广泛地刻为印章，而一般的石质又比较软，于是书画家就有可能自写自刻了。这情况到十七世纪时进入了高潮，大部分书画家多能刻印，这样篆刻也就被认为是一种艺术并且在画面上逐渐形成重要的、不可缺少的组成部分（这种发展当然和清代的朴学运动和金石考据之学盛行有关），于是所谓"三绝诗书画"就不再能满足书画家尤其是画家进一步发展的要求，必须加上篆刻这一门艺术使画面的内容更加精彩更加丰富起来。

白石老人正是处于这样一种传统发展的形势后面。从这次展览出来的资料研究，老人最佩服最尊敬也是他向往最深的几位大师中,如八大山人、石涛、冬心,直到时代较近的赵之谦、吴昌硕都是书、画、篆刻并擅的能手。他们的艺术各有渊源,各有面目,在他们的画面上都相当显著地可以察出书、画(诗、跋)、篆刻三者的有机联系。大体说,他们都没有脱离古人而是程度不同的把传统推进了一步。

这样来看老人艺术的渊源,对于它继承的是些什么样的传统就是比较容易清楚些的。他没有追求二三百年来占统治地位的"四王"山水,而是着眼于明清以后几位比较富于现实精神的大家,特别是几位书画篆刻俱精的大家。我深深感动,老人所走的道路如此崎岖曲折,七十多年的顽强劳动又如此勇猛精进。老人的画面,不但是元气淋漓,清新一片,而且是别有天地,新意迸出。老人一生的劳迹,成为了中国人民心目中永远放射光芒的瑰宝,是中国人民尤其是艺术家学习的榜样。

中国绘画从十七世纪下半叶起,形式主义的倾向日渐严重。垄断了绘画技术的文人士大夫辈,只晓得面对绢素,而绝对不肯走向生活,亦步亦趋,临摹以外毫无所事,门户派别就越搞越多。他们都是文人,又会做文章,不是互相标榜,便是自相攻讦,开口"董元",闭口"大痴",大家都以"南宗"嫡派自居。董其昌以后,松江(华亭派)的画家,骂苏州(吴门派);而太仓、常熟(娄东派、虞山派)的画家又说是松江、苏州全不行。至于扬州的、南京的,更不在他们眼里了。这样就逐渐形成了"四王"对画坛的统治和山水画的绝对优势。还有什么"后四王""小四王"之类残余影响等等。可是在这股汹涌的逆流里面，也还是有不少杰出的画家不甘心跟着做"四王"的俘虏，他们坚持了"外师造化，中得心源"（唐张璪语）"笔墨当随时代"（石涛语）这一富于现实主义精神的优良传统，尽管形势悬殊，他们还是坚持下来了。他们是谁？就是前面曾提到过老人所敬佩的青藤、八大山人。石涛和扬州八怪部分的大家如金冬心。

我想没有谁能够在老人这个展览会上指出这幅那幅，或者这一部分那一部分是从哪儿来的，是学自谁的，这由于老人自始就不是一位貌似者，而是一位"有能有识者，敢删去前人窠臼，自成家法"（甲子白石诗草）的大师。尽管老人"恨不能生前三百年"为青藤、雪个（八大山人）、大涤子（石涛）"磨墨理纸"（庚申老萍诗草），我敢说，在老人后期的作品里是找不出哪一幅学自哪一家的，老人既能够大胆吸收，又敢于大胆摆脱。没有前者，不能博综而约取；没有后者，必陷形式之深渊。在这一点上，对我们的教育意义是极度深刻的。只有创造性地在传统的基础上，日新又新，不断发展，才能正确地把优良传统继承下来。没有创造，就没有发展，没有发展，就谈不上继承。

当然，这决不等于说老人的画面就完全没有青藤、八大山人、石涛、冬心，甚至赵之谦、吴昌硕诸家对老人的影响。假使这样下断语，不但不符合老人大约六十岁前的几十年对优良传统付出的长期劳动，同时也会减低老人在近代中国绘画史上继往开来、法古变今的重要意义。

不知道是否可以这样研究一下，老人画的较多的按习惯说是花卉、翎毛、草虫、蔬果之类,这是老人创作的主要一面,也是老人取精用宏,变化莫测,面目最新的一面,这是古人所绝对没有过的。上面我说不能机械地指出是学自谁的,理由就在这儿。若从另一个角度细细咀嚼一下,那么某些画面却又比较显著地使我们容易联想起它和上述诸大家具有一种相当亲切的因缘。我认为这种因缘,正是老人艺术继承与发展的具体体现。例如老人某些水墨的鱼、鸭、枯枝小鸟,好象对八大山人还表示了难以磨灭的爱恋。老人的梅花,有的令人初看时如面对冬心,有的实在超过了吴昌硕。至于老人的山水画,风格特异,新意尤多,有的(如《借山图》《石门二十四景》等)在整个构成上(包括题跋)冬心的气息似乎还依稀可辨(少数人物画也是的),并且延续了一段时期。有的(如《芭蕉山水》《松坪竹马》)在某些部分(岩壑、屋木、树石)青藤的雄秀和石涛的遒劲都作到了高度的综合与发挥。此外,老人早期的作品里,虽还不无别的因缘可寻,我看,那就不是主要的了。

我们必须认识到,老人仅仅依靠了这些传统(诚然它是必备的重要的条件之一),还是不能满足的。更重要的是老人出身于劳动人民,在掌握这些武器之后,并没有为古人服务,专画前人已经画过的特别是提炼过的东西,老人是"登山则情满于山,观海则意溢于海"(梁刘勰语),满怀信心地用它来向造化、向日常现实生活尤其是劳动人民的日常生活中找题材,并且对当时黑暗的社会进行露骨的讽刺。这样,内容完全变了,形式也就不得不变;这样,古人皆为我用了,新的面貌新的风格也就逐渐形成了。老人的画所以受世界上广大读者的热烈爱好就是这个道理。

　　篆刻在老人的艺术中，也占着不可忽视的位置。老人在这方面的卓越成就，半个世纪以来不只广泛地影响了国内的篆刻家、收藏家和无数的爱好者，还深深地影响了日本不少的篆刻家。老人曾经这样说过"我的诗第一，篆刻第二，字第三，画第四"（胡挈青同志在座谈会上的发言），可见老人对于篆刻一道，自视是很高的。据我的偏见，老人的天才、魄力在篆刻上所发挥的实在不亚于绘画。因为印章系由字组成，而字是随着社会发展而日渐变迁、增多的，又必须刻篆字，这就困难了。老人不顾一切地打破历代所谓印学的清规戒律，开辟了新的天地。老人自己说过："余刻印，不拘昔人绳墨，而时俗以为无所本。余尝哀时人之蠢，不思秦汉人，人子也，吾侪亦人子也。不思吾侪有独到处，如合昔人见之，亦必钦佩。"（老人辛酉日记）这个"蠢"字用的极好，骂尽了一切的保守主义者。老人以"三百石印富翁"自号，是很可玩味的。

　　前面曾提到过，篆刻成为艺术，历史不过几百年。历史虽短，派别却特别多，如"吴派"（苏州）、"浙派"（浙江）、"皖派"（安徽）、"邓派"（邓石如）……以"浙派"为"正宗"（封建士大夫总喜欢把对自己有利的东西，夸张为"正宗"，其它为"外道""野狐禅"），以"汉印"为目标，以"说文"为基础，只许大家一鼻孔出气，自然惟有流入形式之一途。幸而十九世纪初叶出了一位赵之谦，不久又有吴昌硕。赵之谦把六朝时代造象和碑额上的文字，用来作印，秀拔可人，气象稍振；吴昌硕则身沉潜《石鼓》,印从书入,朴茂有余,不失大家。但篆刻的整个形势,已成强弩之末。到了二十世纪三十年代,老人以木匠而嗜刻印,以刻印而精篆法,霹雳一声,开始了中国篆刻史上的新页。

使我惊奇的是,老人青壮年时代有过一段时期受了"浙派"的浓厚影响,当然、这是可以理解的。如展品中的"臣璜之印""任笔所之",应该认为是"浙派"的佳制。可是不久,大约四十岁上下,老人便抛弃了它们而倾心于赵之谦,粗粗说,主要体现在某些白文(即俗称阴文的)印,如《石门二十四景》之八,"齐璜之印"和山水上"萍生"二字等。我看到了老人五十八岁所刻的"萍生"则立刻又使人充分认识到老人并没有满足于赵之谦六朝碑板的味道,一种基本上以姿态取胜的味道,是不会适合于一位排纛纵横气吞牛斗的艺术家的胸襟的。老人这"萍生"一印,强烈地表示自己向秦汉学习的愿望,表示了要重新检阅一番秦汉印章里面到底有那些值得吸取的东西。或者就在画《蚕》这一年,老人在日记上曾经这样写过:"刻印,其篆法别有天趣胜人者,唯秦汉人。秦汉人有过人处在不蠢,胆敢独造,故能超出千古。"这几句话,对理解和研究老人的篆刻渊源,具有头等重要的价值。大凡刻印的人没有谁(不管哪一家、哪一派)不是以"秦汉"相标榜的,唯有老人目光如炬,能道出秦汉人所以"天趣胜人"的本质——"胆敢独造"。老人就是在这一认识指导之下,通过几十年创造性的努力,把中国的篆刻艺术带到了一个崭新的世界,创造了自己的独特的风格。应该用老人自己的话说,真"能超出千古"。

我们知道,刻印不比学画,画可搬而印不可搬,画可不断临摹而印必须独创。因为印系由文字组成,必须娴熟并掌握了种种规律,不盲目从事,尤其是有关文字、篆法等方面。老人继承并发展了秦汉人"胆敢独造"的精神,不但大篆、小篆、缪篆(即古印上字)、隶、八分,甚至楷书,一起加以运用加以变化,象他的画那样,还多方设法进行洗练,使能接近大众,不故意屈曲,也不乱用古体。如老人"大匠之门""鲁班门下"两印的两个"门"字,既非小篆,也不是大篆,好象是那么平平常常的"门"字,在老人手下,却是浑融一体,奕奕有神。

若从另一个角度研究,老人篆刻的骨法(类似构图)和刀法的基本影响,可能和汉宫印中最被忽视的"急就章"不无一定程度的关系。汉宫印的规律本来就又多又严的,只有一种情况例外,当军事上发生紧急情况需要用印的时候,来不及从容制作,于是就刻凿从事,这种印笔迹锋利,不加修饰,有时歪歪斜斜,别具天趣。汉印里面,这类印不在少数(多半是将军印),称之为"急就章",是历代印人所不敢碰的。根据这次展出的全部印章看,老人六十岁左右以后直到九十三岁的高龄,对篆刻的道路似乎还没有怀疑过,而只是一年比一年醇粹,一年比一年洗练,如"人长寿"和"中国长沙湘潭人也"两方巨印,真是笔能扛鼎而又奇崛多姿,干净利落,美妙无伦。这又远不是什么"急就章"之类可比拟的了。

白石老人的高艺——书法(诗,跋)、绘画、篆刻是不可以分的,但不是不可以独立的。说它不可分,主要是指绘画艺术高度的完整性；说它可以独立，是指书、画、篆刻一脉相通，一字一印，都可以体现老人丰富的感情和纵横的天才。

最后我想把近代杰出的画家陈师曾题老人有名的"借山图"的一首诗，重复一下。我认为这首诗不是一般的题画之作，而是概括地正确地对老人艺术所作的评价：

曩于刻印知齐君，今复见画如篆文；

齐君印工而画拙，皆有妙处难区分。

1958年1月21日北京

同年5月发表于《中国画》第二期

从题材和题跋看齐白石艺术的人民性

叶浅予

齐白石说:"古之画家,有能有识者,敢删去前人窠臼,自成家法,方不为古大雅所羞。"又说:"匠家作画,专心前人伪本,开口便言宋元,所画非目所见,形似未来真,何况传神?为吾辈以为大惭。"他主张作画要"我行我道,下笔要我有我法"。

对艺术造型的要求,齐白石主张"妙在似与不似之间"。他认为"太似为媚俗,不似为欺世",用现在的术语说就是:既反对自然主义,又反对形式主义。

如何做到"似与不似之间"呢?"善写意者专言其神,工写生者只重其形,要写生而复写意,写意而后复写生,自能形神俱见。"这里他指出了形和神如何结合。

他以自己画虾的经验,说明从形似到神似的过程。他说:

"余之画虾已经数变:初只略似,一变毕真,再变色分浓淡。"我们研究齐白石画虾的几个时期,他的变化的确如此。"初只略似"是他初学别人画虾的方法,"一变毕真"是观察了活虾的结果,"再变色分浓淡"是他对虾的观察深入一步之后,提高了表现的方法,于是从形似的基础上达到了神似。

齐白石的艺术态度和创作方法体现了中国绘画现实主义传统的最基本的内容。作为一个出色的继承者,齐白石的成就无愧于历史上最出色的画家。

但面对这样一位杰出的大师,要研究他的艺术成就,如果只停留在这一个方面,一定会贬低了他。要全面认识齐白石的成就,必须从他的人生观和审美观出发,探索他的艺术中的最根本的东西。

因为有些人常常只从齐白石艺术造诣的某些细节出发,把他和他所师承的石涛、八大、瘿瓢、冬心以及和他同辈的吴昌硕相比较。这样的比较,显然只局限在经营位置、骨法用笔之类的技术范围,必然会抹煞齐白石作品的思想内容方面与石涛等人的本质区别,因此就显不出齐白石艺术的真正伟大之处。

这篇短文想从这方面进行研究,来认识这位大师的艺术特点。

看了齐白石的遗作展览,观众会获得这样一个印象:觉得齐白石的画如此高深又如此通俗,既有传统的文雅又有民间的情调,既提高又普及,真正做到了雅俗共赏。

中国的绘画自从画家与画工分野以来,形成了文人和民间艺术的对立,提高和普及的对立,雅和俗的对立,甚至于南北宗的对立。一部中国绘画史就是这两个对立面的斗争史,要做到雅俗共赏,使两个对立面统一起来,真是翻天覆地的事。

遗作展览会证明:工人、农民、知识分子都喜欢齐白石的画。自然这中间可以分析一下,工人喜欢什么,农民喜欢什么,知识分子喜欢什么。不管各人的爱好有多大的分歧,好在全是齐白石的作品,总可以找出共通的东西。这东西就是贯穿在作品里的中国劳动人民的立场观点和思想感情。齐白石的作品洋溢着朴素的和平的情操、乐观的坚韧的气概,并且鲜明地揭示劳动人民的爱和憎。

这位画家所创造的艺术形象,无论是花鸟虫鱼,或山水人物,几乎离不开劳动人民所熟悉所喜爱的东西。他画一条鲇鱼,要附上"年年有余"的题字;画一树石榴,象征"多子";画一篮桃子,象征"多寿"。这些题字,表达了老百姓的愿望。这类形象虽然也为一般花鸟画家所常画,但在文人士大夫看来是庸俗的;要么他不屑题上这些字眼,要么他未能免俗,也模仿一下劳动人民的口气,矫揉造作一番。这些字眼题在齐白石的画上就显得朴素自然,出于真诚。

再看他所画的虾米、螃蟹、青蛙、小鸡和冬笋、香菇、芋头、白菜,无一不流露出善良的劳动者的感情。要不是他真正对这些东西发生兴趣,怎么能描写得如此生动,如此美丽呢?这些形象在中国的花鸟画上也是常见的,我们并不以为只有齐白石的卓越技巧才能最出色地把它们表现出来。我们所重视的是：只有齐白石那一颗纯朴的劳动人民的心，才能使这些田园的形象含蕴真正的田园情趣。

他画了一篮丝瓜和一堆小鱼，在题跋里说："丝瓜煮小鱼，只有农家能谙此风味。"一幅白菜虾米图，他题："曾文正公谓鸡鸭汤煮萝卜白菜,远胜满汉筵席。余谓干虾汤煮白菜，不亚鸡鸭汤也。"曾国藩吃腻了满汉筵席，赞赏鸡鸭汤煮白菜，齐白石以干虾汤对这位大官僚地主轻轻地讽刺了一下。

随便举出几幅画的题跋，可以看到他内心深处藏着多么深厚的劳动人民的感情：

"借山吟馆主者齐白石居百梅书屋时，墙角种粟，当作花看。"

"余欲大翻陈案，将少小时所用过之器物一一画之，权时画此柴耙第二幅。"

此外，如青蛙腿上绑着一根草，稻禾堆下散着一群小鸡，星塘老屋舌山的乌子藤，都是齐白石"少小时亲手所为亲目所见之物"。

"追思牧豕时，迄今八十年，都似昨日过了。"

"璜幼时牧牛，身系一铃，祖母闻铃声，遂不复依门矣。"

在参观遗作展览会时，有一个解放军军官对那幅"柴耙"看了很久，感慨地对人说：他小时候也用过这个家伙，想当年贫农没有山没有地，要烧柴，只能到地主富农山上去耙点枯枝落叶。假使带刀进山，就得受打受罚。齐白石这幅"柴耙"使他想起了幼年贫苦生活，很受感动。

一件平凡的农具入了画，因而感动了一个人，这中间包含了封建社会里农民的辛酸历史。

齐白石的这一类作品,运用极简练的笔墨,创造了生活中极平凡的形象,往往感人很深。譬如"牧牛"那一幅画,少年的齐白石,身上系着一个铜铃,可以联想到不远的星塘老屋门前站着一位慈祥的老祖母,在等候小孙孙归来。这是多纯朴的感情,多美丽的一首诗啊!又如那只绑着腿的小青蛙,不能不使人联想到拿它取乐的那个调皮孩子。这样的情景,多么使人怀恋童年的生活乐趣啊!

齐白石的画不仅引导我们走入他的内心世界,也带我们到他所赞赏的大自然的美景中去。齐白石的山水画数量比较少,据他自己说,是因为"吾画山水,时流诽之,故余几绝笔"。尽管他没有在这方面发挥更大的才能,现在留下的少量作品却显出了他的非凡的创造力。他大胆地排斥了山水画上的陈词滥调,画出"海上日出""远峰红霞""星塘老屋""江上人家"等等所见所感的真实景色。不仅在取景、布局、用墨、设色等技巧上打破了陈规,重要的是他开辟了一个崭新的现实的艺术意境,难怪和他同时代的保守派要反对他。

历史上山水画家对待山水的态度,大概可以真分为两类:一类认为凡天下佳山水都是造物为文人雅士所设,不能为凡夫俗子所赏,山水画家必须具有羽人仙骨,脱尽人间烟火气,他们的作品愈是逸笔草草,其品类愈高。另一类认为山水虽为造物所设,但离不开人间享用,要可观、可游、可居,才算好山水。后者比较接近人情,可是他们认为可观、可游、可居的山水,不一定是凡夫俗子可观、可游、可居的地方。无论哪一类山水画家,他们对大自然的美的选择,不免和凡夫俗子有些距离,这不能不涉及画家对生活对自然的根本看法。

齐白石和他的前辈的不同,在于一个是入世的,一个是出世的;一个认为山水的美有客观标准,一个认为山水的美只有主观标准。齐白石的山水画打破了历来山水画史家和理论家的一套清规戒律,创造了凡心俗眼也能欣赏的新的画境。譬如:枯树梢、顶满天红霞这样一片黄昏景色,人人都觉得十分悦目,可是前人却不敢对红霞着上一笔,何况满天都是。又如:近处一片桃花林,远处放着五六匹耕牛,对着如此明丽的早春景色,一个士大夫文人或许能触动一下诗兴,但决不会象一个牧童那样感到心旷神怡。此外如他的一幅晚年名作"蛙声十里出山泉",以乱石、流水、蝌蚪等形象,巧妙地、含蓄地、饱满地、恰如其分地体现了诗句所规定的情景。这一切,都标志着一个劳动人民的感情和智慧。

最能代表齐白石的思想感情和积极的人生观的,有下面几幅作品。

一幅是画的钟馗,他题了:"璜画此幅成,焚香再拜,愿天常生此人。"旧社会里到处是牛鬼蛇神,钟馗能捉鬼,所以他愿常生钟馗,多捉些牛鬼蛇神。

又一幅是《石门二十四景》中的《竹院围棋图》,他题了这样一首诗:"开辟纵横万竹间,且消日月两转闲;笑侬尤胜林和靖,除却能棋粪可担。"在这首诗里,他赞美了能下棋又能担粪的文人,也就是赞美了脑力劳动和体力劳动的结合。在齐白石的思想中,当然不能说已经有了共产主义的觉悟,可是作为一个劳动人民的忠实的儿子,把下棋和担粪连在一起,也是合乎他的思想逻辑的。

从上面的分析,清楚地看到齐白石思想中认为美好的事物是和他的劳动人民的立场观点一致的,那么,他认为丑恶的东西,必然也从同一个立场观点出发。这次遗作展览会里有一幅《发财图》,是代表这个立场的最突出的标志。

《发财图》画着一个大算盘。这个形象在剥削者看来是一件发财致富的利器,在被剥削者看来无疑是一件杀人不见血的凶器。画这个大算盘的时候,买画的人和画家之间发生过一场斗争,画家在他的题跋中这样记着:

"丁卯五月之初,有客至,自言求余画发财图。余曰:发财门路太多,如何是好?曰:烦君姑妄言著。余曰:欲画赵元帅否?曰:非也。余又曰:欲画印玺衣冠之类耶?曰:非也。余又曰:刀枪绳索之类耶?曰:非也。算盘何如?余曰:善哉!欲人钱财而不施危险,乃仁具耳。余即一挥而就,并记之。"

这一篇绝妙讽刺小品文,鲜明地表达了画家对剥削者的憎恨。

齐白石以不倒翁讽刺官僚,以老鼠偷油抒发穷人的苦恼。有下面两首题画诗:

"乌纱白扇俨然官,不倒原来泥半团;将汝忽然来打破,通身何处有心肝。"

"昨夜床前点灯早,待我解衣来睡倒。寒门只打一钱油,那能供得鼠子饱?何时乞得猫儿来,油尽灯枯天不晓。"

这一类具有讽刺性的作品,画家有意在造型上发挥了漫画的特点,因此在这些形象上所抒发的思想感情,显得格外强烈。

齐白石出身于农民家庭,十二岁学木匠,成为家乡的雕花名手。这期间早已刻苦学画,所以他的作品中包含浓厚的民间情调。到了二十七岁,他的艺术天才为当地的文人所发现,帮助他拜师读书。和文人有了往来,因而有机会接触古今名作,继承了民族绘画的优秀传统。齐白石出身于劳动人民,尽管他后来读书学画,在生活上和士大夫文人有了广泛的联系,但始终保持了劳动人民的优秀品质,所以他的作品能够表现出民间气派和民族传统的高度统一。

中国绘画史在探讨六法之外,也提出过"人品高下"对于艺术造诣的关系。我们同意"人品既高,气韵不得不高"的论点,但这个"人品高下"的标准,不能离开阶级的内容和历史的因素。我们评判一个画家的成就,既然不能不论他的人品高下,就不能不注意他的阶级意识和时代背景。

齐白石所处的时代,正是中国处在半封建半殖民地的开始和结束的历史过程中,推动这个时代前进并获得胜利的是中国的劳动人民。齐白石生长在这个时代里,他的作品体现了中国劳动人民的思想感情,代表了中国劳动人民的坚强不屈的性格,因此,对他的估价,不能不超出中国绘画史的传统概念,应把他列入另一个历史时期的先驱者的范例中去。

看白石画展后的感想

贺天健

在现在这个大跃进又是厚今薄古的时代,我看了齐白石先生的画,给我的启发很大。现在我想先谈谈感想。

(一)我们可以在齐先生的作品里摸到旧时代的脉搏,在他所作的《不倒翁》《毕卓盗酒图》《樊笼八哥》《虾群挤在阳沟里》《荷花底下的蝌蚪》等画中,暗示了那时候社会的黑暗情形,而给以讽刺。时代是人民的,时代生命的呼吸由齐先生的画艺上巧妙地保存着,这是只有正义感的艺人才能如此。

(二)劳动人民的文化是具有生命力的。齐先生在改革他的画艺的时候,有宁肯饿死,一定要改的决心,他负起了时代的担子,何等勇敢,何等顽强,终于把画改革了。在这次画展里,从他没有改的时候看到已经改的时候,他的作品的确创造出了国画的新面貌。

我们的国画在近百年来确是躺着不动的。虽则吴昌硕先生也动过一次,但是不够。因为吴先生的作品,没有齐先生这样活泼的反映着人民的力量,没有这样具有时代的生命力。这原因当然不是一句话说得完的。

从齐先生的画展上可以看出在封建统治和资产阶级统治的社会里,要想把艺术自由发展是不容易的。我是专业的画人,我也亲自感受过。现在是不同了,一切的艺术文化都是人民的。人民当了家,一定会产生出更有生命的艺术。

(三)我们在齐先生的画的品格上看出,齐先生有那样高贵的品质,不是没有来历的。因为他是劳动人民出身,在所谓士大夫和缙绅先生的圈子里,他并不附庸风雅,他毫不隐瞒自己的出身,他刻了两方"鲁班门下"、"大匠"的图章,来嘲笑他们。这是一种反抗精神的表现。齐先生是在人民之中,因此他的画艺也有人民性。

(四)我看了齐先生的画展,觉得它总的精神是一个"反保守"的示范运动,我们去看一次,好象给我们上一次推陈出新的大跃进课。

我觉得齐先生的学古人而不受古人束缚,革新而不忘记传统,这种精神是值得学习的。千万不要认为齐先生的画格是很容易学习的。要知道,齐先生这种减少到无可减少的画格,他是从千万笔洗练到这样的。

我们国画的繁简格律,它的标准是:繁不觉其繁,简不觉其简。我们国画的虚实格律,它的标准是:虚,要虚到无画处有画;实,要实到措置一二事物,便能控制全局。例如,宋代郭忠恕写丈余手卷,画一童子放纸鸢,别无一物。齐先生的章法,也已达到如此境地,三四尺长的立轴画三只小鸡,即其一例。

作画似不似的说法,虽则苏东坡说过,但在明朝屠隆画笺里曾提得比较具体一些,他说:"画花赵昌意在似,徐熙意在不似。"更把司马迁的文、杜甫的诗也说成意在不似。这是屠隆指画的"艺能"而言。而白石翁更进一步,他说:"作画妙在似与不似之间,太似为媚俗,不似为欺世。"实则他就是指出:不好过分似,也不好过分不似。总而言之,形神兼取,不要过分。我的体会,这里就是作者要把自己的意愿放进去,他是不会顾到媚俗也不愿欺世的。白石翁对艺术的这样的严肃精神,值得我们学习。

有人看了齐白石的画,对我说:"走齐白石这条路很容易,写一下子,传统都在里面了。看不出好,也看不出坏。"我就同他讲:他已经九十多岁了,以前他都是工笔,很有规矩,所谓"无规矩不成方圆"。在这里面,曾受到规矩的约束,把画作得又死又板。后来,他终于在死里面弄出活来,在板里面弄得不板,这样要经过许许多多的时间,要下苦功夫,要学古人,但又不能食古不化。所以,齐白石从工细到豪迈这一发展不是容易的。

当时,齐白石先生的画是受到人家讽刺的,认为他是野狐禅,人家不要,但是白石先生决定要变,不管人家买不买他的画,还是发展他的风格,没有屈服。这是很难的。

因此对齐白石的画,不能当作随随便便的。是很严肃的,是很规矩的,应该把它当作很精工的看。象齐白石那一幅三只鸡的立轴，上面空了一段，其实这空的地方也是画，使你觉得拿掉一只不行，再加一只进去也没有地方，这种画在我们中国画里面叫做"无画里面有画"，即是"虚中有实"。

从前赵子昂的儿子学画，给他老子知道了，就去告诉他说："你玩可以玩，玩进去就要下功夫。"赵子昂认为画画一定要从工笔画入手，一笔一笔都要讲究规矩，这样就要花三五年，十年八年的功夫下去。所以，我们看到了齐白石先生工细的地方，应该认识到不是很容易的事情。

齐白石先生早期的画，画得很工细，例如那幅"仕女"，画得这样出神，这种例子很多，从他许多山水画看来，好象走的是嘉定派李长蘅的路子，再有些象张赐宁派头的样子。所以，讲到他的传统，在早年大概就是这样。

齐白石先生在五六十岁的时候开始改变画风，他第一步是往徐青藤这条路着手。徐青藤在明朝的时候是个狂士，文章做得很好，字也写得很好。齐白石先生有一张牡丹花就是接受这个传统的，看上去很服贴、很庄重、很质朴又很爽辣。不过严格说来，这并不是齐白石的画，而是徐青藤的画。这是他初步着手变的时候的作品。

后来他就学石涛、八大，而八大这个人学问很好，受老庄的思想影响很深，所以他就把这些东西结合到画里面去了。因此后人看了他的画都觉得看不懂，白石先生就把石涛、八大这一派的东西运用到他的山水画里面去。

他还有许多东西象人物画是从金冬心这一条路上来的，水晕墨法是从石涛、金冬心的传统上来的。所以他画水墨的叶子,能够画得水墨淋漓。

在花卉方面,他接受了吴昌硕先生的传统。吴昌硕先生是五十岁才卖画的,他有书法的功夫,用笔很有力,他写的石鼓文可以说在近三四百年来没有第二个人。我们作画的人,过去强调经常画,其实不是画画,而是在练笔,要摸水性、摸纸性、摸墨性。这几点摸到以后,水也会用,墨也会用,纸也会用,笔也会用,画画的时候就可以随自己的意,要怎样画就怎样画了。所以在这种地方来说就不是容易的事情。吴昌硕先生是写石鼓文的,笔笔是"屋漏痕"。齐白石先生没有这一套,因为他没有写过石鼓文,所以他写的是平直线。例如他画的藤就和昌硕先生不一样。

齐白石先生也接受了文人画的传统,我说的文人画,是指文人画的那种要同"自然搏斗"的精神。有了这种精神,才能使造化在手。毛主席讲过:封建的文化里也有精华,而糟粕要去掉它,精华要吸收过来。齐白石先生就是接受了文人画里面的传统精神,把其中的精华加以发展,在这方面,他成功了。

他自己还有独创的东西,象他的水族与昆虫可说是神妙无比。水族的虾子,古人就没有画得这样透明。所以我说他的昆虫水族画是几百年来所未有,真是了不得。例如过去我们画蜜蜂,画的翅膀很清楚,但画出来的不是活的东西,好象是死的或者是模型,而他的蜜蜂却能画出声音来,似乎还能闻得出味道来。所以他的画里面是香、声、色、味四者俱全。我学画学到现在已经有六十年了,但是很惭愧,象他那样能把蜜蜂的飞动表现出来,是没有学到的。在笔法方面,同他的书法有关系,他用的是平直笔势,并曾在"天发神谶"等汉魏碑上下过苦修苦练的功夫,因此他的笔力,真可以说是力透纸背,很不容易学习。

为什么他的腕力这样强呢?原因就是他早年效过雕花匠,他是把用刀的力量用到笔上面来,这种功夫是不得了的。

他的画还有一种韵味,很和谐,一切的矛盾在画里都给统一起来,使人看了觉得很有味道。

他的创作精神整个说来是个跃进,他从古人中来,没有为古人所束缚。保守是一个人毛病,在我们今天的时代里,要学习齐白石先生的跃进,把保守这个东西反对掉。齐白石先生的画,可以使我们受到反保守的教育。

1958年5月于上海

观齐白石先生遗作展览后书记

秦仲文

任何一位有高度成就的画家,他的成就条件,不仅是简单地由于他个人所具有的特殊天才和异常的努力,更不仅是由于其他人为的机缘凭借,最主要的关键是由于他深入生活,善于接受先进画家已经成熟的经验,结合个人卓越的天才、爱憎过人的情感和自强不息的努力而成功的。这是我看了齐白石先生的遗作展览之后,对于他的绘画创作的一点认识。

此次所展出齐白石先生的遗作中,他四五十岁以前的绘画,如梅花天竹、八哥水仙、虎、黎夫人像,葬花仕女,钟馗斩鬼等,都相当的谨慎和工细。此外,还看到他早年所画许多为了创作的草稿——古人叫作粉本,其中有今天故宫绘画馆所收宋人极为精细的纺车图,他一丝不苟地临摹下来。从这些方面看出他中年以后所创为纵横涂抹、豪气非常的手法,实际都经过这一个阶段深沉的构思和深入的学习。我们用早年作品以比较他后来几十年的创作,自然感到有文野和精粗之别。正说明,如果他早年做雕花木工的时代学画方面仅仅得到《芥子园画传》一种材料,无论他学习的态度怎样的忠实和刻苦,也未必能够显示出他个人的天才。假设他对于生活不那么熟习,对于高度的画法不发生强烈的爱好,对于先进的成绩不作积极的继承与发扬,可能不会有今天这样灿烂的成就。

我国绘画史在明代的晚期(约1507年以后)到清代的晚期(1900年以前)出现过许多富有创造天才的画家,如徐青藤、八大山人、石涛、金冬心、李复堂、吴缶翁、赵㧑叔等,他们的画风力矫保守、临摹和抄袭的作风,肯于从认识生活的基础上作出新的、大胆的创作尝试。齐白石先生中年以后的绘画成就,与上述一些大画家的作风是分不开的。

1920年,《白石诗草》:"青藤、雪个、大涤子之画,能纵横涂抹,余心极服之。恨不生前三百年,或为诸君磨墨理纸。诸君不纳,余于门之外,饿而不去,亦快事也。余想来之视今,犹今之视昔,惜我不能知也。"他对古贤画风具有这样的热爱情绪,他的自视不凡、睥睨千古的思想,正是他在美术方面"极端好恶爱憎过人"的表现。他在五十岁以后几十年中所创作的绘画,笔意老健取法吴缶翁,画意精炼取法八大山人,气势豪放取法大涤子和徐青藤。总之,他汲取了各个的神髓,没有蹈他们的外貌形迹。我国历来画家对于继承和借鉴先进经验的原则:"师于古而不泥于古""师其意而不师其迹""取神遗貌"等等。齐白石先生一生的绘画成就,是由于他很忠实地抱着这样的态度,并加以发展和丰富。当然,熟习生活,热爱生活,是他取得成就的唯一源泉。

齐白石先生近百年高龄,负世界重望,几十年来桃李满门之外,还有许多人钦爱他的画法,不断地直接请教或间接模仿,但是,我们感到善于学习齐白石先生的人还不多。推究这个原因,恐怕是由于趋重了外貌,但却很少学习齐白石先生学古的态度和自运天才的创作方法,因此仅得到了形似,"愈工愈远"。赵子昂对学习书法说"世人只学兰亭面,欲换凡骨无金丹",今天这样大规模的遗作展览会,正是展出了换骨的金丹。

1958年5月发表于《中国画》

齐白石先生的山水画

张安治

　　由于白石先生具有劳动人民纯朴坚毅的性格和天才艺术家的敏感与独创精神,因而他的艺术成就博大而精深。不仅他的画好,他的诗和书法、刻印也造诣很高。在绘画方面不仅精于花鸟草虫,也长于人物、山水,乃至一切题材如柴耙、算盘。他画的花鸟草虫受到极普遍的赞赏,创作的数量也最多;他的人物画常具有较明确的社会意义,也很受人注意;但他的山水画同样有丰富的内容和独特的成就。

　　十年种树成林易,画树成林一辈难!

　　直到发亡瞳欲瞎,赏心谁看雨余山!

　　这是他六十三岁时题山水的一首诗。从这首诗说明了他曾对山水画作长期的苦心钻研可是缺少知音!在他六十九岁时所作的十二幅山水册页之一有这样的题句:"吾画山水,时流诽之,故余几绝笔,今有寅斋弟强余画此;寅斋曰:此册远胜死于石涛画册堆中一流也!即乞余记之。"这儿所称为"时流"的人物我们还是很熟悉的,这种人死抱着某家皴法、某家结构,看不惯白石先生从生活中独创的意境和大胆的表现方法,并且他们的诽议在当时是带有权威性的,也必然影响白石先生的卖画生活,因而几乎绝笔不画山水。这一段题字表达了白石先生对这种打击的愤慨,并借寅斋的话,来说明自己山水画的独创精神。即使是他所极崇拜的石涛,他也没有盲从、模仿,而是从"行万里路"中得来的。

齐白石先生的花鸟草虫,突出地表现了继承传统又发扬了传统这一特色,他的山水画也是如此。我们看他在三十岁到三十五岁左右的山水画(如华山图团扇及另一幅山水),无论结构、皴法、用色,都显然有明代吴派大师沈石田的影响(到六十四岁还有一幅"临石田岱庙图",但用色强烈鲜艳,和沈周不同,虽为临摹,已加入自己的东西)。他在四十岁以后曾多次游历国内的名山大川,我们从他的画里体会到长江、洞庭、衡岳、桂林,是给了他多么深刻的感受,充实了他的山水画的内容,并开始尝试用自己独特的技法,表现独特的意境。

约四十岁所作的《石门二十四景》和《借山图》[①]明白表现了这一种倾向。《石门二十四景》取景富有真实感,但结构很大胆,作法简朴,着色间用石青、石绿、草绿,显得很明快;有的更涂上红色的晚霞或一片蓝天皎月,可以看出力求摆脱前人技术的束缚,来表现自己真切的感受。"借山图"的造境更奇,其中有一幅就是满纸烟云,而在云上露出几笔浓墨的山峰。《借山图》的笔法虽尚未炉火纯青,已很活泼自由。

五十四岁所作的"旭日"极为大胆,具有民间艺术的特色。天上一轮红太阳,周围是红云翻卷,下面一片海水,有的部分用墨笔画波纹染以青色,有的部分用红绫画波纹染以浅红,远水又是一片浅蓝,来表现太阳又映在海面的复杂而璀璨的变化,这一幅画的主题极单纯,作法奇特,水面的处理虽稍感生硬,但我们深切体会到画家对于朝阳是具有怎样热烈的情感!这是光明的颂歌,人生的憧憬!

五十五岁所画的《独树庵图》,境界辽廓,笔法古拙,和另一挥洒自如的山水小幅,可以看出这个时期显然接受了石涛和金冬心的技法影响。

六十岁所作的《柳林小品》显示了运用湿笔的成功,加强了墨的韵味。另一幅赠徐悲鸿先生的山水,江心危峰高耸,波浪连天;意境开朗而奇突,笔法简朴又洒脱,皴与染的结合自然,墨色的节奏分明又具有微妙的变化,表现了一种苍厚浑逸的格调。可以说在这一时期,已经把沈周、石涛熔化于一炉,吸收了他们的特长而形成自己独特的风格。

六十三岁所作的十二幅山水大屏(郭秀仪藏),造境新奇,大笔纷披,墨色浑溶浓丽,保持了作"借山图"时期的意匠的大胆,而技法既奇纵无方,又和谐统一,不再有生涩的感觉,完全摆脱了前人技法的拘束。

六十九岁画的十二幅山水册页(荣宝斋藏),虽属小品,但景简意长,笔墨精纯,进入化境,说明已达到高度发挥独创性和完全成熟的阶段。如果不是由于当时所谓"时流"的攻击，白石先生在这一时期一定会给我们留下更多的山水画杰作！

在他七十岁以后的作品中，如《松坪竹马》《教小图》等，主题虽在人物，山水的成分也很重；再如《独钓》（约七十五岁作）、《舍利函斋图》（七十八岁作）、《小姑山》（约八十五岁作），直至九十三岁所画的"洞庭孤帆"等，都表现了新的意境，不断创造了新的表现方法。

他的山水画创作的道路和发展的过程也和花鸟草虫的进程相一致。从学习传统技法到摆脱前人技法的束缚，从真实的感受到独创的意境。而这种努力又可以看出常是交叉往复（例如有真切感受后大胆创造，感到不足又学习传统，再创造，再学习，再创造），逐步深入，逐步融会贯通而得到提高。也和花鸟草虫一样，他的山水画在六十岁以后达到高度的成熟，已经把优秀的传统技法完全熔铸入他自己的创作需要和独特风格之中，表现了朴素、清新的意境，宏壮的节奏。这就是齐白石的山水画！虽然曾从沈周、石涛等古代大师的艺术里吸取了不少东西（包括独创性、意境和笔墨技巧），但再不是沈周、石涛的面目。从他晚年的山水作品，也同样说明他的创造精神永不衰竭，永远重视在生活中的真实感受，不断在尝试和创造新技法，使人既到内容充实，永远新鲜！

在初步理解了他的山水画的发展进程之后，我们体会到他所以能达到这样高度的成就，除精研传统技法之外，独创性的发挥是一个很重要的因素。

逢人耻听说荆关，宗派夸能却汗颜。

自有心胸甲天下，老夫看惯桂林山。

从这一首题画诗清楚说明他是以夸耀宗派为耻辱，是反对仅仅重视笔墨技巧，虽然象荆浩、关仝这样的大师，也不能对他们只是盲目临摹，应当表现自己内心的丰富感受，要有独创的超越前人的气魄，正象他自己大胆表现他所熟悉、热爱的桂林山水一样！在他的创作活动中的确全面贯彻了这一种精神。现在我们再进一步来看看这种独创性在他的山水画里的具体表砚。

他对于表达主题意境极为重视，不作无病呻吟，不作徒具形式的堆砌。他歌颂他所深受感动的伟大自然，神往于一泻千里的长江、浩渺无际的洞庭和奇秀的桂林山水，他憧憬于美好、光明的世界。因此日出的灿烂景象，成为他所醉心的主题。从约四十岁作所的《借山图》里就有好几幅画了红太阳，还有大幅的《旭日》，直到九十三岁画的《洞庭孤帆》，也高悬一轮红日，他画的江湖景色大多波浪连天，群帆出没，叫人感到很开阔，很悠远。也有危崖对立，中悬明月；也有一角青山，几抹红霞；也有老树槎枒，归鸦万点；也有雨云浓重，树屋迷蒙。无论画面的景物或繁或简，结构或奇特或平常，都给人以生动、清新的印象，唤起观者对伟大而丰美的祖国山河的许多联想。

他的山水画意境的表现，还有另一个方面，就是和他童年生活的联系以及他对生活的朴素、天真的愿望，因此他的画境有桃林外的牛群，有松坪竹马，有雨中耕种。六十三岁所作的十二幅山水屏之一，画了一片杏林，几间茅屋，画上的题诗是：

中年自唤老齐郎，对镜公然鬓未霜！

儿女不饥爷有画，草堂不漏杏花香！

诗和画结合在一起感人更深，反映了这一位淳朴而勤奋的艺术家对生活的乐观知足的态度。

他的山水画在技法方面的独创性也是显而易见，构图和意境的关系最密切，抄袭的构图就不可能有独创的意境。他对于题材的选择，结构的安排，看起来很简单，却又新鲜奇特，可见是经过惨淡的经营。正如老杜写诗，要做到"语不惊人死不休"，而不是荒诞到令人不能理解。

笔墨的表现虽深受沈周、石涛等前代画家的影响，但又不受拘束，独往独来。笔法豪放已极，似乱非乱，似柔实刚，似拙实巧，用他自己的话是："山水笔要巧拙互用，巧则灵变，拙则浑古……"其实还不仅巧拙互用，在他的山水画里，线与点，皴与染，干笔与湿笔，都错综运用，不可捉摸，又融洽一致，做到了石涛所说的"至人无法，非无法也，无法而法，乃为至法"。

他的用墨也表现了雄厚的气魄和丰富的变化。重与轻，浑溶与干涩，和生动的笔法紧密结合，既恰当表现了晴、阴、雨、雪等气候特征，体现了空间感和对象的质感、量感，并形成动人的韵律。

色彩的运用也极为大胆，明显保持了民间艺术的特色。不仅旭日、红霞，过去的文人画家很少有这样热烈的表现。前面也谈到过在他的《石门廿四景》和十二幅山水屏里，除红艳的桃林、杏林以外,也常用其他明丽的色彩。但他的大胆用色和用墨相配合,因此既热烈,又沉着;既浓艳,又和谐。正和他的花鸟画中墨与色的完美结合一样,能够把民间艺术中健康的东西和文人画精深的艺术修养统一起来并加以新的发挥。

  他的山水画是许多奇丽的诗篇,表现了感人的意境和丰富的节奏感,是他伟大的艺术成就的一个宝贵部分,也是继承了传统又发展了传统。有沈周的朴厚而画境更辽阔、更奇变、更新鲜,有石涛的清新、豪放而格调更沉雄、更瑰丽!更重要的是他的山水画也反映了他热爱祖国、热爱自然、热爱生活的淳朴而热烈的劳动人民的思想感情!

1958年5月发表于《中国画》

  注:①据白石先生致徐悲鸿先生书中提及。"借山图"原有四十余幅,为陈师曾借去失八幅,尚存三十三,皆中国风景,为山水写照……此次参加遗作展览者二十二幅。

向杰出的人民艺术家白石老人学习

郭味蕖

白石老人度过了他辛勤劳动的一生——艰苦而又光辉的行程,和我们永别了!

白石老人由于家世清贫,从小养成了不畏困难、百折不挠的气质,具备了劳动人民的美德。他的艺术才能在艰苦的环境中得到了实际的磨炼,他继承了前人优秀的技法,积累了广博的创作经验。晚年更数度变革,创造了自己的风格面貌,为人民留下了丰富的、造型巧妙而又真实的宝贵艺术遗产。

白石老人一生坚持着现实主义的绘画传统和创作方法,他在创作时,总是要深入现实去发掘题材,根据自然造物去认真提炼真实形象。他从童年时代起,就对田园中的一草一木、一花一虫发生了极大的兴趣。并且经常进行逼真的摹写,从而培养了他那表现在画面上的终生不渝的写实精神。他也尊重借鉴前人的创作,有分析、有批判地吸取优秀大师们的经验。他的早期作品很容易看出曾经受过明、清大家的影响,而在内容、取材、构图方面,却已经流露着他个人的特色和他那勇往进取的毅力。

他在早年时,也曾花费过极大的精力去研究骨法、赋彩和用笔用墨的技法,探索那些民族绘画的特点。他耐心地把古人的画稿钩为粉本,并且不厌其烦的作了浓淡晕染、形象比例等等的记录。有些粉本,又是通过他对自然物象的细致观察和多次的写生,然后又经过艺术剪裁才画上和记上去的。在他早期钩勒的荷花水仙等画稿,每一页的反正面,都写着"浅""深""浓""淡""烘""微烘""一笔横抹"等等字样;在凤仙和萱花的草稿上,写着"花瓣洋红和朱砂色""花蒂淡红色""已落之花柄""其花向上斜开""花须六出"等等。在一些描绘的动物画稿上,记录更是详尽。他在鱼、鸭、鸳鸯、青蛙、鹰等稿上记着:

"此足踵也,此长者中爪,中爪上短者傍爪,足欲蹈未蹈时,两傍之爪向上反,故傍爪在上,中爪在下。"

"此鱼俗呼为蓑衣鱼,以尾似也。腮上一点大绿色,尾有赤色。"

"蛙背上二笔,以淡墨着深墨点,腿上亦然。"

"鹰尾毛九数,爪上横点极密。"

"鸳鸯头上之毛似朱砂少许,合墨合黄、欲紫不紫,是墨浸也。"

白石老人中年以后，游遍了大江南北，足迹历尽祖国名山大川。每到一地，除对真实的景物加意描写以外，再详尽地给予文字记录，作为创作素材。曾经见他在几十幅记游画稿上写着：

"两粤之间之舟无大桅，帆横五幅，上下二幅色赭黄，中二幅色白，亦有独桅者。"

"海中山石，上半绿色，下半石色，点深绿色，作墨点亦可，隐隐远山青色。"

"阳朔下十余里，河岩下有钓者，钓竿置之石罅中，入踞于舟，舟以竹为之，殊有别趣。"

"将至平乐府，沙高处，碧草一丛，堪入画。"

白石老人在作画以前坚持作稿的精神，就是在他八十五岁高龄以后，也是在持续着。在最晚年的和平鸽画稿上，也仍然写着"白""黑"以及"鸽子大翅不要太尖且直""尾宜稍长"等字。而他对平生最喜爱描写的蜻蜓、螳螂、螃蟹、蜂、蛾、蟋蟀、寒蝉等的造稿，更是一而再、再而三的更换着底稿和深入细微的描摹，使画面上所表现的形象，达到了精确逼真的程度。他对创作的态度，是十分严肃的。

白石老人在强调对自然景物运用写实手法的同时又是坚决的反对一丝不变、毫无趣味的自然主义和形式主义的描写。更反对因袭成法、剽窃古人。他力持通过对现实物象的观察，去提炼剪裁更典型的形象，主张师古人而不能泥于古人。由此可见，白石老人是如何的厌恶死气沉沉的临摹，而自己是怎样在专心致志地追求着形神兼备的现实主义的创作方法。

当他掌握了写实的技巧以后,就想再大胆地向前跨进一步,追求表现事物内在的精神本质。这时他深受了赵悲盦、吴昌硕等近代大家的启示和感染,对自己的创作,坚决要求显著的转变。

白石老人自从"衰年变法"[①]以后,他的表现形式更多样化了,赋色更鲜明泼辣了,笔墨也更加浑厚和纯熟了,作品中充满了强烈火热的情调。

他主张"画中要有静气,骨法显露则不静,笔意躁动则不静,要作家脱尽纵横习气,要有一种融和之气浮动于丘壑之间。"他又主张巧拙互用,"巧则灵变,拙则浑古",而又一定要合乎自然,显然这时白石老人所竭力追求的是"妙在似与不似之间"的"神似"。因此就更喜爱"远离凡胎"的青藤、雪个、石涛诸家的艺术所达到的一方面是"笔简神足",一方面是"形完意真"的境界。他对以上诸家的深入现实去创造形象,落笔独出新意的精神,不断地引起赞叹。他说:

绝后空前释阿长,一生得力隐清湘;

胸中山水奇天下,删去临摹手一双。

《白石诗草》二集《题大涤子画》:

皮毛袭取即功夫,习气文人未易除。

不用人间偷窃法,大江南北只今无。

(《白石诗草·梦大涤子》)

从此,白石老人便从他老师沁园先生[②]说他是"融化八怪、少异时流"的基础上更长足迈进,达到了"太似是媚俗,不似为欺世"的高度要求的意境。

当然,白石老人在这一转变中,也就是企图以简练的线描和点滴的墨瀋表现物象的特征而又要达到完整的本质表现时,是多次遭到了保守主义者的嘲笑的。然而白石老人是信心坚定地走着自己创作的道路,摆脱了文人画的习气,忠于现实主义的艺术方向。他在长时间的对虾和蟹的实践体验中,对于虾蟹的表现方法,曾一再地变化,这就是显著的例证。他说:

"余自三游京华,画法大变,即能识画者,多不识为老萍作也。"

"予友方叔章尝语余曰,吾侧耳窃闻居京华之画家,多嫉于君,或有称诸辞意,必有贬损,余犹未信。近晤诸友人面,白余画极荒唐,余始信然。然与余无伤,百年后来者,自有公论。"

吾画不为宗派拘束,无心沽名,自娱而已。"

又有诗说:

山外楼台云外峰,匠家千古此雷同;

四年删尽雷同法,赢得同侪骂此翁。(《白石诗草二集》《画山水题句》)

当时惟有艺术大师陈师曾、徐悲鸿二先生主张"工真劳人",赞成他改变。陈师曾先生在题白石老人《借山图》时说:"画吾自画自合古,何必低首求同群。"徐悲鸿先生也希望老人坚定不移地要走自己独往独来的道路,并大力地将白石老人的画向国内外艺坛介绍。白石老人在《答徐悲鸿并题画寄江南》③一诗中,就写出了"我法何辞万口骂,江南倾胆独徐君"的衷心感慨的句子。从此,白石老人便勇气百倍地自由徜徉于新的境界中,创作出了不少富有饱满的生命力的具有划时代意义的杰作。

白石老人可贵的劳动人民的精神气质,表现在另一方面的,便是他那高度的爱国主义思想,喜爱劳动的热诚,以及他对旧社会恶势力的顽强反抗和他在一生创作中立脚在群众基础上的人民性。

因为白石老人是出身于贫农的家庭,从小便养成了对一切劳动的热爱。他热爱牧牛、牧豕、砍柴、耕作,热爱种树、种蔬,热爱木工,热爱读书、写字、作画、刻印、作诗,热爱星塘老屋和罗山杉溪④,热爱灶蛙⑤、草虾、螃蟹、小鱼、小鸡,以及蚱蜢、纺织娘等等微小生命,他也热爱少小时候的生活。他对这些事物的热爱,又是贯穿着他的终生,永远不会忘记,并且在他经常的题画和文字吟咏中唤起依恋的回忆和诗意的描写。这些作品,因为充满了劳动人民的感情,受到了广大群众的欢迎。

又《白石诗草》载有《山行见砍柴邻子感伤》诗自注说:"余生长于星塘老屋,儿时架柴为父,相离数武,以柴耙掷击之,父倒者为赢,可得薪。"这就是白石老人对童年生活的温馨的回忆。今年在北京苏联展览馆文化馆举办的"齐白石遗作展览会"上,展出了一幅白石老人七十岁左右画的一幅"柴耙",通幅以粗笔浓墨描画,除柴耙外无别物。

通过题句,我们就可以知道白石老人经常描写的题材内容，总是有他一定的现实生活根据。在画幅上时常可以看到的青蛙、蟋蟀、乌藤、丹枫、丝瓜、芋叶，也无一不是经过了老人的详密观察而又几次地运用他那熟练的艺术手法加工剪裁，从而赋予了更理想更典型的新鲜生命的。

在白石老人的作品中，也经常显示着对黑暗的旧社会的控诉。他一生厌弃和卑视那些以剥削手段来欺压人民的官吏、地主和商人资本家。"有湖南某巡抚西巡，道出白石山驿。儿童辈皆趋观，吾不往，且曰：'彼亦人之子也。'"

老人这样倔强的同恶势力斗争的精神，是经常的讽刺而又十分沉痛的词句表现在他的创作中的。

白石老人在旧社会里，目睹国家危亟，连年战乱，父母妻子别离，戚友不得相见，忧愤之气，也时时溢于言表，一九二六年胡佩蘅先生画了一本山水画册，老人在上面题了感慨的诗句：

对君斯册感当年，撞破金瓯世可怜；
灯下再三挥泪看，中华无此整山川。⑥

他看到当时政治黑暗，苛捐杂税横行，在老人所作的"渔父图"⑦一画上，就题着：

看着筠篮有所思，湖干海涸欲何之？
不愁未有明朝酒，窃恐空篮征税时。

在白石老人的作品中，也经常反映着被压迫的人民的呼声，给予了当时的劳动人民以极大的启示。一九三七年，日本帝国主义强占了北京，白石老人衷心悲痛，他辞去了艺专教授的聘请，退回了学校配给的煤炭，终日埋头创作，有信心的

等待着祖国的胜利。这时候有些人劝他减低笔润,迎合时好,他答以诗说:

多难多忧尚惜生,草间一粥苦经营;

诸君得画求低价,且待萍翁享太平。《题画》

日本帝国主义战败,在北京受降的前夕,老人亲眼盼到了胜利,就喜咏出:

……受降旗上日无色,贺劳樽前鼓似雷;

莫这长年亦多难,太平看到眼中来。

黎锦熙等编《齐白石年谱》

从这些行动方面,也可以看出白石老人热爱祖国的心情和"威武不能屈"的民族气节。

1949年,九十高龄的白石老人,以欢喜愉快的心情,迎接了北京的和平解放。他以无限的热情歌颂了劳动人民当家作主的人民政府和共产党,同时白石老人也受到了人民政府和毛主席的关怀。白石老人这时热情奔放的创作欲,激动着他的画笔。他用那在旧社会里饱经风霜的双手,描画了红光灿烂的太阳和青松的光辉画幅,献给我们敬爱的领袖。

近年来白石老人生活在愉快幸福的新社会里,精神非常旺盛。作画的笔气,更加壮健,格局越觉奇伟,赋色也更为瑰丽。笔墨风采,达到了豪放浑朴的极境。

白石老人又是一个拥有群众基础,素敦友谊,热情提携后进的长者。我和白石老人已相交二十年,解放初期,我曾带着我近期所作的画去请教他问候他,他仔细地反复看了三遍,并且在画上题了奖誉的词句。这天,白石老人精神十分振奋,为了当面示范又给我画了一幅墨笔虾蟹。白石老人就是经常这样热心的去教导后一代,给予启示鼓励,引导我们前进和努力创作。

1956年的初秋,我在徐悲鸿先生纪念馆里,又一次接待了白石老人,他那时刚刚知道徐悲鸿先生逝世的噩耗。他坐在徐悲鸿先生故居的会客室里,眼睛凝神不动,心里似在寻思些什么,后来他又在徐先生的影像前面默默地站了很长时间。徐悲鸿先生,是白石老人的知友,是"最怜一口反万众,使我衰颜满汗淋"⑧的倾胆知交。徐悲鸿先生的逝世,是我国艺术界的极大损失,怎能不使白石老人伤感呢?这一次也就是我和白石老人最后的会见。

安息吧,白石老人!你一生艰苦奋斗的精神,你永远坚持着的现实主义创作的规律,将是我们后一代的艺术学徒们学习的榜样。我们要追随着你的脚步向前迈进,在继承祖国优良艺术传统的基础上,发扬个人风格,努力促成创作上的繁荣和百花齐放,为祖国建设社会主义事业,为全人类的精神生活的丰富贡献出自己的力量。

列宁同志曾说:"艺术是属于人民的,它应当把自己最深刻的根,埋植在广大劳动群众地层本身中,它应当为这些群众所了解,并为他们所喜爱。"

白石老人是"从群众中来,到群众中去"的属于劳动人民的艺术家,他把我国古典和民间艺术结合了起来,以自己的具有人民性和艺术性的作品为劳动群众服务,也正是达到了列宁同志对艺术所提出的要求。

1958年1月10日深夜,北京
同年5月发表于《中国画》第2期

①白石老人在六十岁前后的时候,又吸取了吴昌硕等人的优点,进一步创造了自成一家的风格。对这艰苦的转变过程,老人称为"衰年变法"。

②沁园,姓胡名自伟,字汉槎,是最有造于白石老人的一个人。他死后,老人有"哭沁园师"绝句十四首。老人最早的老师是萧芗陔,萧馆于杏子坞马迪轩家,胡是马的连襟。马告胡,乡有"芝木匠"者,聪明好学,胡始留意。当时老人在辍家珑做雕花活。每夜打油点灯,自由学画。乡人见之曰:"我们请胡三爷画帐檐,往往等划一年半载,何不把竹布取回,请'芝木匠'画?"于是胡更留意。(见《齐白石年谱》黎锦熙注)

③《答徐悲鸿并题画寄江南》:"少年为写山水照,自娱岂欲世人知;我法何辞万口骂,江南倾胆独徐君。谓我心手出异怪,鬼神使之非人能;最怜一口反万众,使我衰颜满汗淋。"(见《齐白石年谱》邓广铭跋)

④白石《与黎大松安书》有"日将夕,与二三子游于杉溪之上,仰观罗山苍翠,幽鸟归巢,俯瞰溪水澄清,见蟹横行自若"之句。(见《齐白石年谱》)

⑤"吾居星塘老屋,灶内生蛙,始事于画。"(见《齐白石年谱》)

⑥胡佩蘅先生撰《纪念白石老人》(见《国画通讯》第九、

十期合刊)

⑦渔父图,见中央人民政府文化部、中国美术家协会在北京苏联展览馆举办的"齐白石遗作展览会"。

⑧见《齐白石年谱》邓广铭跋。

白石老人对笔墨技法的继承与发扬

史怡公

我们知道白石老人之所以成为卓越的画家,他的作品之所以受到广大群众的热爱,当然不仅是笔墨技法出人头地,而是有更多的主要因素。但笔墨技法也是构成他的艺术的重要环节。因此谈一谈老人对笔墨技法的继承与发扬,对我们来说也该是有益的吧。

很明显,老人在学习古人的笔墨时,是具备了充分的批判精神的。他批评某些前人毫无变通的运用工篇与写意这两种技法说:"大笔墨之画,难得形似;织细笔墨之画,难得神似;此二者余常笑昔人,来者有欲笑余者,恐余不得见。"说的虽然简单,而其含意是深刻、丰富的。工、写两种技法都有其优缺点,正象老人所说的那样,历来的一般画家常常是站在两个角度的极端,自吹自擂,又相互挑剔,他们似乎把两者看作有着不可逾越的鸿沟。老人说的"此二者余常笑昔人",并没有否定两种形式与手法的意思，他是继承了优良的传统，更进一步地发展了它，解决了其中的矛盾。其实老人所选择的优良传统，也是大家所知道的，可惜人们没有作为优良的法则把它们接受过来，用到创作上去。这就是：工中带写，写中带工，工写相衬三种技法和形式的通用法则。前边引的老人的语录正是要求写中必须带工，工中必须带写，工写也应当相衬的意思。这并不是什么纯技法观点，它是达到定法活用这一科学性的原则，同时，也是为了不同的题材内容，选择能达到惟妙惟肖的目的的办法。它不但旨在为主题内容服务，也很好地把提高与普及在技法问题上结合起来。

老人既有长期的创作实践，又有精深的理论，如果我们从老人的许多杰作中作全面的了解，就可以很清楚地看出他的鱼、虾、蟹、蛙等作品，正是运用了写中带工，也可以说是创造性地接受了青藤、八大写意的、笔墨优良的传统。从那种淋漓尽致、沉着痛快看，确实是发挥了写意笔墨美妙的极致；但老人没有承袭青藤、八大等人的放松形似，因为那样只有一些醉心笔情墨趣的人才能欣赏得了。他为了达到惟妙惟肖，加上了丝毫不苟的工笔传统，其用意也无非是要做到无微不至，而画面上仍然是大笔一挥的风度，所以形似之中又那样的生动活泼引人入胜。这就告诉我们，所谓写中带工的工字，不是要求笔细，而是要求心细；不是服从形式，而是服从生活。我们从老人最经心的得意之作中常常看到没有去掉的朽痕，这正是继承着"九朽一罢"传统，做到了"惨淡经营"的功夫。至于工细草虫，是老人早就熟练了的，他的早期作品已达到了生动自然栩栩如生的能事。老人不满意于此,为了加强远看的效果,巧妙而准确地在不容毫发之差的细微之处改用了写意之笔,突破了近看细致远看模糊的一般草虫画的缺点,发挥了工中带写的优良效果。至于工写相衬,老人也运用得很好,那就是几十年来一直被人们热爱的工虫写花,因为它确实比平均主义的全面工或写要好的多。这一法则和以上两则一样,是唐、宋以来许多大师们所重视的,是在技法上作为调剂画面或者突出主要部分的手法。象吴道子的工勾写染、贯休和尚的工勾观音、罗汉像身衬以写意背景及李唐的采薇图都是很好的例子。白石老人把它运用在鱼虫花草上,不仅说明他重视这些优良传统并且发展了它们,恐怕几百年来没有第二个人了。如何继承白石老人这些传统把它运用得更好更广泛,是我们和青年一代的责任了。

我觉得,这位中国画艺术大师,在这问题上给予我们两大启发。

一、批判地接受、创造地继承遗产并不简单,必须具备真知灼见。真知灼见不是来自主观愿望,必须深入生活而不被自然中客观事物所束,热爱古代传统而不被古法所局,更要紧的是思想感情要和广大工农群众一致,以免被保守思想所迷惑。三者缺一恐怕就一样也做不到。

二、老人卓越的成就充分证明中国绘画技术不但有科学性,而且是有中心、有系统的一套完整体系。那就是以定法活用为中心原则,定法等等是"体",活用等等是"用","体用结合"本来是古贤给我们留下的大道理,我们应当和老人一样把它接受过来指导我们的绘画实践。

谈白石老人画虾

胡　橐

人们都知道白石老人画虾最神妙,在这里,我想专谈老人画虾。

白石师画虾的杰出成就,不是短时期获得的。老人曾对我说:"我画虾几十年才得其神。"他在一张画鱼虾的作品上题有一首绝句:

苦把流光换画禅,

功夫深处渐天然。

等闲我被鱼虾误,

负却龙泉五百年。

老人从青年正式学画花卉时,就开始画虾了。经过四十年不断地临摹、写生与创造的过程,反复钻研,苦学苦练,到七十岁以后,画虾才能"形神兼备"。

白石师画虾,除对虾观察入微之外,还悉心学习了前辈的画技。他说,到四十岁后才见到明清画家徐青藤、八大山人、李复堂、郑板桥等人的画虾作品,反复临摹,吸取古人的笔墨技法。他五十七岁曾题画虾:"即朱雪个(八大山人)画虾不见有此古拙。"可见他临摹的功夫极深。不过,明清画家虽有几个能画虾的,但都不能形神兼备,并且大都只画一两只虾,变化不多。

老人六十二岁时,自己认为画虾还不够生动。这一时期,他经常在画案上水碗里蓄养长臂虾数只,每天仔细观察,并进行写生。还常常用笔杆触动虾,使它们表演跳跃的各种姿势。

白石师这时画虾已经超过了古人,但和七十岁以后画的相比,却有很大的不同。总的来看,六十三岁左右画的虾,外形很象,但虾的透明感还表现不出来。虾的头胸部还不分浓淡,腹部少姿态,长臂钳也欠挺而有力,腹部小腿十只也未省略,长须平摆六条,成放射状,看不出正在不停地摇动开合。

其后几年中,老人集中精力钻研画虾,下的功夫很深,技法有很大变化,更能抓住虾的精神了。到了六十六岁,画的虾身躯已经有透明感,头胸部前端非常坚硬,表现了虾的硬壳,腹部节与节中间拱起,好象能蠕动了,长臂钳也分出三节,最前端一节较粗,更显得有力,腹部小腿也由十只简成六只到八只,长须也有开合弯曲的变化了。这一时期,他曾在一幅画虾的作品上题道:"余之画虾已经数变,初只略似,一变毕真,再变色分深淡,此三变也。"

老人六十六岁以后画虾就已经形神兼备了，但自己仍不满足。为了达到造型上的简练，有意地删除一些不损害虾的真实性的小腿，后来又添上几条和虾的形象有关的短须。把虾的次要部分舍去，突出重要的特征，使形象更加完美。

白石师教我画虾时，特别谈到这几十年钻研画虾的过程。他说："我画的虾和平常看见的虾不一样，我追求的不是形似，而是神似，所以，画出虾来是活的。"当时还给我题了一首绝句：

"塘里无鱼虾自奇，也从叶底戏东西。

写生我懒求形似，不厌名声到老低。"

老人七十岁画虾已经定形。其后经过几十年实践，画的虾更富有特征，笔墨达到炉火纯青的境地。

虾究竟是怎样画法呢？根据白石师教授我的记录，简单介绍如下：

白石师画虾能有这样造诣，光靠熟悉虾的形象还是不行的，必须还要特别熟悉国画的工具——笔、墨、纸的特殊性能。

老人画虾先画躯干。画躯干从画头胸入手。用一枝羊毫粗头有尖的提笔，笔尖部分蘸淡墨，用小勺在笔头根部灌水数滴。构斜着中锋一笔，上尖下粗，用力一顿，就画出了上尖下圆、上黑下白的圆柱体。在圆柱体下面，平行稍向外斜再加中锋一笔，这一笔和上一笔构成了虾的胸部。再用偏锋在尖圆柱的尖端两旁各半笔，画出了头部两片成"戟"状的薄硬壳。头胸部画完，用原笔不再蘸墨画腹部。腹部要画出弯、曲、伸、弹的姿势,虾的跳跃全靠腹部,画腹部用中锋笔画节,一共五节,前大后小,前粗后细,节节相连,第三节要拱起,第五节要连着加一尖笔尾巴。最后,用偏锋,在尾部一边画一笔画出了尾巴的两片薄硬壳。画躯干要一气写成,不再蘸墨。笔上水分太多,下笔必然晕开。为了不让它晕开太多,在旁边有人立刻用吸墨纸放在躯干的墨线上,用手使力一压,过剩的墨水便被吸收在吸墨纸和下面的桌布里。这种办法非常重要,否则晕成一片不成东西了。

　　白石师就利用适当含水量的笔墨,在宣纸上渗化的效果,使每段虾身的不同墨色表现透明感。虾的头部利用毛笔的尖端、中段和根部的不同含水量和含墨量,以及落笔时的顿、挫、迟、速,并且先画头部墨色较重,显得虾头比虾身的分量较重,同时又达到透明感和立体感的效果。

　　每条虾的躯干要蘸墨一次画成。由于虾和虾之间有相互关系,所以一连先把群虾的躯干画成。

　　画完躯干换一枝细而长的较硬的小兔毛笔,在胸部将干未干的淡墨上,加一笔浓墨,使浓墨在淡墨里晕开,表示出虾的头胸部的分量更重,透明感更显著。然后,在头的上部四分之一的地方,中锋两横笔,起笔时要藏锋,画出了虾的眼睛。虾的眼睛本来是两个小圆球,老人原来只画两个浓墨点,后来在写生中看到虾在水中游动时两眼外横,故改画两横笔。然后,该画虾腿、虾钳和虾须了。动笔之前首先再一次考虑它们的各种姿势和几只虾在一起的相互关系,哪只是游着,哪只是静止,哪只急游,哪只缓游。由于虾的姿势不同,聚散不同,对腿、须、钳的处理也不同。

一幅画到中途要停笔仔细重新考虑一下,叫"绝处逢生",以求怎样使气韵更能生动。中国画落笔时,一笔下去,不能更改,故画到一定段落,应根据已经画就的一半,再重新考虑以前没有注意到的问题,使作品更加完美。

重新考虑妥当后,先画虾腿。后腿只画五只,每腿生在每节前端。前腿只画四只,生在上躯的下半部。画腿用墨深浅应和画躯干一致,要笔断意连,用笔灵活,才能画出不停活动的状态。

画完虾腿画虾钳。虾臂和钳是有关姿势和动作的主要部分。急游时双臂伸直,钳紧闭合;缓游时双臂弯曲;夹物时钳张开;斗嬉时双钳齐上,四钳相斗,互不相让,非常有趣。画虾钳用"铁线篆"笔法,笔痕硬直而挺拔,不许弯曲,要能画出有硬壳的质感来,先从头胸部的二分之一的地方向外画,第一、二两节较细,有钳的一节较粗,剪刀状的钳应稍向内弯,才显有力。画虾的臂与钳要注意长短和粗细匀称。一般第一节较短,第二节较第一节长四分之一到三分之一,连钳的一节是第二节的二分之一长,钳的部分也是第二节的二分之一长。节与节的连接地方,要笔断而意连,笔断而墨不断,才能画出关节感来。

最后,画虾须。短须六、七条,长须共六条。长须也是和姿势及动作有关的,因为长须就是虾的触角,要能画出来回开合摆动不停的样子。急游时,须向后的弯度较大;缓游或静止时,弯度较小。用中锋笔画长须最吃功夫,须要长而细,要软中带硬,要圆而灵活,才能画出不停地摇动开合的意境来。

  白石师经过几十年的功夫,巧妙地用粗、细、浓、淡、软、硬不同的墨笔线条,终于组成了活虾,透明的、游动着的活虾,经过辛勤劳动千锤百炼,才能充分利用纸、笔、墨的性能,掌握水墨在宣纸上的自然渗化,表现虾有阴、阳、向、背、轻、重、厚、薄、软、硬的感觉。并且,由于墨色浓淡鲜明,又稍有晕开,永远好象没有干的样子,因此,把虾画在纸上就和在水里游泳一样,气韵非常生动。

  这是白石师多次教我画虾的记录简介。白石师画虾,每张都有不同的变化,不能把画虾的技法看成公式化。

  白石老人是伟大的人民艺术家,他的绘画、诗文、书法,篆刻都很杰出,成就是多方面的。我在这篇文章中谈到的只是老人绘画中的一个点滴,从而了解老人伟大的成就不是偶然得来的。虽然谈的只是画虾,但已经看出老人怎样对待遗产的继承和发展,怎样仔细观察对象,怎样提炼地表现形象,这样宝贵的创作经验和正确的方向是我们画家都应该学习的。

白石老师的生活片断

娄师白

从齐白石遗作展览会上陈列的老人的作品和题跋中,都看得出白石老人对旧社会的憎恶和讽刺,对劳动人民生活的热爱和歌颂。就我所了解的,白石老人不仅在艺术上如此,在他的生活中也同样表现了劳动人民的艰苦斗争精神和真诚朴实的优良品质。

我从白石老人学画时,老人已经七十岁了。那时他的精神很健壮,在作画之余,常对我们述说他过去的生活,老人早年学木匠,跟着师父扛着工具到一个世家中去作活。白天帮助师父作木工,晚上自学画。这家主人看不顺眼,对他师父说:"你这个徒弟阿芝(白石小名)要学得出手艺来,你把我这双眼珠抠出去。"老人笑着对我们说:"这句话直到现在我也忘不了。我就从那时立志要学好木匠,后来又学作雕花木匠，"他为了寻找花样丰富自己的雕刻，从芥子园画谱里吸取了很多的样子。老人常对人说："我的绘画启蒙，就是一本芥子园。"老人在作雕花木匠时，就把画谱上的东西巧妙地运用到雕刻木器上了。二十七岁时兼作画匠，并跟胡沁园学诗从此山水、人物都能画，还学会了画像。在乡里为人画过帐檐、衣冠像及门神爷。由于画像、作诗而接近了一些文人，看到了一些名家的手迹，开始把民间艺术与文人画相结合起来。白石老人说："那时乡人请这些人画画，往往要等一年半载，我没有学他们这一般文人的摆格（就是摆架子），而是有求立办，乡人很喜欢。"

有次我看到老人刻的一方图章，其文为"王樊先去，天留齐大作晨星"。我问他王樊系何人，老人说："王指湘绮师，樊即樊樊山。"又说："我在三十七岁时，曾称湘绮老人为师，颇得他的器重，凡讲学论诗，都特别招呼我。但是我学作他的这类诗，不知为什么总是格格不入，学不了。"当时我听老人这句话，误认为是说王湘绮的学问渊博，白石老人的书底肤浅，所以学不了。今天我才恍然大悟，白石老人是贫农和木匠出身的劳动人民，心地天真朴实，当然很难学到这个宦游多年的王湘绮诗的虚伪造作的方面。

老人说，他与樊樊山晚年诗交很厚，还有这样一段故事：

白石老人四十岁时，曾到西安在他的朋友夏午贻家作画师，认识了樊樊山（樊山任清朝陕西省的县司）。当夏午贻又邀老人同到北京时，樊樊山和白石老人相约说："五月我也到京师，太后（清慈禧太后）爱画，我当引荐你去见太后。"白石老人不愿去见西太后,他说:"我平生以见贵人为苦事,"他这位朋友不了解老人的意思,又想替白石老人捐一县丞(清朝的官阶)。白石老人笑而谢之说:"与其给我捐个官,倒不如让我回家去读书。"这二段事情说明白石老人对当时封建统治阶级的愤恨,和他那坚定不可动摇的劳动人民立场。

有一次,老人给上海朱某刻下几方图章,叫我替他到邮局寄去。当时老人从他的床底下拿出了一套木匠工具,笑着对我说:"这套家具是你老师的当家本领,你今天也可以学学。"老人拿了一块薄木板,就在院子里锯了起来,一会儿就钉成了一个小木匣,把他刻好的图章用纸包好,摆进去,然后把匣盖钉好,又把他这套工具收拾起来,放到床底下。当时我认为这位七十多岁的老师自己作盒子真是多事,今天我才认识到他是多么热爱自己的劳动啊!

白石老人一向是勤俭持家,生活是严肃的,没有沾染上资产阶级艺术家的疏懒散漫习气,对于时间非常珍惜。他常说:平生所作的诗,大部分是在出门坐车或在枕上未睡着的时候作的。老人早晨五、六点钟就起床作画,直到晚间九点钟左右才睡。每天除从事绘画创作外,还要亲自掌管柴、米、油、盐,决不允许浪费一点。每值春夏之际,总要在院内空地上种植丝瓜和苋菜。当西山衔日、晚霞横飞的时候还亲手上肥料。丝瓜和苋菜,老人认为是副食中的主要佳肴。有一次我帮助老人在院子里拔苋菜,我把几根老点的丢在了一边。老人看见后,对我说:"苋菜味最鲜,煮汤胜似吃鸡,象这样老的苋菜,不要把它丢掉,因为它还折的断,只要把皮撕掉,还可以吃。"他一边说,一边剥了根苋菜样子给我看。使我体会到,只有通过自己的劳动,才能真正认识到东西来之不易,难怪老人连一棵苋菜都舍不得随便扔掉。

当老人在丙子年(七十四岁)游蜀前,他的朋友和学生们都为他年岁太大而担心。有人送给老人一床鸭绒被子,老人若有所感,指着他的木板床铺,并掀起了床单下面的一床旧蓝布褥子对我们说:"我到现在还不敢睡藤屉床(就是软床屉),怕平时太舒服了,将来出门走路时会感觉吃苦。这条褥子是我早年五出五归(白石自称四十七岁前游览佳山水有六大处,谓之五出五归)的一肩行李,至今还舍不得丢掉它。"

抗日战争时期,北京沦陷,老人辞去北京艺术专科学校的教授职务。由于他不愿与汉奸们往来,拒绝他们的麻烦,每年在他的大门外边贴一次告白,如"停止见客","白石年老善饿,恕不接见"。

当时在日本侵略下,煤炭被掠夺,市民根本就买不到煤烧。有天,白石老人忽然接到北京艺术专科学校配给煤的通知,老人曾对我说:"无功不受禄,就是黄金也不要,何况是煤。"并且亲自写信拒绝了这种"照顾",其辞为:"顷接艺术专科学校通知条,言配给门头沟煤事,白石非贵校之教职员,贵校通知误矣。先生可查明作罢论为是。"老人爱国的表现,昂然溢于言表。

从上述白石老人在旧社会里生活中的几件事来看,他始终是站在劳动人民的立场上,表现了不同程度的斗争性。这是他得到广大劳动人民的喜爱和尊重的一个主要原因。

白石老人二三事

王文农

白石山翁去世了。

作为老人的门生，惊闻噩耗，心底的悲痛实难以言宣。忆自一九三七年芦沟桥事变后，匆匆南下，别来忽已二十年，老人一生坎坷，长年忧患，然不舍艺术，不丧大德。幸自解放以后，党和国家对民族艺术的珍重，对老人无微不至的关怀，使其蔗境回甘，得以在其生命的最后年月，发挥卓越的才能，为祖国文化，为世界和平事业作出了巨大的贡献。

缅怀老人，忆起老人生前般般，聊记如此，虽不能写老人艺术与人格的伟大于万一，惟其高风亮节，权可略窥一二，用悼逝者，并以自勉。

北京沦陷期，日寇板垣、土肥原诱逼老人入日本籍，去日本，老人说："齐璜中国人，不去日本。你们要齐璜，可把齐璜

的头拿去。"这时,他把外间的作画润例都收回了,门上还写上告白:

"中外官长要买白石之画者,用代表人可矣,不必亲驾到门。从来官不入民家,官入民家,主人不利,谨此告知,恕不接见。"后干脆写着:

"画不卖与官家,窃恐不祥,告白。"

处在日寇统治的时日,老人不仅节操自守,并常以此勉诸门生。一九四〇年,他还以以下的语录大书于中堂,赠寄当时困居于武汉的我:

"丈夫处世,即寿考不过百年。除老稚之日,见于世者,不过三十年。此三十年中,可使死重于泰山,可使死轻于鸿毛,是以君子慎之。"

当收此书,感涕交集,老人诲人如此,吾岂可不慎哉?

老人苦撑八年,盼到日寇投降,老人在当时答谢友人的诗中写道:

"柴门常闭院生苔,多谢诸君慰此怀。高士虑危曾骂贼,将军识字未为非。受降旗上日无色,贺劳樽前鼓似雷。莫道长年亦多难,太平看到眼中来。"

这种热爱祖国、祈望祖国和平的心不为不苦。但是日寇初去,又是国民党横行霸道,民不聊生,老人大失所望。是年老人去上海参观未被日寇劫走的自作展览会。适伪浙沪警备司令、大特务头子宣铁吾生长,宣再三邀请老人赴会,要老人对客挥毫,以附风雅。老人不辞,令磨墨展纸,宣更喜形于色,但见老人振臂一挥,纸上立现斗大螃蟹一支,题"横行到几时"句后接写"铁吾将军"字样。宣面红耳赤,旁观者亦面面相觑,老人泰然拂袖而去。

但是,新中国成立以后,老人描画多种多样的鸽子歌颂和平；老人在首都文学艺术界反对使用原子武器签名大会上,带头签名；老人作"祝融晓日图"以象征"东方红,太阳升"之深意,老人作"松鹤延龄图"祝人民领袖万寿无疆。当人们推崇他晚年的创作热情和成就时,他总说这都归功于共产党和毛主席。

老人爱憎分明,爱人民之爱,仇人民之仇！老人不仅艺术成就不朽,老人的高尚的人格也是不朽的。

老人长眠了！老人之灵千古！

1957年10月20日发表于《武汉美术家》

忆白石老人生活二事

宾 彬

有一天老人正在作画,女佣人送进来一张名片。老人看了一会名片,说:

"你只说我不在家。"

我看见名片上是一位知名的画家,不禁插嘴说:

"此公是学大涤子的名手,老师何不出去和他谈谈?"

"这种造假画的人,我总不喜欢!"他一边调颜色一边说。

这位画家造假画的确是有名的,有许多他的伪造,被人们当真品买去了。他做假画的手段高明,绘画的造诣也相当高,但老人不喜欢他,大概是因为他欺骗了别人而又忘了自己吧!

有一天,一个专制刻刀的工人,来到老人家里,问老人要不要做些刻刀。老人说:"我倒不需新制,这里有几十把刀子,请你拿去磨一下。"他从抽屉内拿出约三十来把刻刀交给工

人。第二天,刀子送来了,磨得又好又利,老人很满意,问他要多少钱。那个工人说:

"你老人家的这点活儿,不算什么,那能要钱呢?"老人说:"那怎么成,你说不算什么,我做起来得一整天,不给钱还行!"

一个非给不可,一个怎么也不要,相持了一会。老人忽然想起了什么似的说:

"那么,你等一等,我还有点事。"老人走到画案前,展开一张四尺宣纸,拿着笔,蘸着颜色,就画起画来。一个钟头的样子,画作好了,写了款,盖了章,他把它钉到墙上,指着画对那工人说:

"你不要我的钱,我就要送你这张画!"

弄得那位工人真是有些不好意思,连说:"这怎么敢当!这怎么敢当!"老人却愉快地笑着说:

"你的劳动,比我花得更多呀!"

没有几天,那工人将裱好的画送来给老人看,并要求在画轴上题个签条。老人打开画一看,全部挖绫,裱得非常讲究,很高兴地为他题了签条。工人脸上浮起了满意的笑容。

1958年5月发表于《美术》月刊

附图目录

1. 牵牛花(彩色) ………………………………… 271
2. 樱桃(彩色) …………………………………… 272
3. "牧牛图"及牧牛图题诗 ……………………… 273
4. 雨耕图 ………………………………………… 274
5. 万竹山居 ……………………………………… 275
6. 老松 …………………………………………… 276
7. 鹰 ……………………………………………… 276
8. 百花与和平鸽 ………………………………… 277
9. 祖国万岁 ……………………………………… 278
10. 梅花 …………………………………………… 279
11. 松鼠 …………………………………………… 280
12. 玉兰斑鸠 ……………………………………… 280
13. 松坪竹马 ……………………………………… 281
14. 雏鸡出笼 ……………………………………… 282
15. 仕女 …………………………………………… 282
16. 残荷 …………………………………………… 283

17.不倒翁 …………………………………………… 284

18.放牛图（山水册页）…………………………… 285

19.鱼鹰（山水册页）……………………………… 285

20.山泉蛙声 ………………………………………… 286

21.算盘 ……………………………………………… 287

22.鲇鱼 ……………………………………………… 288

23.柴耙 ……………………………………………… 289

24.虾 ………………………………………………… 290

25.牡丹 ……………………………………………… 291

26.刻印之一（"大匠之门""鲁班门下""七八衰翁""年九十"）………………………………………………… 292

27.刻印之二（"人长寿""中国长沙湘潭人也"）…… 293

1.牵牛花（彩色）

2. 樱桃(彩色)

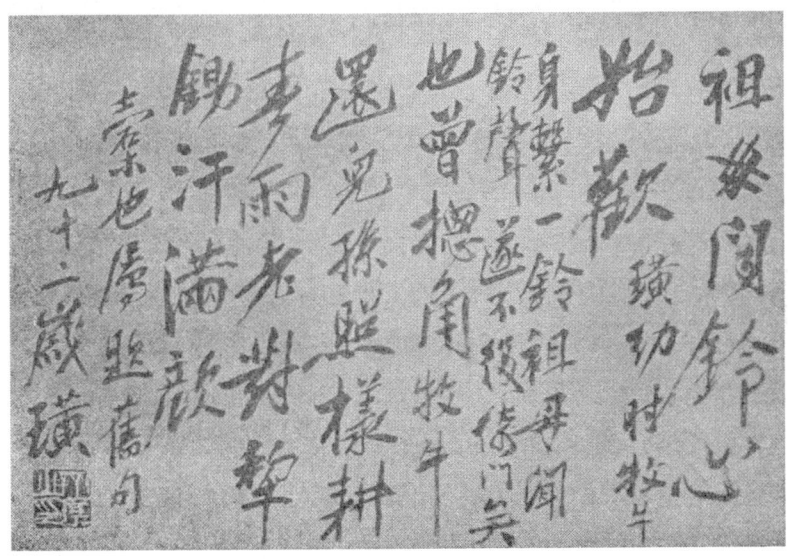

3. "牧牛图"及"牧牛图题诗"

4.雨耕图

5.万竹山居

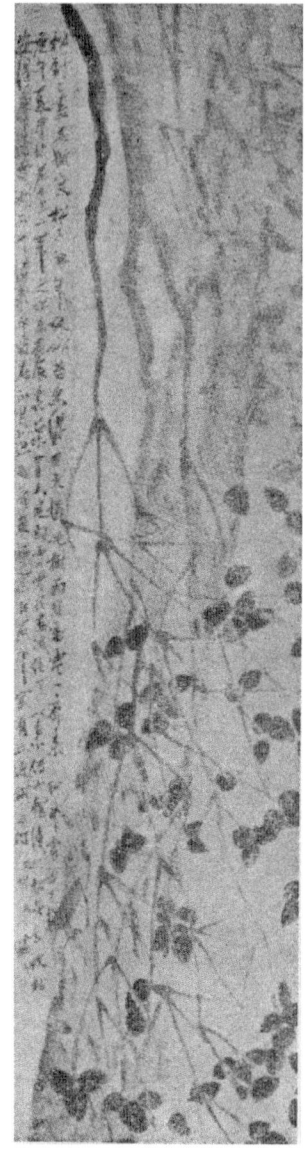 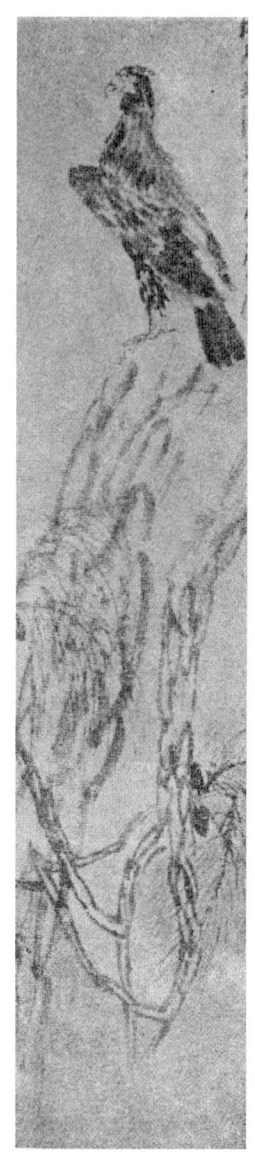

6. 老松　　　7. 鹰

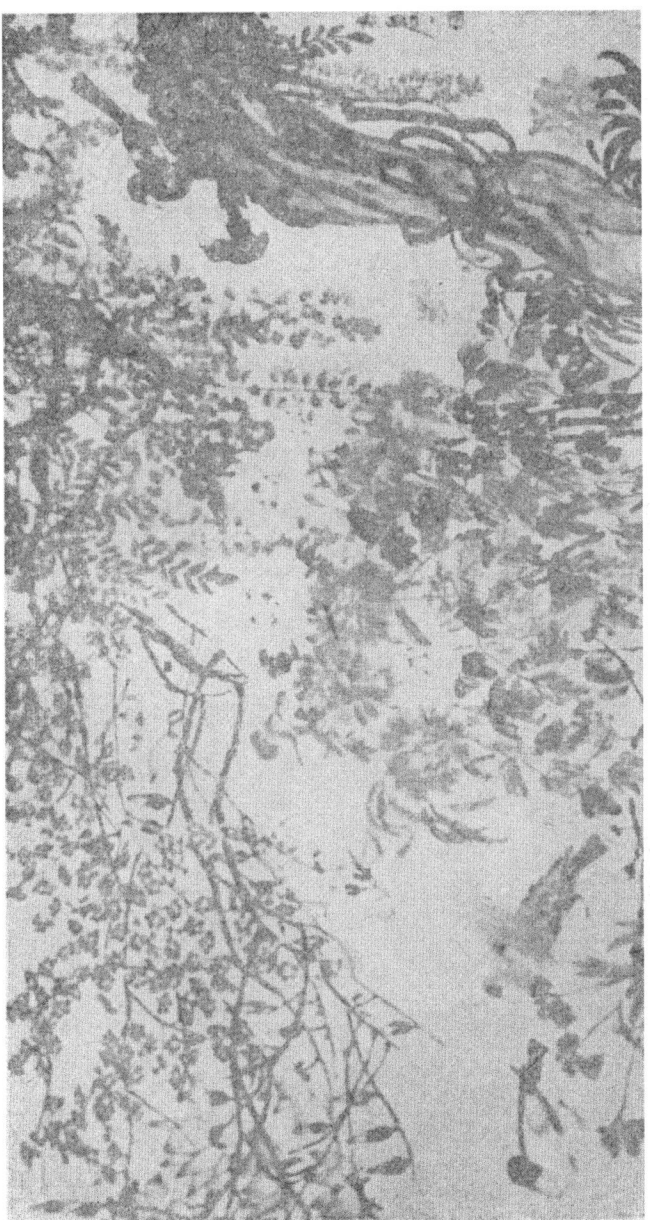

8. 百花与和平鸽

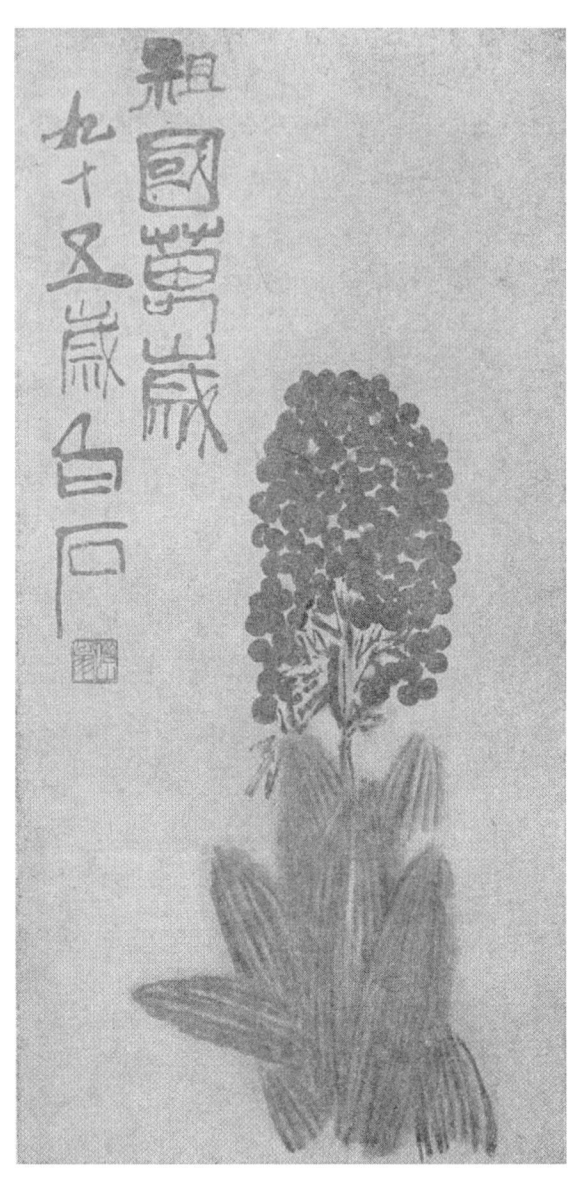

9.祖国万岁

10.梅花

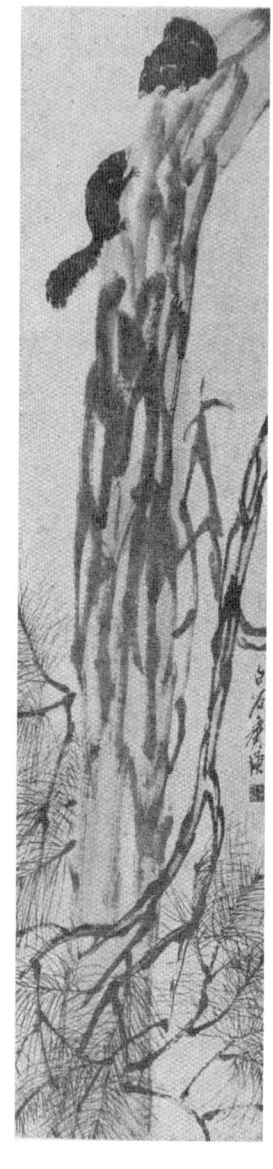

11.松鼠　　12.玉兰斑鸠

13. 松坪竹马

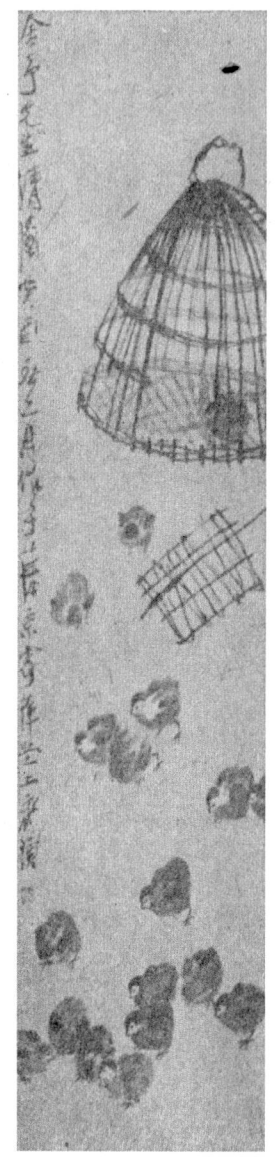

14.雏鸡出笼

15.仕女

16. 残荷

17. 不倒翁

18.放牛图(山水册页)

19.鱼鹰(山水册页)

20. 山泉蛙声

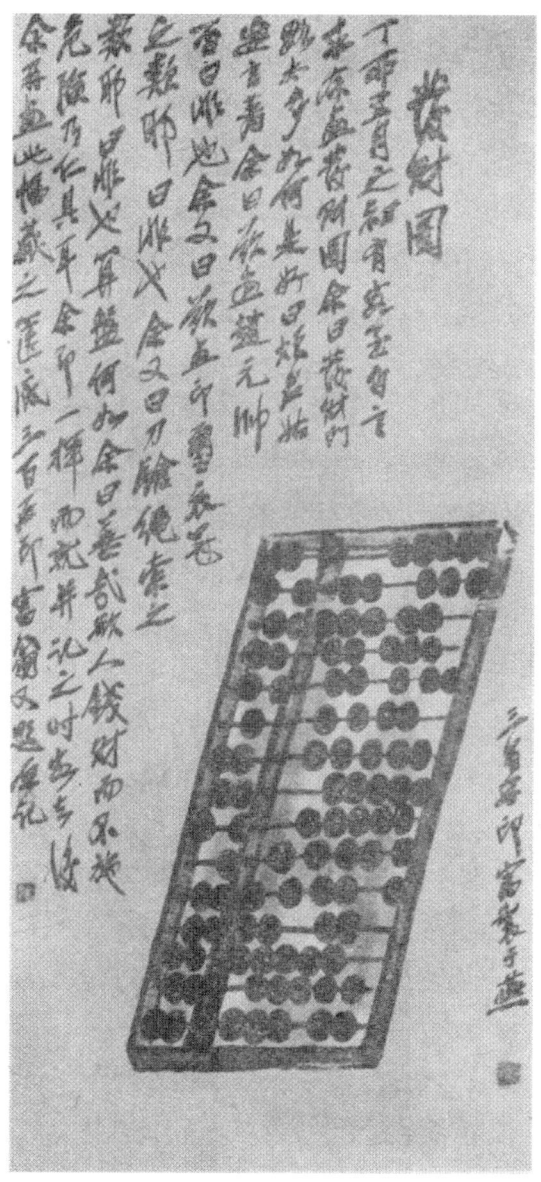

21.算盘

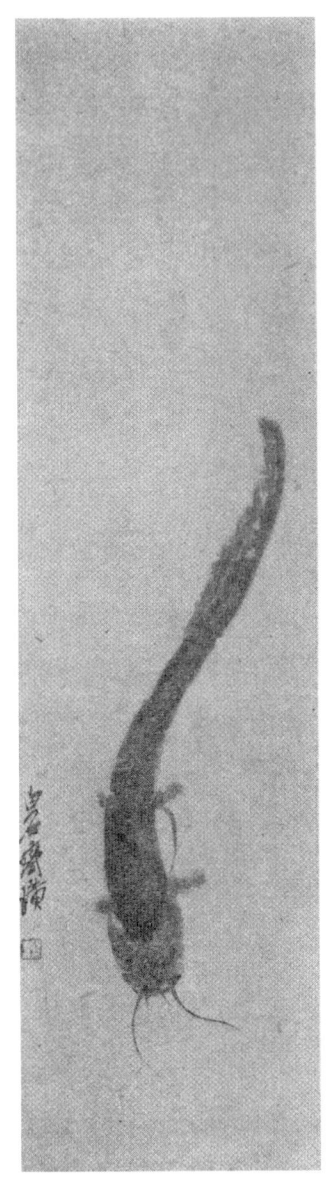

22.鲇鱼

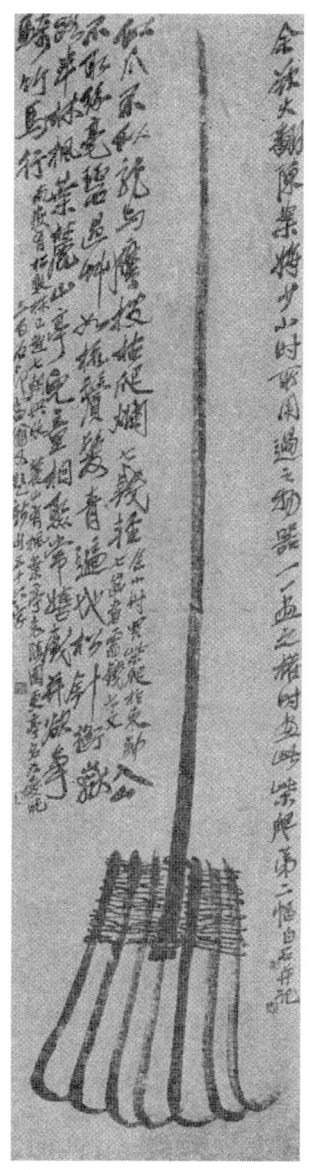

23. 柴耙

24. 虾

25. 牡丹

26.刻印之一（"大匠之门""鲁班门下""七八衰翁""年九十"）

27.刻印之二("人长寿""中国长沙湘潭人也")

在工作和斗争中运用辩证法

一　学习哲学　运用哲学

　　1958年春天，历史把我们带进了一个新的境界——社会主义建设全面大跃进的伟大时代。这是神话般的时代。六亿五千万人民在伟大的中国共产党和毛泽东同志领导下，政治上、经济上、思想上获得了解放，正在毫无疑虑、毫不畏惧地奋勇前进，用无穷无尽的力量和智慧，创造出光辉灿烂的奇迹，以空前的速度完成着自己的历史任务：在较短的时期内，把我国建设成为一个具有现代工业、现代农业和现代科学文化的伟大的社会主义国家。

　　中国人民的这股革命干劲，以及从各种工作中涌现出来的许多奇迹，这自然是由于生产资料所有制方面的社会主义革命和思想战线上、政治战线上的社会主义革命取得决定性胜利的结果。同时，它也表明了马克思列宁主义真理在中国的彻底胜利和无比坚强的生命力。马克思列宁主义理论，是中国共产党的一切工作的基础。多少年来，我们党正是以马克思列宁主义作为自己的指导原则,领导中国革命从胜利走向胜利,并且在革命斗争中用这一革命理论教育干部和群众,使之日益深入人心。目前社会主义建设高潮中显示出来的无数事实,都证明了马克思列宁主义的普遍真理已经掌握了群众,并已成为巨大的物质力量,而中国人民,也正在日益成为被这个理论武装起来的有共产主义觉悟的革命的群众。

随着我国社会主义革命和建设的向前推进,人们的革命自觉性将更加提高。历史的发展愈加成为人们的自觉活动,马列主义理论对于实践的指导意义也就更大。因此,加强对马克思列宁主义理论的学习,提高我们的理论水平,就成为每个革命者的迫切需要。

社会主义建设全面大跃进的形势,正在激励我们努力学习马列主义,要求把它应用到实际工作中去。这是因为,大跃进的局面不但给人们带来许多振奋人心的伟大成就,而且也必然带来许多新的课题、新的疑难、新的矛盾。这些都要求我们做出正确的答案,进行妥善的解决,以便不断地把运动推向前进。而要解决这些问题,脱离实际的空头理论家固然无能为力,没有理论修养因而迷失方向的盲目实际家也是不行的。

正因为如此,党中央和毛泽东同志不止一次地教导我们努力提高马克思列宁主义理论水平,特别应该"学点哲学",学会在工作和斗争中应用唯物论和辩证法。

马克思列宁主义哲学,就是辩证唯物主义和历史唯物主义。它是工人阶级和共产党的世界观,是唯一正确的反映自然界、人类社会和思维活动的最一般规律的科学,是马克思列宁主义的理论基础,因而也是我们党的纲领和政策的理论基础。学习马克思主义哲学,就可以了解客观事物的发展规律,建立起革命的世界观,取得正确的思想方法,帮助我们认识世界和改造世界,使我们懂得按照现实生活的客观规律来进行工作,深刻地了解党的方针政策,提高思想水平和政治觉悟,在工作和斗争中不犯错误或少犯错误。只有懂得马克思列宁主义哲学,才能真正懂得马克思列宁主义,只有用马克思列宁主义哲学把自己的头脑武装起来,才能够永远干劲十足,不会落在时代的后头。

一提到学习哲学,有些人就望而生畏,他们把马克思列宁主义哲学也当作非常神秘、高不可攀的东西。这是迷信,应当破除。这种思想是过去的旧哲学留下的恶劣影响。的确,旧社会的剥削阶级的哲学,是有点神秘。因为那是骗人的哲学,是为剥削统治阶级辩护的哲学。哲学本来应该是反映客观事物的发展规律的东西,是讲真理的。剥削阶级如果真正反映了客观事物的规律,道出了真理,那么他们也就完蛋了。为了骗人,只好模模糊糊地讲些歪理,越讲越叫人听不懂。还有,在旧社会里,文化知识是被那些剥削阶级垄断起来的,哲学也只是少数人的专有财富,成为剥削阶级的御用学者们玩弄的古董。现在不同了,劳动人民当了家。我们学的是马克思列宁主义哲学,这是工人阶级和一切劳动人民的哲学,这是指导被剥削被压迫群众进行革命斗争的科学,是建设社会主义和共产主义的科学,是一切劳动人民共有的精神财富。它讲的是世界和社会发展变化的普普通通的道理,它告诉我们认识世界和改造世界的方法,教导我们去建立自由幸福的新社会和新生活。这样的哲学,是每个革命者必须学习和能够学好的。

有人说:马克思列宁主义哲学,也是难学的,需要有广博的知识,自然科学、社会科学、文学、逻辑样样要懂;还要有实际斗争经验才能学好。这种说法,也对,也不对。所以说也对,是因为马克思列宁主义哲学,是从生产实践和阶级斗争实践中总结出来的,它概括了许多科学部门的最高成就,不是肤浅的说教,而是工人阶级的科学理论,要学好这个理论,特别是学到能应用去指导斗争,当然是要经过艰苦的努力的,懒汉一辈子也不能掌握马克思列宁主义哲学理论。从这样的角度说来,马克思列宁主义哲学也算有点难学。但是,马克思列宁主义哲学毕竟是工人阶级和劳动人民的哲学,对于工人阶级和劳动人民来说,也并不十分难学,掌握这一哲学的立场、观点和方法,是完全可能的。如果是说到要对这门科学进行深入的研究,透彻地了解它的各个方面,熟悉它本身发展的历史,这当然就比较难了,要去读很多书,看很多资料,做很多研究。然而,一般人不需要这样做,那是哲学家的事情。对于大多数人来说,主要是学会立场、观点和方法,能在实际工作和斗争中去应用它,这样的要求,对于有实际斗争经验的干部和觉悟了的劳动人民来说,并不是很难办到的事情。因此,从这个角度上看来,说哲学很难学,就不对了。

也有这样一些人,愿意学哲学,但总觉得自己文化水平低,不敢尝试,勇气不足。我们说,这种顾虑也是不必要的。害怕困难,自暴自弃的思想,早已落在时代的后面了,学习也应该有大跃进的精神。文化低就学不好哲学吗?也不见得。讲哲学不一定是哲学家讲得好,往往倒是人民群众中有丰富的哲学。世界上许多事情都是工人、农民和其他劳动人民创造出来的。为了打掉一些人心目中存在的偏见,消除某些人妄自菲薄的自卑感,我们在这里举一些许多人所知道的事实。例如,我国伟大的科学家、药物学家和名医李时珍,他不是医科大学的毕业生,而是出自一个贫苦家庭的人;发明蒸汽机的瓦特是一个普通工人;发明家爱迪生,一生只上过三个月的小学;电机工程的奠基人法拉第,是订书作坊的学徒;第一个发明利用电的富兰克林,是一个排字工人;发明第一架飞机的莫热依斯基,是个俄国造船工程师;纺纱机的发明人阿克奈特,是个理发匠;机车发明人史蒂文,是个煤矿帮工。这样的例子,还能举出很多。这些人原来都是文化水平不高,他们却能做出文化水平高的人所办不到的事情。在旧社会里,在剥削阶级统治的压迫下,劳动人民尚能表现出这样大的才能,在人民的社会主义时代,劳动人民当然会发挥更大的才能。事实也正是如此。请看,最近几个月的社会主义大跃进中,在工人和农民中就涌现出许多出色的发明家。他们都没有进过大学,更不是什么"专家"或"洋博士",而是被人看作没有文化知识的"外行"人。就是这些平凡的人做出了不平凡的事情。例如:创造了十三种农具的刘草佩,是一个只有初小文化程度的青年;发明八用加工机的曹文韬,也只念过四年书；青年工人郑金斌，创造了十七种先进的机器工具，变手工操作为机械化，他一年就可以完成二十四年的工作量；"土专家"李始美，只念过一年初中，解决了古今中外无法解决的白蚁灾害问题，远远胜过了那些"洋博士"；在农业生产上连创奇迹的王保京，现在被聘为农业科学院的特约研究员，是一个只上过三年小学的贫农；更出色的是，甘肃省临洮县的少先队员张裕福，是一个十四岁的小学生，竟接连创造了三种工具：水力碾火药盘、渠干滑轮起土机、杠杆起土机。上面这些例子，充分说明了文化低的人也可以攻破科学堡垒，一旦攻破，成就更大。在这个英雄辈出、奇迹涌现的时代，什么困难不能被克服呢？为什么不敢学习马克思列宁主义哲学呢？一点理由也没有！

在解放思想、学习哲学方面，上海求新造船厂的工人做出了可喜的榜样。人民日报1958年5月19日的一则消息指出：上海求新造船厂修理车间的职工，自动成立了一个哲学小组，参加学习的十二个人中，有工人、职员、学徒和车间主任，党支部书记当选为小组长，每周一、三、五晚上集中学习从一开始他们就学习了毛主席的《关于正确处理人民内部矛盾的问题》的第一章《两类不同性质的矛盾》。在学习这一章时，他们不但从理论上搞清了两类社会矛盾的不同性质和不同处理方法，并且联系实际问题展开讨论。例如：在生产大跃进的高潮中，原材料供应不上生产需要，有些工人就有怨言：又要大跃进，又缺乏原材料，要我们怎样大跃进？哲学小组马上讨论：我们车间的主要矛盾是什么？怎样解决？当大家认识到原材料供不上,是生产大发展中不可避免的矛盾后,就主动节约原材料。这个学习小组的成员一般是初中程度,有些人在解放前还是文盲或半文盲。两个多月来,他们采取互教互学的形式和旁听厂内社会主义教育课程的讲座,始终坚持学习。特别当他们应用所学得的理论解决实际问题的时候,学习哲学的兴趣就更加浓厚。这个小组,1958年内要学习毛主席的《矛盾论》和《实践论》,还要学习"无产阶级专政的历史经验"。

这不是破除迷信、解放思想、学习哲学和在工作中应用哲学的好榜样吗?普通人不能学习哲学的神话被打破了。

也有些人认为,哲学是哲学家的事情,是高级领导干部的事情,和自己无关。不学哲学,一样能做工作。这种想法也是错误的。前面说过,马克思列宁主义哲学是工人阶级的世界观,也是唯一能使我们正确认识一切事物的思想方法。人的思想影响着人的行动。不管你做的什么工作,都需要有正确的世界观和正确的认识方法。毛泽东同志说过:"辩证唯物论之所以为普遍真理,在于经过无论什么人的实践都不能逃出它的范围。"("实践论")既然如此,就应该学习它。如果说,你没有专门学习哲学而也能完成工作任务,这并不奇怪,我们也并不是说让所有的人先学会了哲学然后去革命。问题在于,你之所以能够完成党和上级给你的任务,首先因为党的方针政策路线是正确的,是以马克思列宁主义为指导规定出来的,是符合人民利益的。其次,我们党在多年的革命实践中总结了许多很好的领导方法和工作方法,例如:从实际出发,群众路线,突破一点,推动全面,抓两头带中间等等,这些都是辩证唯物主义的具体应用。按照这些原则办事,当然也可以完成一定的工作任务。马克思列宁主义哲学,本来就是从实践中总结出来的,每个人在实践中都会了解一些事物发展的规律,都懂一点辩证法。但是,一个革命者,如果想不断提高自己的觉悟和思想水平,要求把工作做得更好些,特别是要达到能创造性地解决各种工作问题,把工作做得出色,善于走在现实生活的前头,能高瞻远瞩,不迷失方向,敢于在新事物面前提出新问题,并且做出科学的正确的判断,善于"识别风向",而不限于因循守旧,一味模仿,停留在经验主义的圈子,那就必须认真学习,在实际工作中应用马克思列宁主义哲学。

学习马克思列宁主义哲学,必须联系实际,用来解决实际问题。马克思说过,以往的哲学只是各种各样解释世界,而重要的是在于改造世界。马克思列宁主义哲学就是战斗的改造世界的哲学。我们学习它,是为了加速我国的社会主义建设事业,是用工人阶级的世界观来观察国家的命运,领会党的方针、政策,用马克思列宁主义的立场、观点和方法去认识问题,分析问题,处理问题,解决问题。的确,也有一些同志,把马克思列宁主义哲学和实际斗争割裂开来,认为应用马克思列宁主义去说明实际生活中的具体问题,就是庸俗化、简单化,就破坏了这一理论的系统性、逻辑性和科学性。然而他们这样做,却丢掉了哲学的党性和战斗性。把工人阶级改造世界的战斗武器,变成了"超实际的"毫无生气的烦琐条文,在实践面前软弱无力,不说明问题也不解决问题,对当前的社会主义革命和改造就不能起应有的指导作用。

每个时代的真正的哲学,都是那个时代精神的表现。代表我国的革命传统和时代精神的伟大哲学思想,是把马列主义的普遍真理与中国革命实际相结合的毛泽东同志的思想。毛泽东同志在几十年来创造性地运用唯物辩证法指导中国的革命走向胜利,而且也发展了这个理论。毛泽东同志对于辩证法的精通,对辩证法的应用,到了非常高深的境界。这一切已经被几十年来中国革命的发展进程所证明了。我们学习马克思列宁主义哲学,首先要学习与中国革命实际相结合的马克思列宁主义哲学,学习毛泽东同志的哲学思想。

1957年11月在莫斯科召开的社会主义国家的共产党和工人党代表会议的宣言里,曾经特别指出:当前共产党和工人党的迫切任务之一,是"在实际工作中运用辩证唯物论,用马克思列宁主义教育干部和广大群众"。1958年召开的我们党的"八大"二次会议,也号召我们克服教条主义和经验主义,把唯物论和辩证法应用到工作中去。

建设社会主义,是前无古人的事业,我们的任务十分艰巨复杂,目前又正是全国生产建设和文化革命、技术革命飞跃发展的时代。大跃进的形势,要求我们的思想方法和工作方法也来一个大跃进,这就更加要求我们学习马克思列宁主义哲学,把唯物论和辩证法应用到工作中去,更加推动我们的各项建设的大跃进。

二 见物又见人

在生产大跃进的形势中,层出不穷地出现着奇迹。从前许多人认为做不到的事情,现在做到了;过去要几年、几十年、甚至几百年才能办到的事,现在几年、一两年、甚至几个月就能办到了;从前看来是根本不可能做到的事情,现在都成为可能和现实的了;昨天有人还认为是冒进的指标,今天就变得落后了……

人们也许会觉得奇怪,为什么会出现这样多的奇迹呢?这并不奇怪,是群众的主观能动性发挥了作用。群众之所以能够充分地发挥主观能动作用,这是由于我国的生产关系改变了,改变了生产关系,就能使生产力比过去加快好多倍地向前发展。几年来党所领导的经济战线、政治战线和思想战线上的社会主义革命和社会主义建设工作,生动地教育了群众、鼓舞了群众,使群众的觉悟大大地提高了,使生产者的智慧和创造性充分地发挥出来。同时,群众在实践中看到了自己的力量，看到了自然条件可以用人的主观努力来改变以后，他们的思想就会从旧日的小生产的束缚中解放出来，不再听天由命，不再屈服于命运的安排，改变过去那种只能靠天吃饭的被动想法，相信事在人为了，因而他们就能够一以当十、十以当百地向任何巨大的困难宣战，冲决了前进道路上的一切艰难险阻，创出前无古人的奇迹来。群众所发挥出来的这种主观能动性，正是我国社会主义革命在所有制方面和政治战线、思想战线方面都获得了伟大胜利的结果，是生产关系的变革和劳动人民思想大解放的必然结果。

此外，党中央提出了争取在十五年或者在更短的时间内，在主要的工业产品产量方面赶上和超过英国，争取提前实现"全国农业发展纲要"，提出"苦战三年，改变面貌"的战斗口号，再一次强调多快好省的方针，特别是制订了"鼓足干劲、力争上游、多快好省地建设社会主义"的总路线，大大地鼓舞了群众的热情，更加促进了全国人民革命干劲的高涨。

正因为这种群众的主观能动作用成了推进社会主义建设大跃进的巨大力量，因此，我们在工作中要防止只见"物"不见"人"的偏向，即只看到现有的客观物质条件，看不到广大群众的主观能动性和无穷的潜力，而是要充分地估计到群众的主观能动作用。

但是，并不是每一个人对群众的这种积极性和创造性都能给予充分估计的。有些人对于群众的主观能动作用在社会主义建设中的重大意义认识得并不够，在工作中不注意发动这样的力量。这是为什么呢？不外有下面一些原因。

有的同志对于客观的规律性和群众的主观能动性之间的关系,陷入了庸俗唯物主义的或机械论的理解。他们认为客观规律既然是不以人们的主观意志为转移的,那么,人在客观规律面前就无能为力了,人们只好受客观规律的支配,做客观规律的奴隶,不能积极地影响客观规律。这样实际上就否认了群众的主观能动作用,提倡盲目自流和庸俗的进化,自觉或不自觉地否认了革命的跃进,宣扬所谓"谋事在人,成事在天","尽人意而听天命"的宿命论观点。于是,庸俗唯物主义或机械论就成为保守主义者的思想基础。由于看不到群众的主观能动作用,在实践中和执行政策时就会导致右倾保守,在革命运动中起"促退"的作用。有些人片面地强调从实际出发,认为他们那里的自然条件不好,物质条件很差,设备不全或没有足够的资金等等,因此他们不能和别人比,是的,从实际出发是必要的,否则就不是唯物论者了。但是,现在所指的这种"片面强调"从实际出发的情况,常常是上面提到的机械唯物论的观点,在实际工作中的反映。这种"从实际出发"的观点,并不是真正从辩证唯物主义得出来的正确结论,而是一种见物不见人的错误观点,是"唯客观条件论"者,这样的从实际出发,结果是安于落后的现状,原地踏步,根本没有"出发"。的确,客观的物质条件的因素是有决定意义的作用的,但即或是这样,也只能说这只是事情的一个方面,也就是属于事情的"物"的方面,重要的还有事情的另一方面,那就是"人"的方面,也就是关于人的主观能动性的方面。这些同志不了解,当客观物质条件已经具备了的时候,当人们是遵照客观的发展规律而正确行动的时候，对于事业的成败与否，人们的主观能动作用就有了决定性的意义。客观条件和主观能动性，这也是两个对立面，它们既同一又斗争，它们对于某一具体事情的成败得失的决定作用，在事件发展的不同阶段有着不同的情况，并不是永远都机械地被客观条件所决定。在某种情况下，这种决定权会发生转化，在某些时候就由主观能动性起决定作用。这就是为什么实际生活中我们常常看到处于同样条件之下的部门、地区和个人，有的先进、有的落后的缘故，甚至即使在不同的客观物质条件下，反而是处于不利条件的县份、合作社或工厂的生产超过了处于优越条件下的县份、合作社或工厂企业。这样说来，把主观能动性看成决定性的东西，岂不要走向唯心主义了吗？不会的，因为我们并不否认，即使当主观能动性在促进事物发展中起决定作用的时候，还是要基于一定的客观物质条件和符合客观规律的发展趋向。决定事物趋向的最深刻的原因，仍然在于事物发展的规律。这正是辩证唯物主义的观点。

　　那些片面地强调从实际出发的人，他们看不到群众的主观能动性的伟大作用，找不到依靠，往往就会在困难面前表示屈服的态度，事实上，自然和物质条件是可以被人改造的。例如，浙江省的平阳和黄岩这两个县，就自然条件而论，平阳县的自然条件要比黄岩县的更好些，但是在生产上，黄岩县的平均亩产量却比平阳县高出二百多斤。物质条件差的跑到前面去，而条件好的反而落后了。这个生动的事实驳倒了"条件论"者，为什么人家能够做到的事情，你就做不到呢？这不正是保守思想在束缚着自己的头脑吗?同时它也给了我们一个很重要的启示,那就是说不要仅仅看到"物",而且还要看到"人",在社会主义制度下,觉悟了的人民群众,才是我们事业中具有决定意义的因素。

只有马克思主义的辩证唯物主义,才正确地解决了客观规律性和主观能动性的关系问题,也正确地指出了人的主观能动性在改造自然和改造社会中的伟大作用。马克思主义历史唯物主义确认社会发展有它一定的规律,而且这种规律是客观的。人们不能任意制造、废除或改变这些规律,必须在实践中估计到这些规律。但是,也确认人民群众的主观能动性的重大作用,确认人们在客观规律面前不是无能为力,而是能够发现和认识它们,自觉地控制和利用它们来为社会谋福利。这就是客观规律性和主观能动性之间的辩证法。因此,我们提倡的要人们充分估计到群众的主观能动作用,就决不是让人们脱离实际去蛮干和空想,而是要以主观符合客观为前提的。既承认客观规律对于人们行为的制约作用,又承认人们可以发挥主观积极性和创造性,通过人们的自觉活动来积极影响客观规律。

在我们的实际工作中,必须善于掌握主观和客观的辩证关系,就是说既要见"物"即看到客观物质条件方面,又要见"人"即看到人的主观能动作用。违反了事物的客观规律,固然会犯错误,看不到群众的主观能动作用,也同样会犯错误。社会主义时代,是人民群众发挥主观能动性最活跃的时代,我们对此必须有足够的认识。有些人所以犯了右倾保守的错误,主要的原因就在于"见物不见人",过多地估计了客观物质条件的困难,看不到群众的主观能动作用的巨大潜力。

那么,怎样才能够充分地发挥群众的主观能动作用呢?我们说,发挥人的主观能动作用,是一个群众路线的问题。实际生活中无数事例向我们证明,凡是善于放手发动群众的地区和部门,群众的积极性和创造性就大大地发挥起来,生产和工作就有大跃进。反之,凡是压制群众积极性和创造性的地区或部门,生产或工作就一定没有起色。实际生活的经验又向我们证明,群众的积极性创造性一旦活跃起来,必然会向一切陈旧落后的东西冲击,因而也一定会遇到保守势力的抵抗,在这样的时机,领导者的重要责任是在于支持群众的革命精神,坚决相信和依靠群众的多数。

在反浪费、反保守的群众运动中,全国出现了许多善于发挥群众主观能动性而推动生产工作大跃进的事例,1958年4月19日《人民日报》上发表的西安人民搪瓷厂产品质量赶上世界先进水平的消息,就是其中的一个出色的例子。这个工厂仅仅只有五年历史,论设备没有别厂好,论工人没有别厂老,论经验没有别厂多。然而竟在产品质量跃居全国第一之后,在很短的时间内又赶上了世界最高水平,提前实现了原定要三年才能达到的指标。他们之所以能够如此先进,关键在于这个工厂的党委和行政领导充分地认识到了人的主观能动作用的重大意义,坚决依靠并发挥了群众的积极性和独创精神,敢于支持先进人物去冲破保守落后的束缚。他们没有为自己的经验不够和设备不好所吓倒。没有信奉保守的

"客观条件论",而是鼓励群众敢想敢干,敢于做前人没有做过的事情。因此这个厂子在跃进的第一个月里就提出二百多项革新技术的倡议,而在进行技术革新的基础上,使产品的产量和质量突飞猛进,一个月就出现了四百多项新纪录。如果情况是另外一种样子,这个工厂的领导者看不到群众的主观能动作用,而是强调客观困难,埋怨条件不好,安于落后状态,向保守思想妥协,那么,他们不要说赶上国际水平,就是全国第一的纪录,也创造不出来,保持不下去。

由此可见,重视群众的主观能动作用,在生产和工作中是何等重要。但是,单只认识到这一点,还是不够的,还要善于正确地使用这种积极性和创造性,不要浪费群众的精力和智慧。如果不把这股干劲引导到工作和生产上去,就是对群众的革命热情的伤害,如果只是单纯强调干劲而忽视制订多种具体措施,不是干劲加钻劲,干劲加技术,也就不能巩固和继续发挥群众的主观能动性和积极性。

发挥群众的积极性和创造性,还有一个最重要的问题,就是加强党的领导。如果没有党的领导,缺乏政治,群众的干劲再大,也会陷于盲目无为而收不到实效。这样的教训,在我们的工作中是很不少的。

随着社会主义革命改造和建设的向前发展,群众的干劲必然愈来愈大,这是社会主义制度本身的特点所决定的,我们必须善于处理群众的主观能动作用,促使社会主义建设不断大跃进。新的形势正在要求我们这样做。党的"八大"二次会议,给我们提出了这样的任务。

在我国社会主义建设进程中具有伟大历史意义的党的"八大"二次会议上,党确定了"鼓足干劲、力争上游、多快好省地建设社会主义"的总路线,这是创造性地运用马克思列宁主义和正确地总结了我国社会主义建设经验的结果。这条总路线使党和人民获得了统一思想、统一步调的锐利武器,对于今后我国社会主义建设事业的迅速发展,将产生伟大的作用。

党的社会主义建设总路线,正确地反映了我国人民的最大利益和迫切要求,也体现了我们党对于人民群众的高度信任。既然党提出的社会主义建设总路线的基本出发点是反映群众的意志和相信群众的力量,那么,实现这条总路线的基本方法,也必然是群众路线的方法。这正象刘少奇同志在"八大"二次会议上的报告中所指出的:"党的社会主义建设的总路线是党的群众路线在社会主义建设事业中的应用和发展。""现在群众的热情很高,这是一切事业能够迅速向前发展的基本依靠,我们应当十分爱护,绝不允许向群众泼冷水。"

由此可见,是否能切实执行群众路线,是不是相信群众并充分看到和发挥群众的积极性的伟大力量,就成为能否很好地贯彻党的社会主义建设总路线的重要问题了。对这个问题能正确的认识、有正确的行动的一切人们,就都成为社会主义建设中的促进派;反之,忽视这个问题,不相信群众的积极性和创造性的,不懂得"人定胜天"的道理的一切人们,就必然成为社会主义建设中的促退派。

我们所以要这样提出问题，是为了使存有保守思想的人清醒起来，使他们相信，依靠群众的力量和智慧，社会主义社会能够加速建成。有些思想保守的人，他们虽然决心要建设社会主义，但是却对于鼓足干劲、力争上游和多快好省的问题认识不足。在他们看来，社会主义是要建设的，但只能慢些、差些，不能快些、好些。他们的理由很多，例如：中国经济文化落后，资金和技术力量不足，人口太多，农业不发达等等。他们不懂得，解放了的、觉悟了的、团结起来和组织起来的六亿多人口，他们的行动，才是世界上最伟大的创造力量，有了这些力量，就能够有工业和农业的高速度发展，就能够有最多的资金和最大的技术力量，就能够战胜任何困难，就能够做到人类所能够做到的一切。他们不懂得，正因为我们国家是又穷又白，中国人民才坚决起来革命，推翻了帝国主义、封建主义和官僚资本主义的统治。现在，中国人民在政治上、经济上、思想上获得了解放，用自己的双手来建设幸福的社会主义社会的时候，当然会洋溢着高度的积极性和革命干劲，这种力量正是我们的靠山。依靠六亿人民的积极性和创造性，正是解决我国在经济、文化落后的情况下然而又要多快好省地建设社会主义的这个矛盾。

问题是再清楚也没有了，人民群众的积极性和创造性在加速我国社会主义建设中的意义是如此重大，我们在工作中必须防止见物不见人的偏向，必须发挥群众的主观能动作用的创造力量。

三　十个指头

　　人有十个指头,这是一个整体。把十个指头分开来,一边九个,一边一个,这就产生了整体和局部,大局和小局,一般和个别,多数和少数,主流和支流的区别。学会区别九个指头和一个指头的关系,就是掌握了整体和局部,一般和个别,主流和支流之间的关系的辩证法。

　　我们用九个指头和一个指头的区别来说明这种客观的辩证关系,这是一种比喻,九个指头就好比是整体、大局、一般、多数、主流;一个指头就好比是局部、小局、个别、少数、支流。这是很好的比喻,这个比喻又确切又通俗又生动,把主流和支流等复杂关系表现得非常鲜明,十分深刻。

　　在实际工作中,当我们观察问题和处理问题的时候,都不可避免地要遇到整体和局部,一般和个别,多数和少数,主流和支流的问题,也就是说,一定会遇到九个指头和一个指头的问题。在这样的时刻,要能善于区别九个指头和一个指头,应该首先抓住问题的主流,看到整体和多数,首先看到九个指头。如果看对了,抓对了,就能把工作推向前进、如果没有看对,抓错了,把本末倒置,不善于区别它们,就会犯错误。

因此,九个指头和一个指头的问题,是思想方法问题,也是工作方法问题。它告诉我们,在认识事物和处理工作的时候,必须考虑到这样几个方面:(一)首先看到十个指头(全局);(二)既看到九个指头(大局或主流),也看到一个指头(小局和支流);(三)正确对待九个指头,也正确对待一个指头。这是辩证唯物主义的方法,正确的方法,是毛泽东同志对辩证法的创造性的运用,也是毛主席的思想方法。不论什么时候,也不论处理什么问题,都必须遵守这个方法。

对于革命事业的成绩和优点,错误和缺点的估价,就必须遵照上述方法。而且特别应该指出,在用这个方法衡量我们工作中的成绩和缺点的时候,只要我们的根本路线是正确的,那就永远是成绩是主要的,缺点是次要的,成绩九个指头,缺点一个指头。这是因为我们的工作既然没有发生根本路线上的错误,而且又做了工作,这些工作就必然是推动社会前进的力量,一定有利于整个革命事业。所以,成绩总是主要的,总是占着九个指头的地位,缺点错误总是次要的,只占着一个指头的地位。这样的估计所以正确,是因为从全面出发,实事求是,完全符合实际情况,既看到我们的成绩,也看到工作中的缺点,然后吸取经验教训,发扬成绩和优点,纠正错误和缺点。只有用这样的态度和方法看待我们工作中的成绩和缺点,才能正确看到前途,教育干部和群众,提高他们的积极性和创造性,引导他们加强信心,勇往直前。

如果不是采取上述的正确方法和态度,而采取相反的方法和态度来看待革命事业的功过,必然得出错误的结论,一定要受到历史事实的训斥。1957年6月右派分子疯狂叫嚣,他们用"攻其一点,尽量夸大,不及其余"的形而上学的方法,向党向人民向革命事业大肆攻击,说我们这也搞糟了,那也搞糟了,尽量夸大工作中的某些缺点,加以渲染,然后做出结论:没有成绩,全是错误。目的是要共产党下台,他们取而代之。全国人民看得很清楚,用建国几年来社会主义改造和建设的辉煌成就驳倒了右派,使他们在九个指头面前碰得头破血流。当然,对于右派来说,他们抹杀人民革命事业的成绩,不是什么思想方法不正确的问题,而是另有阴谋,是反革命的问题。

在革命者中,也有一些人不懂得九个指头和一个指头的关系,往往夸大工作中的缺点错误,把支流当主流,因而犯了根本性的错误。例如:在几年来的社会主义建设中就出现过两次较大的事情,一次是在1955年发生的关于农业合作化问题上的右倾错误。当时的农业合作化运动,基本上是健康的,毛病也有一些,但是不大。有些同志,不去看合作化运动"根本上健康"这个主流,不具体分析当时产生的一些小"毛病"的具体情况,却夸大了当时农业合作化运动中某些缺点和错误,把一个指头看成十个指头,把染有富农思想的富裕中农对农业合作化的消极情绪当做广大农民的意见,认为农业合作化速度太快了,农民接受不了,于是提出了"坚决收缩"的错误方针,给农民和干部泼了一大瓢冷水,严重妨害了合作化运动。另一次是在1956年,当时我国的社会主义建设,在三大改造高潮的带动下,得到了蓬勃的发展。工业总产值增长了31%;虽然自然灾害严重,农业生产仍然增长了4.9%。这显然是一个很大的跃进。在这种大跃进中,难免也就产生一些小的缺点错误。有些同志,对于这些胜利中前进中发生的一些小的错误,作了错误的判断,不了解这些毛病只是十个指头中的一个指头,看不到这生产高潮的主流,把那些局部的、少数的、暂时的困难和微小的缺点夸大为主流和全局的东西,因而提出"反冒进"的口号,给正在蓬勃发展的群众性的生产高潮泼了一盆冷水,使他们感到泄气,引起了思想上和工作上的混乱,使1957的生产受到损失。这些错误虽然很快被党中央和毛主席发现和及时纠正了,但由此可见应用九个指头和一个指头的辩证法来指导实际工作的重要。

对待工作成绩的估计固然要区别九个指头和一个指头,对待一个同志的缺点和错误也应该如此。只要这个同志还是革命行列里的一员,只要基本上还是健康的,只要没有蜕化变质和从根本上腐烂,那么,这个同志不管有什么缺点和错误,还应该说他的优点是九个指头,缺点和错误只是一个指头。如果缺点错误不少,那就是优点是八个或七个指头,错误和缺点是二个或三个指头。这就是说,应该肯定他的主流,多数是优点;而支流,少数是缺点错误。只有作出这样恰如其分的估计,才能对错误的情况进行具体分析,找出犯错误的根源,进行实事求是的批评,才能真正治病救人,鼓励人们上进，达到真诚团结，共同前进的目的。如果不是这样，而错误地把某些同志的个别错误夸大为普遍错误，把只是属于支流的错误夸大为普遍错误，把只是属于支流的错误思想当作是这个人的思想主流，把一个可以挽救的同志说成是不可救药的坏人，把只烂了一、二个指头的人说成是十个指头全烂了。那就犯了错误。用这样夸大一点的办法来对待同志的错误，必然会伤害别人的革命热情，破坏党内应有的和睦，打击了同志，把积极因素变成了消极因素，对革命事业不利。由此可见，即便是对待个别同志的问题，应用十个指头的辩证法也是很有意义的。

对于整个革命事业的成绩和缺点，对于上述情况的个别同志的优点和缺点来说，都应该成绩是九个指头，缺点只是一个指头。我们所以要强调指出用正确的态度对待错误和缺点，并不是对错误和缺点有什么偏爱，缺点和错误是我们所不需要的。但是，不愿意有缺点，并不等于不会有缺点，不愿意犯错误，并不等于不犯错误。事实上，任何事情都会有缺陷，任何人都不免于犯错误，即便是伟大的革命事业和老练的革命家也是如此。马克思列宁主义者从来就不承认世界上有什么不犯这样那样错误的"神人"，也不能设想一个人犯了一次错误就不犯第二次错误，甚至也不能肯定说不在某种程度上再犯初期犯过的错误。列宁说得好："聪明人并不是不犯错误的人。不犯错误的人是没有而且不能有的。聪明人是不犯重大错误，同时又是能迅速而容易地纠正这种错误的人。"人之所以会犯错误，在我们这个时代，一方面是由于资产阶级意识的影响,另方面是由于主观与客观不一致的矛盾。即便在将来的时代里,剥削阶级的旧意识的影响已经完全消除了之后,人的主观认识与客观实在之间的矛盾还是存在的,人们对于客观规律的认识程度有高有低,有人正确,有人错误,犯错误还是不可避免的。至于说到我们整个的革命事业,情形也是如此。在我国这个"又穷又白"的国度里建设社会主义,不能不经历复杂的斗争。苏联和其他兄弟国家的先进经验虽然能使我们少走弯路,但是中国有自己的民族特点和具体历史条件,还必须自己去摸索和积累经验。在完成这样伟大的历史任务的时候,一方面是不断取得胜利,另方面也不可避免地发生一些缺点,关于这一点,也正如列宁在十月革命胜利的头几年中所说的:"我们一分钟也没有忘记,我们工作中的失利和错误,无论过去或现在,确实是很多的。在这样的全世界历史上的新奇事业,即创立空前未见的新式国家制度中,难道能够没有失利和错误吗!我们将百折不回地来为纠正我们的失利和错误而奋斗……"缺点和错误总会是有的。缺点和错误既然常常发生,常常会有,我们也就常常会遇到如何正确对待这些缺点的问题,因此用九个指头和一个指头的关系的正确态度来认识和对待我们事业的缺点和同志的错误,就更加必要了。

我们主张"成绩是主要的,缺点是次要的",主张九个指头都是成绩,只有一个指头是缺点。这不是无条件的,首先是在于这种估计必须符合实际情况,其次是这种估计通常适用于对全局的估计。至于一些具体的事情和某个具体的人,则应当进行具体的分析。对于有些人,就不能把他们看做九个指头是好的一个指头是坏的,例如对于右派,这个标准就不适用,右派是十个指头都烂掉了。对于某一件明明是错误的具体事件,也不能说成绩是主要的,缺点是次要的。例如,由于失职而发生的工人死亡事故,决不能说这件事的本身也是成绩是主要的。对明明是错误而还要说成正确,这不是辩证法。

说到这里,我们只是说了问题的一个方面,即必须正确估计我们的全盘工作,肯定九个指头是成绩,缺点只是一个指头。但是这个问题还有另一方面,即对于这九个指头和一个指头的本身,应该如何看待,即用什么态度对待我们的成绩,又用什么态度对待我们的缺点和错误。

我们必须看到,成绩和错误,优点和缺点,都是事物对立的两个方面,他们互相斗争,又互相转化。如果我们处理得好,错误和缺点可以向成绩和优点转化,处理得不好,成绩和优点也会被缺点和错误所破坏。因此,我们必须勤勤恳恳保持和发扬已得的成绩,力戒骄傲浮躁,永远前进。如果有人满足于既得的成绩,躺在成绩上面止步不前,最后必然归于失败。对于错误和缺点的态度应该怎样呢?是不是可以因为缺点错误既然不可避免,就采取"由它去吧"的态度呢?不能。那样就会使错误和缺点扩大起来,例如一个革命者,在他身上不是无产阶级的思想占上风,就是资产阶级思想占上风,有了缺点错误还放任不管,缺点就慢慢地要占上风。因此,我们的态度是:即便缺点错误只是一个指头也要克服。我们说缺点和错误是不可避免的,我们承认有一个指头这么少的缺点错误,正是为了纠正和克服。不因胜利骄傲,不为过错泄气,发扬成绩,克服缺点,鼓足干劲,力争上游。这就是我们用来对待成绩和缺点的关系从九个指头和一个指头的关系的思想方法中得出来的行动结论。

用九个指头和一个指头的关系来看待成绩和缺点的关系,这是非常浅显生动而又深刻恰当的,这就给我们指出了一个正确的方法,即看到全面看到本质的观察问题的方法。既然是一个正确的方法,它就不仅在估量成绩和缺点的关系上有用,也是观察和处理其他问题的锐利武器。例如,对于我们工作中的有利条件和不利条件,也必须作这种估计,在许多情况下,有利条件总是占九个指头,困难和不利条件总是占一个指头。做这样的估计,对于我们的实际工作有莫大好处。把有利条件估计为九个指头,不但符合今天的实际情况,而且也能激励人们旺盛的斗志和坚强的信心,动员人去克服一切困难,胜利地完成任务。如果把困难和不利条件看成是九个指头,就会使人畏难而退,找不到出路,看不到前途,使人消极无为,萎靡不振。建设社会主义,困难当然是有的,但有利条件更多,有一些人,就是看困难太多,所以在形势面前落后了。别处能办到的事情,此处办不到,别人能办到的事情,自己办不到。这些人一旦端正了思想,用九个指头和一个指头的方法正确估量有利条件和困难条件的时候,他们就能挺起腰杆,相信党和群众的力量,藐视一切困难。用扭转乾坤的气魄,奋勇前进。以甘肃省为例吧,许多年来,甘肃省的一部分干部中流行着"甘肃落后论",1955年秋季,正当全国农业合作化高潮时,这种"甘肃落后论"曾经成为甘肃省农业合作化发展道路上的障碍;1956年下半年和1957年上半年,"甘肃落后论"者又吹起一股小台风,说什么1956年工作冒进了,借此来阻碍当时的大变革大跃进。这些"落后论"者们之所以落后,重要原因之一是把困难和不利条件看成了九个指头。他们强调甘肃的自然条件不好,说什么"山大沟深""地瘠山薄""干旱多灾",散布消极悲观情绪,如此等等,确实起了一些促退作用。当中共甘肃省委深刻批判了这种错误思想,给人们指出了正确方向,教会人们不要只看困难不看有利条件,不要把困难当做主流之后,就又重新鼓起了全省人民的革命干劲,提出了苦战三年,力争工农业跃进再跃进,六年实现全国农业发展纲要。从此,情况就完全变成另外一个样子,现在甘肃省确实大步跃进着,连十四岁的小娃娃都创造发明了三种工具,这个事实再一次证明着十个指头的辩证法,是大跃进的工作方法。

用九个指头和十个指头的关系做比喻的这种思想方法和工作方法,为什么会产生这样大的力量呢?因为这是辩证唯物主义的方法,是客观地、全面地看问题的方法,它和主观地、片面地看问题的形而上学方法根本对立。九个指头和一个指头的这种方法,它深入到辩证法的深处,浸透着辩证法的许多规律,因此能正确地指导实践,成为促进的方法。

辩证法告诉我们,要了解一种事物,必须观察这个事物的各个方面,就是要看全局和大局。要把事物看得清楚透彻,就要去看事物的本质和主流。事物的矛盾有主要矛盾和次要矛盾,有主要矛盾方面和次要矛盾方面,主要矛盾和矛盾的主要方面,就是事物的主流,决定着事物的根本性质,要抓到问题的实质,就必须先抓主流。辩证法还告诉我们每一个事物都是一般和个别的统一,不能把一般降低为个别,也不能把个别夸大为一般。辩证法还告诉我们,事物的变化是由量的变化才引起质变化,数量的问题对于观察事物的性质也有重要意义,应该注意区别多数和少数。

用九个指头和一个指头的关系的看问题的方法,就一举而包括了上面所说的辩证法的许多重要规律,也就是符合了客观事物发展的情况,于是就成为我们认识问题和处理问题的科学方法。

目前全国人民正在把社会主义的大建设不断地推向高潮,大跃进已经改变了我国的面貌,工农业生产和文化、技术方面都出现了许多奇迹,建设的速度和各方面的成就,在世界历史上都是空前的。我们的任务是继续推动这个大跃进,用九个指头和一个指头的方法去思考和工作,去做促进派。

四 论"比较"

在相同的条件下,拿先进和落后比,促使落后的赶上先进,先进的更加先进,这是一个辩证唯物主义的工作方法和领导方法。

目前正处在继续开展着的社会主义生产大跃进中,天天都有奇迹出现,事事都有先进经验,到处都掀起了比先进、学先进、赶先进的浪潮,越来越多的工人和农民,都自觉地把比先进、学先进、赶先进作为自己的行动纲领,用他们自己的话来说,是要"骑上千里马,日夜赶先进"。"未得红旗要红旗长脚,得上红旗要红旗生根"。许多人都在自己的部门内,自己的地区内,以及向有联系的其他部门、其他地区,向全国范围内,甚至向国际范围内寻找能够"比较"的对手。许许多多农业合作社和许多工业厂矿以及商业部门,通过这种比先进、学先进、赶先进的群众革命行动,大大推进了自己的生产和业务工作,一而再、再而三地突破原定计划,不断把红旗插向生产指标的最高点,日夜改变着生产和各种工作的面貌。这是我国劳动人民冲天的革命干劲和无穷的创造能力的标志。如果我们能把这个生气勃勃的评比竞赛运动扩大起来并坚持下去,如果使六亿人民长期浸透在评比竞赛的革命浪潮里而不断地使落后的赶上先进,先进的更加先进,不断使生产和建设工作从一个高峰走向另一个高峰,那么,我们一定能在不长的时间内根本改变我国的经济面貌。在钢铁和其他重要工业品的产量上赶上或超过英国的时间,就不必是十五年,而是会更短一些,赶上或超过世界资本主义阵营中生产最发达的国家,也不会是太远的将来。

由此可见,比先进、学先进、赶先进的群众性的自觉斗争,是社会主义经济不断迅速前进的一种动力,这是动员千百万群众积极建设社会主义的有效办法,重视这一群众消除落后的自觉斗争,灵活地运用"比较"的辩证法,在实现我国建设社会主义总路线方面有着何等重大的意义。

"比较"的方法之所以非常有效,是因为它抓住了客观事物的发展规律,并运用它来为我们的社会主义建设服务。这个方法的好处,是它一下子就抓住了事物矛盾的两个极端——先进和落后。在生产中和各种群众运动中,事物的状态经常表现为三个部分:先进的、中间的、落后的。先进的和落后的都是少数,它们都在向中间势力寻找伙伴,扩大自己;中间部分是多数,往先进和落后之间摇摆不定,又向两极分化。在这种情况下,抓住了先进和落后,就是抓住了矛盾的两个极端,抓住了两个对立面,解决这两个对立面的问题,就带动了中间部分。先进的和中间的,落后的和中间的,都有矛盾。但是它们之间的矛盾不是主要矛盾,而是次要的矛盾,事物的发展主要是经过先进和落后之间的尖锐斗争,先进克服了落后,才发展到一个新的过程的。在实际生活中和生产活动中的情形也正是这样,主要的是先进的思想和落后的思想,先进的技术和落后的技术,先进的经验和落后的经验之间发生着尖锐的斗争,而不是向众多的中间状态去斗争。不解决落后的问题,中间状态是啃不动的,他们有"比上不足,比下有余"的自满。只有消除落后方面,大家才能一同前进,当然,先进和落后之间的斗争,有时候也暂时以落后方面占优势而暂时处于落后状态,但任何事物或快或慢都是要向前发展的,过分落后的迟早也必然要转向它的对立面先进,这叫做"物极必反"。我们运用"比较"法的目的,就是要生产和工作按照正常的样子发展,不使它停留在落后面上,而是使中间和落后的向先进方面转化。

应该广泛地普遍地使用"比较"的办法即评比竞赛的办法推动工作,哪里有先进和落后的差别,就在哪里开展比先进、学先进、赶先进的评比竞赛。有些人不承认自己的部门落后,不承认先进和落后的斗争。如果事实上真的没有落后,真的只有先进,那是最好不过的了,我们并不喜欢落后。但这是不可能的,世界上根本没有这回事,任何时候,任何地方,任何部门,任何事情,都有先进和落后的差别,客观事物就是这样摆着的,为什么呢?关于这一点,正如我们在讲"平衡和不平衡"的问题中讲的,由于客观事物内部矛盾发展规律所规定,事物的发展是不平衡的,平衡只是暂时的,不平衡却是经常的。地区与地区之间,企业与企业之间,农业合作社之间,车间与车间之间,小组与小组之间,县与县之间,乡与乡之间,个人与个人之间发展都是不平衡的,不平衡是普遍的客观规律。既然到处有不平衡,当然到处都有先进和落后之分。不但事物本身发展不平衡而表现为有先进和落后,就是先进的方面和落后的方面,在发展过程中也是不平衡的,它们会互相转化。原来先进的可以因为某种原因(例如先进人物的骄傲自满)变为落后,原来落后的因为条件的改变或其他原因(例如落后单位的奋发努力)达到先进,超过先进。正因为客观规律是这样,比先进、学先进、赶先进的"比较"法,就有了很大的用处。

先进和落后的差别,在生产领域里,在农业、工业生产中表现得更明显。其实生产中的先进和落后的差别,并不是今天才存在的,它在人类整个的发展过程中都存在着,在全部生产发展过程的每一个阶段上,各个生产部门和生产者的水平绝不是整齐一致的,总有一部分生产者创造新技术而走在前面,而在全社会普遍向先进技术过渡的时候,人们的步伐又有快有慢,发生着先进和落后的差别。随着新的技术经验推广,才逐渐消灭了这种差别,但更新的技术又向前发展,又产生先进和落后的差别。正如刘少奇同志在1956年4月30日,代表中共中央向全国先进生产者代表会议致祝词中所说的:"人类社会的历史,归根结底,是生产的历史,是生产者的历史。生产是永远处在发展变动的状态中的,新的生产技术不断地代替着旧的生产技术。因此,在任何时代,在任何生产部门中,总是有少数比较先进的生产者,他们采用着比较先进的生产技术,创造着比较先进的生产定额。随后,就有愈来愈多的生产者学会了他们的技术,达到了他们的定额,直到最后,原来是少数先进分子的生产水平就成为全社会的生产水平,社会生产就提高了。"生产的发展规律就是这样的,总有先进和落后之分,先进和落后时刻斗争着,先进的克服了落后而领先,落后的赶上先进或超过先进,使整个生产水平提高一步。然后又出现了先进和落后的差别,落后的再赶上先进,使先进的更先进,大家一齐前进,如此循环往复以至无穷,生产就波浪起伏地不断提高。

生产发展的规律虽然一定是从先进与落后的斗争开始,然后以先进占上风而告一段落,但是我们不能消极地等待这样的发展,革命者是要动员发挥人民群众的主观积极作用去加速生产发展的过程,最好的办法,就是用比先进、学先进、赶先进的比较法,这是领导生产的最革命的办法。它之所以最革命,是因为它既不使生产自流发展,又不让先进等待落后,更不调和先进与落后的矛盾,而是按照生产发展的规律,发挥人的积极作用,用因势利导的办法组织先进与落后的斗争,发展先进,克服落后,从而推动整个生产不断跃进。这种"比较"办法之所以是最革命的办法,不仅表现在它对生产的促进作用,而且还在于通过比较所产生的对于整个部门和整个社会的巨大改造作用。因为比先进不只限于比生产的质量和数量,还可以比技术,比措施,比安全,比干劲,比劳动纪律，比劳动生产率，比学习，比政治，比觉悟，比健康，比领导方法，比科学研究，比各个方面，这样就能横扫一切落后陈旧的东西，从经济、政治、精神道德面貌上改变社会面貌，促使真正全面的大跃进。不仅可以在工业、农业生产上进行评比，也可以在国家机关、文教部门、群众团体等各组织中进行评比。不仅可以在本部门、本地区进行比较，也可以和其他有联系的部门及其他地区进行比较。通过这种"比较"，就可形成波澜壮阔的全面大跃进的革新运动。

用"比较"的方法推动工作的过程，又是促使领导和群众相结合的过程，是领导干部与广大群众自我教育和互相教育的过程。在比先进、学先进、赶先进的运动中，一定会烧掉领导干部的官僚主义、主观主义和保守思想。万马奔腾的群众运动，不允许领导者再坐在办公室里签公文、发指示，必须深入群众、具体指导，及时总结先进经验，培养先进人物，给运动树立旗帜，随时注意运动的趋向，使它健康发展。这些都促使领导和群众商量，和群众站在一起并亲自参加进去。于是，领导者就更熟悉情况，更了解群众，也学得了工作办法。同时，在运动中表现出来的群众的无穷潜力，他们的创造精神和高度的智慧，以及他们建立的奇迹，会使领导者克服保守思想，推动他们改变思想作风和领导方法，增强信心，积极领导运动。对于群众来说，评比的过程也是教育和改造自己的过程。在评比时，先进和落后的界限清楚，旗帜鲜明，大家都在量尺寸，照镜子，既明确了学什么、赶什么，又懂得了怎样学、怎样赶；有了奋斗目标，也有了达到目标的武器，勇气就更大,信心就更强,干劲就更足。广大群众通过事实的教育明辨了多快好省和少慢差费,再在自己的实践中去深刻的体验,实际上是进行了一次社会主义教育。生产上赶先进,也必然引起思想觉悟的大跃进,因为生产工作的跃进,必须以政治思想工作为它的灵魂和统帅,在比先进过程中,群众也会认识到只有在思想上大解放,破资本主义思想,立共产主义思想,才能够赶上先进。这样,评比竞赛就使群众在生产和思想上双跃进。

这种在实际工作中灵活运用辩证唯物主义的方法,已经在许多单位发生了良好影响,证明了这是功效卓著的好办法。以石景山钢铁厂为例。一九五八年二月间,这个工厂在双反运动中,提出了和兄弟厂比产品、比速度,同农民比干劲的口号,并公布了一批全国冶金系统各厂的先进生产指标。比的结果,证明这个厂在炼钢方面,高炉利用系数不如鞍钢的高,焦比(炼一吨铁所用的焦煤)、复风率(高炉停风进行修理的时间)等不如鞍钢的低;炼焦方面的洗煤回收率(洗过的净煤占原煤的比率)不如太原钢铁厂的高;焦煤块度(优良的大块焦炭)不如石家庄炼焦厂的好,铸造方面的钢锭模成品率也不如鞍钢和上海钢厂的高;在动力和运输方面,他们大胆跳出冶金系统而和铁路运输和电力系统的先进指标比,发现机车大修成本高于牡丹江和唐山的机车修理厂,锅炉煤耗不如石景山发电厂低。

这样一比,发现有二十多个指标落在别的工厂后面,使全厂职工顿时清醒过来。有的职工说:"关着门看,觉得自己还不错,打开门一看,才知道自己落后了。"广大群众情绪激昂,纷纷要求迎头赶上,许多职工都千方百计挖掘潜力,新的指标不断出现,这样比的结果,使这个厂的指标在很短时间内就有十项达到先进水平。例如:高炉复风率已超过鞍钢,洗煤回收率已超过太原钢厂,机车大修成本已赶上牡丹江机车修理厂。

这个轰轰烈烈的比先进运动,不仅使工厂的生产指标来了一个大跃进,而且也有力地清除了干部、技术人员和部分工人中的官气、骄气和暮气,使大家在政治思想上跃进了一大步。工人说:农民靠简单的铁镐就引水上山,我们作为领导阶级的工人阶级,难道还有什么困难不能克服吗?从此,全厂掀起了比先进、赶先进的热潮,不断创造着新纪录。

实际生活中象这样的例子到处都有,到处都证明了"比较"的方法是最有效的领导方法和工作方法。在社会主义建设高潮中,这个方法将愈来愈发挥它的优越作用。

1958年5月召开的党的"八大"二次会议上,已把我国建设社会主义的总路线确定下来了,这就是:鼓足干劲、力争上游、多快好省地建设社会主义。贯彻实现这条总路线,就要充分发挥群众与干部的积极性、创造性和永远前进的革命精神,不断地领导和鼓励大家比先进、学先进、赶先进,使我们的各项工作永远立足于更高的水平。

五　平衡和不平衡

对于社会主义建设大跃进中出现的某些不平衡现象，有人高兴，有人疑虑，又有人一则以喜，一则以惧。于是，实践就向我们提出了一个问题：对目前（以及今后）出现的不平衡现象，应该怎样理解？怎样对待？这是很重要的问题。如果我们对这个问题认识得愈正确，处理得愈妥当，对加速社会主义建设也就愈有利；反之，如果以错误的态度对待这个问题，必然会给生产和工作带来损害。

要了解平衡和不平衡的道理，首先要弄清楚客观事物发展的根本规律。什么是一切事物发展的根本规律呢？毛泽东同志在"关于正确处理人民内部矛盾的问题"的讲演中告诉我们："马克思主义的哲学认为，对立统一规律是宇宙的根本规律。这个规律，不论在自然界、人类社会和人们的思想中，都是普遍存在的。矛盾着的对立面又统一，又斗争，由此推动事物的运动和变化。"关于这个宇宙的根本规律，毛泽东同志在他所著的"矛盾论"一书中作了详尽而精辟的论述。这里我们只是为了有助于弄清楚平衡和不平衡的问题,讲到这个规律的有关方面。

对立统一的规律(矛盾统一的规律)所以是宇宙发展的根本规律,是因为世界上所有事物都包含着矛盾。也就是包含着互相排斥、互相对立的趋向。一切事物的发展过程中,都自始至终地贯串着矛盾。事物包含的矛盾方面的相互依赖和相互斗争,决定了一切事物的生命,推动着一切事物的发展。世界上没有不包含矛盾的事物。没有矛盾就没有了运动,没有了发展。没有矛盾就没有世界。

事物的发展过程,就是内部矛盾的斗争和转化的过程,这种发展过程表现为:事物的旧的统一和组成此统一的对立成分让位给新的统一和组成这个统一的对立成分,也就是旧的矛盾让位于新的矛盾,新的发展过程代替了旧的发展过程。在这样的时候,事物就发生了根本性质的变化,旧的矛盾克服了,旧事物也就结束了自己的过程,新事物产生了,新事物又包含着新的矛盾,开始了自己的矛盾发展史。现在的新事物,又被将来的新事物所代替,一个接着一个。客观事物的发展就是这样螺旋式地不断循环往复,永远没有穷尽。

事物内部矛盾的双方,它们有同一性,又有斗争性。所谓矛盾的同一性,是指事物发展过程中的每一种矛盾的双方,各以有和它对立着的方面作为自己存在的前提,双方共处于一个统一体中。也就是说,都因为有了和自己对立的一面,才构成矛盾。例如:所以有先进,是因为有落后,没有落后,就显不出先进；没有慢也就显不出快；没有好就显不出坏。矛盾的同一性，还表现在矛盾着的双方的相对性和在一定条件下能够相互转化。例如：先进和落后的斗争中，落后的可能变为先进，先进的也可能变为落后。总而言之，事物内部的矛盾方面，在一定条件下，一面互相对立，一面又互相联系、互相渗透、互相依赖、互相转化，这就叫做矛盾的同一性或统一性。矛盾的统一是暂时的、有条件的、相对的。

事物矛盾的双方，又有斗争性。所谓矛盾的斗争性，是说矛盾双方互相排斥、互相斗争。任何事物内部都有矛盾斗争，事物发展过程的自始至终都贯串着矛盾斗争，任何事物都不会永远停留在某种状态；矛盾斗争推动它向自己的对立方面转化。这种变动是普遍的、绝对的、无条件的。

我们观察事物的时候，特别应该注意弄清楚矛盾的统一性和斗争性的关系。矛盾的统一是有条件的、暂时的、相对的；矛盾的斗争是经常的、绝对的，正象事物的发展和运动是绝对的一样。

客观世界的一切事物，就是这样的矛盾统一体，它包含着矛盾对立的双方，这对立的双方又不断地进行着斗争，推动着事物的运动和发展。事物内部矛盾的解决，就是矛盾的一方向它的对立方面转化，就引起了事物的根本性质的变化，产生了新事物。

在事物内部矛盾的斗争中，矛盾着的双方的发展是不平衡的。有时候似乎势均力敌，当这样的时候，也就是事物只在发生数量的变化，没有发生性质变化的时候，这时事物表现为相对静止的状态。我们在日常生活中所看到的均势、平衡、相持、静止等等，都是事物处在量变状态中的表现。然而，事物矛盾双方的势均力敌状态，只是暂时的相对的情形，基本形态则是不平衡。在相对静止或势均力敌的情形下，矛盾着的双方还是在进行着斗争，并且其中必定有一方逐渐占取优势，最后克服对方。当这样的时候，事物由数量的变化进入到性质的变化，由渐变进入突变和飞跃。我们日常生活中所看到的均势、平衡、相持、静止等等的被破坏，就是表示事物在质变状态中所表现的状态。一切事物的运动和发展，都采取这两种状态，第一种是相对地静止的状态；第二种是显著地变动的状态。一切事物都是从第一种状态转变为第二种状态。而矛盾的斗争则贯串在这两种状态中，并经过第二种状态而得到解决。这也说明了，矛盾的统一是有条件的、暂时的、相对的，而矛盾的斗争则是无条件的、绝对的，时刻都有，无所不在的。

对立统一的规律，是辩证法的最根本的规律，是辩证法的核心，因而也是宇宙的最根本的规律。我们观察问题和处理问题，我们的思想方法和工作方法，必须符合这个规律，否则就会犯各种各样的错误。

关于平衡和不平衡的问题，也必须依据对立统一的规律来理解，才能正确认识不平衡的问题，才能了解平衡和不平衡的辩证关系，运用这个辩证法来为社会主义建设大跃进服务。

在辩证唯物主义看来，不平衡是普遍的客观规律，它又是作为宇宙根本规律的对立统一规律的一种表现或一个方面。

平衡和不平衡，是两个对立面，它们互相对立又互相统一；互相区别又互相联系；互相排斥又互相依存；互相制约又互相转化。在现实生活中，平衡和不平衡的现象大量存在着，到处充满了平衡和不平衡的斗争。平衡和不平衡之间的统一、斗争和转化，是客观事物内部矛盾的统一、斗争和转化的表现。事物之所以会表现出平衡和不平衡的状态，这是由事物内部矛盾本身发展的不平衡所决定的。正象前面所说的，事物内部矛盾对立的双方处于势均力敌的时候，就出现了平衡的局面，当这种均势打破的时候，就打破了平衡，出现了不平衡。由于对立面的统一是暂时的、相对的，对立面的斗争是经常的、普遍的、绝对的，也就决定了事物的平衡发展是暂时的、相对的，事物的发展不平衡则是经常的、普遍的、绝对的。毛泽东同志在"矛盾论"中指出："无论什么矛盾，矛盾的诸方面，其发展是不平衡的。有时候似乎势均力敌，然而这只是暂时的和相对的情形，基本的形态则是不平衡。"他又指出："世界上没有绝对地平衡发展的东西，我们必须反对平衡论和均衡论。"恩格斯在"反杜林论"这本书里也指出过："绝对的静止、无条件的平衡是不存在的。个别的运动趋向于平衡，可是总的运动又破坏平衡。"这里都是说明着一条真理：不平衡是普遍的客观规律。

对于平衡和不平衡的看法，还有一种和辩证唯物主义完全相反的错误观点，这就是"机械平衡论"或"庸俗平衡论"的观点。他们用形而上学的方法来看待平衡和不平衡的问题。在他们看来,客观事物似乎象"一块铁板"永远不会变化。他们有时也承认事物的变化,但只承认有数量的变化,不承认有本质的变化,结果仍然是否认发展和变化。因而,他们认为事物的平衡是绝对的,从容不迫、平衡发展才是正常的现象;如果有先有后,快步前进,出现了不平衡状态,就认为是不正常,就要大惊小怪起来。机械平衡论或庸俗平衡论者片面地、孤立地、静止地看待事物的平衡,他们完全违反了客观规律,因而是唯心主义的主观主义。这种观点,正是保守落后者的思想基础。

上述对于平衡和不平衡问题的两种看法,也就必然对社会主义生产大跃进中出现的不平衡现象采取两种不同的态度。辩证唯物主义采取积极的态度和方法,促进新事物的生长,使落后的赶上先进,使先进的更加先进;平衡论者则采取消极的态度和方法,不关心甚至压制新事物的生长,让先进的去迁就落后的。很明显,抱有前一种态度和方法的是促进派;抱有后一种态度和方法的是保守派或促退派。

本来,不平衡的规律不论在什么时候、什么地方都发生作用的,地区与地区之间、企业和企业之间、企业内部的车间与车间、小组与小组、个人与个人之间的发展情况,经常是不平衡的。在社会主义生产大跃进的伟大变动时期,由于新生力量冲破旧的束缚而迅速发展成长起来,先进因素空前活跃,先进与落后的竞争、新事物和旧事物的竞争空前紧张激烈,因而就更加出现了不平衡的现象。应当说,这是一件好事情，因为，既然目前的不平衡是由于新事物大量出现的结果，这就表示着我国社会主义建设事业正在大跃进。

但是，有一些工愁善虑的人，却对这种不平衡发生疑惧，他们看不到不平衡带来的莫大好处，只看到旧平衡破坏以后发生的某些暂时性的困难。这些同志的思想里缺乏辩证法，他们不懂得不平衡是普遍的客观规律，不管你喜欢不喜欢，它总是要出现的。

当然，我们说不要怕打破平衡，并不等于说任何破坏平衡的现象都是可喜的，不是这样。我们知道，一切事物内部的矛盾斗争，都表现为新生的因素和正在衰亡着的因素之间的斗争，表示着先进和落后之间的斗争，先进的新生的东西是最有生命力的，它最后必将战胜衰亡的落后的东西，不管这种衰亡的东西暂时还表现得多么强大。这是客观事物发展的必然趋势。但是，在个别情况下，衰亡着的落后的方面也可能暂时压倒先进的新生的东西，虽然最后它必然归于消灭。事物矛盾斗争的这种情况，就决定了平衡的被破坏，有各种不同的情况。如果是由于消极因素的增长，由于落后势力占优势而破坏了平衡，事物就要暂时倒进。例如，由于主观努力不够而使企业生产下降和重大事故增多，这种倒退的不平衡，是不好的，正如毛主席在"关于正确处理人民内部矛盾的问题"中所指出的："有时因为主观安排不符合客观情况，发生矛盾，破坏平衡，这就叫做犯错误。"这种不平衡当然没有什么可喜的。如果事情是另外一种，是由于许多先进的因素发展起来而引起的不平衡，这不但不可怕，而且很可喜。而且，事物发展的一般情况,都是由于先进的新生力量的发展而打破了旧平衡。目前在大跃进形势下所发生的不平衡,正是新生力量以排山倒海的气概勇猛前进的结果,它将促使生产跃进再跃进,这不是非常可喜的事情吗?

当然,我们承认不平衡是正常的、普遍的、绝对的客观规律的时候,也不要使自己走到另一个错误的极端,认为既然如此,那就安于不平衡的现状好了,让一切都尽量不平衡去吧!这种想法也是不对的。不平衡虽然是客观规律,但不平衡不是我们的目的,社会主义制度的优越性之一,正是它的国民经济高速度按比例的发展。通过计划来保持各生产部门和各要素之间的适当的比例是完全必要的,计划是应该平衡的。问题是在于要什么样的平衡,毛泽东同志在"关于正确处理人民内部矛盾的问题"中说:"所谓平衡,就是矛盾的暂时的相对的统一。过了一年,就整个说来,这种平衡就被矛盾的斗争所打破了,这种统一就变化了,平衡成为不平衡,统一成为不统一,又需要作第二年的平衡和统一。这就是我们计划经济的优越性。事实上,每月每季都在局部地打破这种平衡和统一,需要作出局部的调整。"这里告诉我们,一不要死守着旧的平衡,二要根据发展的情况做出新的平衡,新的调整和平衡不是向落后拉平,而是向先进看齐。

不平衡的规律,不仅在经济工作中发生作用,不但在经济领域里有它的鲜明的表现,任何部门、任何工作中,都有平衡和不平衡的问题。只要有事物,就有矛盾,就有运动和发展,就有新事物出现,就有不平衡。整个客观世界的发展,一切事物的发展,都表现出这样的规律:平衡——不平衡——新的平衡。事物经过这种螺旋式的反复发展,就不断地前进到更高的阶段。这是客观的规律,不以人们的意志为转移的。如果违反这种规律,去追求绝对的平衡,那就是形而上学的庸俗平衡论的观点,抱有这种观点的人是一定要把事情办糟的。

我们党在长期的革命实践中,创造了许多运用不平衡规律推动革命事业前进的工作方法,例如典型示范、全面推广;突破一点、带动全面;抓两头、带中间;竞赛评比;试验田……这些都是不断打破旧平衡,建立新平衡的好办法,我们应该学会使用这些方法,去组织先进的平衡,把个别工人的先进,推广到整个车间的先进,把一个农业合作社的先进,发展成为一个乡一个县的先进,把个别地区的先进,发展成为整个地区的先进。使落后的赶上先进,先进的更加先进。就这样地后浪推动前浪,使社会主义的生产大跃进一浪高过一浪。

目前,全国人民在党的建设社会主义总路线的鼓舞下奋发猛进,群众的革命干劲必然会天天出现先进事迹,不断冲破旧的平衡。在这样的形势下,正确认识和处理不平衡的问题,就更为必要了。刘少奇同志代表党中央向"八大"二次会议所作的工作报告中提示我们正确认识和处理这个问题。他说:"有些人又担心执行多快好省的建设方针,会在各个生产部门之间,在财政的收入和支出之间,造成不平衡。不平衡一定会有的,不实行这个方针,不平衡也会永远存在,因为任何平衡总是暂时的和有条件的,因而是相对的,绝对的平衡是没有的。当然,为了适应社会主义经济按比例发展的客观规律,在国民经济各部门之间,需要保持一定时间、一定范围的平衡,而这正是社会主义国家计划工作的任务。问题是采取什么方法去平衡,是使落后赶上先进,还是让先进迁就落后。"过去,由于有些同志沾上了形而上学的平衡论的思想,在对待不平衡问题上曾有过许多教训,例如:在一九五六年,我国的社会主义建设得到了蓬勃的发展,曾出现了生产跃进所造成的国民经济迅速发展中的不平衡状态,因而遇到一些暂时的微不足道的困难。有些人就惶恐得很,错误地提出了"反冒进"的口号,给群众泼了冷水,使生产建设工作受到了损失,后果很坏。现在,我们又面临着社会主义建设的新的高潮,应当接受历史的教训,不再重复过去的错误,坚决贯彻党中央的指示,从庸俗平衡论的束缚中解放出来,掌握唯物辩证法的武器,大胆地打破旧平衡,建立新平衡。

六　改革规章制度

社会主义的生产大跃进要求打破常规。

全国广大群众的积极性和创造精神，日益增长的新生力量，正以排山倒海的英雄气概，横扫一切陈旧落后的东西，以飞快的步伐直向社会主义全面建成的目标奋勇前进。先进力量不但突破了旧指标和旧定额，而且也在打破某些阻碍生产发展、束缚群众积极性的规章制度。这是我国已经解放了的社会生产力，在全民性的整风运动中进一步得到发展的必然结果。从全国范围来看，这种情形已在不少地区大量出现，今后随着技术革命和文化革命的开展，必将继续大量出现。

我们必须看到，这种群众性的破除陈规陋矩的激烈斗争，不是琐碎的技术性的问题，而是社会上层建筑中的深刻的革命，是进一步解放生产力的重大斗争。这个斗争开展的情况及其结局如何，直接关系到多快好省建设社会主义的问题，关系到工农业发展的速度问题。在我们的生活中，谁也不能回避这个现实,一切愿意促进生产发展而不愿做促退派的人,都应该关心这个斗争,了解这个改革的深刻意义,并对此采取正确的革命的态度。

为了弄清这个问题,我们从以下三个方面来加以说明:

(一)怎样理解改革规章制度的问题;(二)破除陈规陋矩,对生产发展究竟有多大好处;(三)怎样改革规章制度。

(一)怎样理解改革规章制度的问题

打破陈规陋矩,从表面上看来,好象纯粹是人们的主观愿望。其实不是这样。在群众的主观愿望后面,还有它更深刻的客观物质原因。我们都知道,一般说来,规章制度是社会上层建筑的一部分。社会上层建筑是建立在一定的社会经济基础之上并为一定的经济基础服务的,它必须适合经济基础的需要。然而事物永远是在矛盾中发展变化着的,矛盾无处不存在。上层建筑和经济基础之间,除了适应的一面之外,也有矛盾的一面。在一切社会中均如此,在社会主义社会中也是如此,即使在往后亿万年的共产主义社会中,上层建筑的发展到了一定时期也仍然会落后于经济基础的发展,仍然需要及时加以调整。这是社会发展的客观的辩证规律,不以人们的主观意志为转移的。

我国社会主义的上层建筑,从总的方面说来,是同经济基础相适应的。人民民主专政的国家制度和法律,以马克思列宁主义为指导的社会意识形态,中央的和地方的各种适时的合理的规章制度等,这些上层建筑对于我国社会主义改造的胜利和社会主义劳动组织的建立都起了积极的推动作用,它是和社会主义的生产关系完全相适应的。但是在我国的上层建筑中，也还有一些与经济基础不相适应的东西。过时的不合理的规章制度，就是其中的一个部分。它们阻碍着群众积极性和觉悟的提高，束缚着生产力的发展。经济基础不断向前发展，必然要求冲破这种束缚。目前到处出现的群众性的改革规章制度的行动，正是这种客观必然趋势的具体表现。

过去几年来，政府各部门、各地方、各企业制定的规章制度，绝大部分对于社会主义的建设和改造事业都起了促进作用，有很多现在还是适用的。但是，由于生产力的不断发展，群众觉悟更加提高等客观情况的变化，有一部分规章制度就显得不适用了，它们成了发挥群众积极性和进一步发展生产的障碍。现实生活中的无数实例，都证明了必须改革这些不合理的规章制度。例如，重庆建设机床厂，原有七百四十九种规章制度，大跃进中，修改了二百四十九种，废除了一百九十六种。其中有些规章制度在生产中起的促退作用，简直到了令人吃惊的程度。以会计科制订的领料单、零星修理单为例，全年就要盖三百四十九万次章，平均每天盖近一万次，结果造成三忙：管理人员填表统计忙；领导人员审批盖章忙；工人找人盖章忙，浪费了不少人力物力。有些人则习以为常，反而把这种陈规陋矩看做神圣不可侵犯，满足于通过表报指导生产，安于脱离生产、脱离工人的官僚主义作风。又如，西安机械制造厂，安排一种新产品的生产要经过七个科，十道手续，两三个月。西安国棉五厂，一条合理化建议要经过十四道手续。西北纺织工业管理局所属的工厂,死守着细纱工人看八百纱锭、织布工人管布机二十四台的陈规,因此,尽管工人的政治觉悟和技术水平已经提高,劳动生产率却没有相应的增长。类似这样的例子,到处都可以找到。这些事实雄辩地向我们证明:不合理的规章制度与生产发展有了不少矛盾,若要促使生产发展,就必须解决这一矛盾,调整这一部分上层建筑与经济基础之间的关系。在这种情形下,打破陈旧的规章制度,不但表现了社会发展的必然规律,而且已经成为当前现实生活中的迫切需要了。

(二)破除陈规陋矩,对生产有多大好处

要说明这个问题,还是先让我们来看一看事实。上面说到的重庆建设机床厂,在废除了陈规旧矩之后,群众皆大欢喜,拍手称快,思想大为解放,干劲钻劲更加高涨,迅速推动了技术革新运动,奇迹和创举大量出现,生产效率提高几倍、几十倍、几百倍、几千倍甚至几万倍。全厂有百分之三十五的工人提高了生产效率百分之五十。青年铣工廖世刚的生产效率提高了一千六百八十倍,十一天半就完成了五年计划的工作量,老钳工曾德智的工作效率提高了二万一千二百四十三倍。这是多么动人的奇迹!在商业部门,情形也是一样,重庆市百货系统四个单位在整改中发动群众改革旧的规章制度,把商品进销手续从原有的二百五十三道简化为六道,大大提高了工作效率,节约了劳动力,也加速了资金周转,又便利了群众。总之,凡是敢于打破陈规陋矩的单位,差不多都出现了这样的局面:不合理的规章制度一经冲破,生产和工作便有如脱缰之马,突飞猛进,整个单位也就显得生机勃勃。改革陈旧的规章制度对生产所起的促进作用,由此可见一斑。

那么,为什么在陈规陋矩被废除之后,并且只有在废除陈规陋矩之后,生产才能大跃进呢?这是因为,这种改革符合了社会上层建筑和社会经济基础之间的矛盾发展的辩证规律。这个客观规律包括三个基本方面:第一,一定的经济基础,必然产生一定的上层建筑,上层建筑必须与经济基础相适应;第二,上层建筑虽然产生和建立在经济基础之上,为经济基础所决定,但它一经产生,就对经济基础发生反作用,以极大的能动力量积极影响于经济基础;第三,经济基础和上层建筑的发展变动,不仅发生在一种社会形态向另一种社会形态过渡的时期,而且也发生在同一社会形态的范围内,必须常常调整二者之间的关系。

社会发展中的经济基础和上层建筑的辩证规律,在我国社会主义建设中也发生着作用。对于规章制度的改革,就是了解掌握和利用这一规律的表现。陈旧的规章制度(上层建筑的一部分)既然和经济基础不相适应,既然阻碍了生产力的发展,就必须加以修改或废除,建立起新的适合生产力发展的规章制度来。

打破陈规陋矩所以对生产发展有巨大的推动作用,还由于以下两方面的原因:第一,是由于这些规章制度的本身不利于生产的发展。它们之所以阻碍生产,又有各种不同的情形。有的是从前曾对生产起过推动作用,现在已经陈旧过时,它只反映昨天的情况,不符合今天的实际;有的是由于制订时考虑不周,或者是硬搬别处的经验,本来就不大合理,在目前生产大跃进的形势下就显得更不合理了。还有少数规章制度是因袭旧社会留下的旧例,只是稍加修饰或根本原封不动地沿用下来,当然就更不合理了。不难想见,在这些规章制度的束缚之下,生产怎么能够跃进?生产能力怎么能够充分发挥?群众的积极性和创造性又如何能得到发扬?它们象绳子一样束缚人们的思想和手脚,经常抵消着群众积极活动的先进成果。第二,陈规陋矩之所以能起作用,这是和存在着迷信陈规陋矩和维护陈规陋矩的人分不开的,和人们头脑中的保守落后思想分不开的。思想保守的人是陈规陋矩的维护者,陈规陋矩又成为保守主义的合法依据,二者相互为用,相互补充,对生产起着消极的促退作用。打破陈规陋矩,进行规章制度的改革,就使人们从以上两重束缚下解放出来,既从不合理的死的规章制度中解放出来,又从活的保守思想中解放出来。砍掉这些消极因素,调整和克服上层建筑和经济基础之间的某些不相适应的状况,使之适应于生产发展的需要,就把矛盾解决了,人们的思想也解放了,大家可以轻装前进,生产就必然会飞速发展。

(三)怎样改革规章制度

在对待改革不合理的规章制度的问题上,也有两种完全不同的或者根本对立的态度和方法。一种是从客观的、全面的、发展的观点出发的辩证唯物主义的态度和方法;一种是从主观的、片面的、孤立的、静止的观点出发的唯心主义的形而上学的态度和方法。在辩证唯物主义者看来,为了保证生产和工作的顺利进行,建立起一些规章制度,不但在过去是必要的,现在和将来还是必要的。要管理好现代化的企业,必须有一套科学的规章制度。几年来各方面建立的规章制度,有许多现在还是适用的。但是,规章制度既然是上层建筑的一部分,它就必须随着经济基础的变化而变化;由群众在一定时期的劳动实践中总结出来的规章制度,必须再在群众的劳动实践中修改补充。任何规章制度都只能反映一定时期的实际情况,决不是一成不变的绝对真理。特别是由于人的意识常常落后于客观存在的缘故,某些规章制度就常常会失去时效。当这些规章制度不再反映实际情况而变得陈旧落后的时候,就应当坚决加以修改或抛弃。正因为如此,所以辩证唯物主义者特别欢迎群众起来打破陈规,能够和群众站在一起,虚心研究他们的倡议,按照生产发展的需要和群众在实践中的检验,重新建立适时的、合理的规章制度。唯心主义的形而上学则与此相反,在他们看来,规章制度一经订立,就永远适用,永远不能修改,神圣不可侵犯。因而他们就竭力维护陈规,反对群众革新。辩证唯物主义的方法,是革命的促进派的态度和方法。唯心主义的形而上学的态度和方法,是保守的促退派的态度和方法。我们坚持辩证唯物主义的态度和方法,反对唯心主义的形而上学的态度和方法,向一切保守落后的势力作不调和的斗争。

改革规章制度,必须遵循一条基本原则,就是要有利于多快好省地建设社会主义,有利于鼓起群众的革命干劲。这是修改、废除或建立规章制度的不可动摇的准则。在进行这种改革时，对现有的规章制度必须进行详细的具体分析，区别出哪些已经过时失效，哪些需要作何种修改，哪些仍然适用。分别对待，慎重考虑，然后确定取舍，肯定一切或否定一切的态度，都是不对的。对于一些需要修改或废除的规章制度，对于应该建立的一些规章制度，既要大胆坚决，又要妥善恰当。在这样的时刻，凡是应该从全局出发的，就要从全局出发，因为，有些规章制度，不仅牵涉本部门本企业，而且涉及许多方面。凡是涉及到群众的眼前利益与长远利益的矛盾的，就要和群众反复商量。凡是要上级和有关部门决定和批准的，就要履行这种义务，上级机关总要比下级部门看得远看得清。这样做都是为了使改革工作准确进行，不至于丢了旧包袱又背上了新包袱。

在改革规章制度中，不但有"破"（旧的），而且要"立"（新的），立了新的，可以促进生产，又巩固了改革的成果。

不论是修改、废除或建立，一切都要通过群众。群众路线是我们的政治路线、组织路线和阶级路线，是永远有效的工作方法。我们依靠群众的积极行动去改革旧规章，同样也要依靠群众的积极性去建立新规章，这种改革，必须在群众自觉的基础上进行，通过鸣放辩论，解决问题。事实上群众已经积极行动起来了，领导者的责任是放手发动群众，不但要支持积极分子的倡议，而且也要说服群众中的比较落后的那一部分，教育提高处于中间状态的那一部分。对于一些重大的改革，就要"一切经过试验"，总结个别的典型的经验，然后加以普遍推广。

领导机关的责任，应当是到基层去总结群众的先进经验，及时支持和批准必要的改革，把好的经验扩大推广，不断鼓励群众去进行革新、再革新，跃进、再跃进。

七　发扬"不断革命"的精神

"不断革命"的思想,是马克思列宁主义的革命英雄主义的表现,是工人阶级的辩证唯物主义的世界观必然得出的结论。根据这个世界观,共产党人把整个世界(包括人类社会),永远看作发展的前进的过程,把社会发展的以往阶段看作是达到共产主义社会的必要准备,把自己完成的每一个革命任务都看作是完成了伟大的共产主义事业的一部分,而不断地进行斗争,不断地取得胜利。

一百多年以前,马克思和恩格斯在著名的"中央委员会告共产主义者同盟书"中就向工人阶级指出,民主主义的小资产者至多也只是希望实现革命的民主要求,而工人阶级的利益和共产党人的任务,却是要使革命成为不停顿的,直到大大小小的有产阶级都从统治地位上被撤销,无产阶级争得国家政权,无产者的联合不仅在一个国家内,并且在世界一切占统治地位的国家内都发展到使这些国家的无产者间的竞争归于停止,以及至少是那些有决定意义的生产力集中到无产者手里的时候为止。对于工人阶级来说,革命是意味着废除私有制,消灭阶级,建立共产主义社会。工人阶级的战斗口号,应该是"不断革命"。

在马克思和恩格斯提出这个思想之后,列宁根据国际共产主义运动的经验,在俄国无产阶级革命实践中,反对了当时的托洛茨基分子对马克思的"不断革命"论的歪曲,坚决保卫和继续发展了"不断革命"的思想。列宁指出:在帝国主义时代,无产阶级不但要参加资产阶级民主革命,而且必须争取对这个革命的领导权,以便把革命进行到底,并把它发展成为社会主义革命。列宁明确提出,工人阶级应该以"不停顿的革命"把资产阶级民主革命和无产阶级的社会主义革命衔接起来,使资产阶级民主革命直接过渡到社会主义革命。列宁还指出,社会主义革命的胜利,即无产阶级夺取了政权,这不是无产阶级革命的结束,而只是无产阶级革命的开始。无产阶级在夺取政权之后,要利用自己的政治统治继续进行"不停顿的革命"去完成社会主义的各种改造和建设任务,去改造剥削制度的经济基础和上层建筑,去消灭剥削制度,消灭阶级,消灭城市与乡村的对立,实现到共产主义的过渡。

我们的党中央和毛泽东同志,从来就是依照客观事物发展的辩证规律,用马克思列宁主义的不断革命原理来指导中国革命的。还在民主革命胜利的前夜,党中央就在1949年3月的七届二中全会的决议中明确地提出了"由新民主主义国家转变为社会主义国家"的任务。毛泽东同志在1949年7月"论人民民主专政"中所说我们过去的工作只不过象万里长征走完了第一步,也正是教导我们要有不断革命的思想。数十年来,在党中央和毛泽东同志的领导下,我国的革命是一个接着一个,从胜利走向胜利。1949年革命在全国范围内取得胜利后,接着进行了反封建的土地改革,土地改革一完成就开始农业合作化,接着又是私营工商业和手工业的社会主义改造。社会主义三大改造,即生产资料所有制方面的社会主义革命,在1956年基本完成,接着又在去年进行了政治战线上和思想战线上的社会主义革命。在政治战线上和思想战线上的革命已取得了伟大的成就之后(当然,现在这个革命还没有完全结束,以后还要继续解决这方面的问题),在这个胜利的基础上,党的"八大"二次会议又号召向技术革命和文化革命进军,全国人民又面临着技术革命和文化革命的任务,也就是说,我们的不断发展着的革命运动,又要前进到一个新的阶段了。全国人民,必须继续用"不断革命"的态度迎接和完成新的革命任务。

  为什么要"不断革命"呢?这是因为我们所处的整个世界,包括人类社会在内,都是不断变化,不断更新,不断发展着的。世界上没有不变不动的东西,万物皆动皆变。就在这种变化更新和发展中,某些东西在产生和发展着,某些东西在毁坏和衰退着。客观事物之所以不断运动和变化,在于事物本身存在着矛盾。矛盾无处不存在,没有矛盾就没有世界。一切事物,都包含矛盾着的对立面的斗争和统一,矛盾的斗争是普遍的、绝对的,矛盾的统一是暂时的、相对的。一切事物内部矛盾着的对立面互相斗争的结果要在一定条件下相互转化。这样,统一于事物内部的两个对立面的斗争和转化,就形成了事物的发展过程。在这个发展过程中,事物的旧的统一和组成这个统一的对立成分,让位给新的统一和组成这个统一的对立成分,于是事物的性质就发生了根本变化,就产生了新事物或新发展的过程。新事物否定了旧事物,新事物又包含着新的矛盾,又开始了自身的发展过程。一切事物就是这样不断地前进发展,永不穷尽。事物的这种矛盾斗争和转化的发展过程,是通过不明显的数量的变化开始,逐渐积累,最后进入根本质量的变化过程实现的。事物由量的变化进入质的变化,事物就发生了突变,发生了飞跃。根本改变了原来事物的性质,产生了新事物,客观事物就是这样地永远发展,永远变化,由简单到复杂,由低级到高级,循环复往,以至无穷,每一次循环,总是比原来的事物前进了一步。以上就是事物本身固有的辩证发展规律。自然界和人类社会历史的发展,都是按照辩证法的规律进行的。社会既然是永远向前发展的,矛盾的斗争是永远普遍存在的,旧的矛盾解决就产生了新的矛盾,旧事物永远要被新事物所代替,那么,我们永不能停留在某一点上,革命就必须不间断的进行,就要不断革命。

革命是什么?是社会生活中一切事物的质变,是突变和飞跃。在通常的意义上讲,社会革命就是社会生活中的根本变革,是一种社会形态代替另一种社会形态,例如无产阶级革命,用社会主义代替资本主义。社会革命的最深刻的原因是社会生产方式内部的矛盾,也就是新的生产力和旧的生产关系之间发生了冲突。必须用新的生产关系来代替旧的生产关系,社会才能继续向前发展。在阶级社会里,进步的社会阶级通常代表了生产力发展的要求,反动的社会阶级代表着落后的生产关系,社会革命是通过尖锐的阶级斗争,通过暴力战争和流血来实现的。社会革命的结果必然解放生产力,为生产的进一步发展开辟了道路。在每一次革命之后,人类社会就上升到一个更高的历史阶段。因此马克思指出:"革命就是历史的火车头"。

工人阶级的社会主义革命,是人类历史上以阶级斗争的形式进行的最后一次革命。社会主义革命胜利和过渡到共产主义社会,人类就最后消灭了阶级和剥削,以阶级斗争形式出现的革命,是永远也不会有了。但是,在社会主义社会里,仍然会有矛盾。以我国的情况为例,我国的社会主义生产关系,它是和生产力的发展相适应的,但是它还很不完善,这就和生产力的发展发生了矛盾;我国的上层建筑和经济基础之间,是相适应的,但又有矛盾,国家机构中某些官僚主义作风的存在,国家制度中某些环节上缺陷的存在等等,又和社会主义的经济基础相矛盾。必须调整这些矛盾,在生产关系和上层建筑中进行一些改革。人类社会只要还存在着,它就必然要向前发展,必然有运动有矛盾,有矛盾有发展就有质变,就有飞跃有突变。这些改革、质变、飞跃,我们也可以称之为革命。当然,这种革命已经不是敌对阶级的你死我活的斗争,没有阶级利害为内容,而是为了解决人民内部的矛盾,是人民内部的先进与落后之间的矛盾，正确意见与错误意见之间的矛盾，科学技术之中的先进与落后的矛盾。这类矛盾，就是在阶级影响完全消灭之后，也还会有的。即使在以后的共产主义社会中，生产关系的发展到了一定时期也仍然会落后于生产力的发展；上层建筑的发展到了一定程度也仍然会落后于经济基础的发展，因此，仍然要加以调整改革，这也可以叫做革命。当然，这样的革命，不会是暴力和流血，而是用调整矛盾的办法就可以解决。人类社会将在不断地克服这类矛盾的过程中不断前进，不断地一步一步地走向更高的阶段。人类非常遥远的将来，我们现在还不能准确地推断它的情形，但是可以肯定，由社会主义社会过渡到共产主义社会，必定有一场斗争，是一个质变、一个革命，进到共产主义社会以后，又一定会有很多的发展阶段，从这个阶段到那个阶段的关系必然是一种从量变到质变的关系，都是旧过程的终结和新过程的产生，都要经过飞跃。如果我们把这种事物发展的每一过程的质变、飞跃都看作为革命，那么，我们就必须不间断地进行革命。

　　正因为如此，"不断革命"的思想，也就反映了社会生活发展的客观规律。谁否认它，谁就要掉进唯心主义和形而上学的泥坑。客观规律既然如此，我们的思想就应该正确地反映这个规律，掌握并遵循这个规律，就应该用"不断革命"的思想把我们头脑武装起来，以不断革命的精神，从事我国社会主义建设的各项工作。

　　了解不断革命的深刻意义，用不断革命的精神从事工作,这对于我们的社会主义革命事业具有非常重大的意义。我们的党和毛泽东同志经常以不要自满、不要骄傲、不要停滞不前的革命精神教育人民和指导斗争,不断革命的思想,正是鼓励干部和群众消除骄傲情绪,经常保持饱满的革命热情,使我们在胜利时看到前面更大的任务,永远不会矜持不前。

我们的革命任务,是一个接着一个的,象打仗一样,打了一仗就要布置新的任务。用不断革命的精神进行工作,就促使我们去接二连三地完成工作任务,要做到不间断地完成任务,就必须经常研究情况,分析问题,有科学预见,确定新的斗争目标,想出完成新任务的正确方法。这样,就可以克服官僚主义和主观主义,免于被动局面,使工作始终有计划地进行,使我们的认识走在现实的前面,而不致落在现实的后面。不断以新的口号鼓舞群众,给人们指出前进的方向,使工作和生产从一个高峰走向另一个高峰。

用不断革命的精神进行工作,就是要在工作中不断地用旺盛的革命意志冲破一切障碍,冲破旧的水平,争取新的胜利。不断革命的精神,是和保守思想停滞不前相对立的,人们用不断革命要求生产工作大跃进,必然就要和保守落后思想作斗争,冲击一切陈旧腐朽的东西,呈现出一片欣欣向荣的新气象,使我们永远鼓足干劲,力争上游。

用不断革命的精神进行工作,实际上就是用共产主义的觉悟来进行工作,凡是用不断革命的思想武装起来的人,也就一定会保持革命的乐观主义。几十年来,革命的前人在十分艰苦险阻的环境中和敌人斗争,反动恐怖象浓烟密雾一般包围着他们,但是,不断革命的意志,终于把革命事业坚持下来。今天的国内外形势对我们空前有利,中国一步步向社会主义前进,面对着这样灿烂的前程,应该感到自己的责任重大,应该更加鼓足干劲来建设社会主义。社会主义的建设事业需要大跃进,跃进就是革命,我们需要不断的跃进,也就是需要不断的革命。用不断革命的精神进行社会主义建设,将使我们的事业永远象东升的旭日,光芒万丈,将使我们永远保持着青春和毅力,创造更大的奇迹,使我们永不落后,永远向前。

最后,还需要说明一个问题,当我们以不断革命的思想指导工作的时候,也不能忽视各个革命发展阶段的区别性。这就是说,当我们作为一个马克思列宁主义的"不断革命论"者的时候,同时又应该是一个马克思列宁主义的"革命发展阶段论"者。而且,如果你是一个真正的马克思列宁主义的不断革命论者,你就必然是马克思列宁主义的革命发展阶段论者。这也是被客观规律所决定的。

前面已经讲过,客观事物是不断变化、不断更新、不断发展着的,人类社会也是永远向前发展着的。这是因为,客观事物的矛盾运动是永远普遍存在的,旧的矛盾解决就产生了新的矛盾,旧过程完结了,又发生了新的过程,新过程又包含着新矛盾,再向更新的过程发展,而事物的每一次从旧过程到新过程的转变,都是由量变引起了质变。就这样,事物在不断地发展变化中,每个发展阶段互相联系着,又互相区别着。马克思列宁主义的不断革命论反映了事物发展的各个过程的联系性；而革命发展阶段论则反映了事物发展的各个过程（阶段）的区别性，二者辩证地统一在一起。因此，当我们承认马克思列宁主义的不断革命论的原则的时候，当我们确信革命的过程是一个连着一个的时候，同时也就承认了革命发展的阶段性，否则，如果革命发展根本不分阶段的话，也就无所谓不断革命了。

我们应该在革命的实践中把不断革命论和革命发展阶段论辩证地统一起来。我们是马克思列宁主义的不断革命论者，我们认为，在民主革命和社会主义革命之间，没有隔着也不允许隔着万里长城；我们又是马克恩列宁主义的革命发展阶段论者，我们认为，不同的发展阶段反映事物的质的变化，不应当把这些不同质的阶段互相混淆起来。

因此，当我们用不断革命的精神从事工作的时候，一方面要力争上游地不间断地完成每一个革命任务；另方面又不能超越革命发展的必经阶段。只有这样才能使革命不失时机地从一个阶段前进到另一个阶段，从一个胜利前进到另一个胜利。

八　动机、效果和立场

在反右派斗争中,人们常常谈到动机和效果的问题。谈到右派分子的动机和效果是否一致的问题,不同立场观点的人,对此抱有各不相同的看法,往往引起激烈的争论。有两种人特别醉心于对这个问题的抽象的争论,一种是资产阶级右派分子;另一种是不识右派阴谋,对右派怀有各色各样的温情主义的人。

右派分子对动机和效果的兴趣,在于把他们的罪行说成是:"虽然效果不好,动机却很纯正,因而只有错误,并不反动。"为他们反党反社会主义的罪恶辩解,用花言巧语混淆视听,把他们装扮成不是反对社会主义,只是认识不清,摇摆不定的"中间分子",从而隐身在为数颇多的"中派"之间,企图蒙混过关。

对右派怀有温情主义态度的人,也在动机和效果的问题上迷失了方向。他们说:"右派分子的言行在客观上的确起反动作用,但他们的主观愿望是好的,因此,这些右派分子在主观上说来是好人,客观上说来是右派。"这就是说,右派分子的动机原来很好,只是得到的效果不好,所以情有可原。于是,他们的话,正合右派的心意,为右派所欢迎。

对于右派分子玩弄动机和效果的名词,为自己的罪行辩解的企图,这是容易识破的。只要翻翻1957年6月份以后所揭露的大大小小的右派分子的罪行,想想一切反动派惯用的两面派手法,就可以一目了然。试问,除了极少数右派分子赤裸裸地暴露他们要"杀共产党人"、"推翻社会主义制度"等真实目的之外,哪一个右派分子不是装着拥护社会主义和帮助共产党整风的样子呢?在我国社会主义制度已确立起来,共产党在人民中有无上威信以及走社会主义的道路已成为一切劳动人民和革命知识分子的坚定信念的情况下,哪一个右派分子敢于公开说出他们内心的"隐私"呢?哪一个敢于公开打起反共反社会主义的旗帜向人民挑战呢?即使是向党猖狂进攻的极右派,他们又何尝不是无耻地硬说也在"帮助"共产党整风和"拥护"社会主义呢!从右派分子章伯钧、章乃器到他们的小娄罗,不都是玩弄着同样的手腕吗?人民日报1957年9月15日的社论,早就揭穿了右派分子这个卑鄙的伎俩,其中有一段说,有人认为"他们不过是对党的某些政策和国家的某些制度提出一些批评罢了,也许批评得过火一些,但给戴上反共反人民反社会主义的大帽子,未免有些冤屈。这又是一种看法,右派分子也用这种说法来为自己辩解。……右派分子中有各色各样的人。有的是赤膊上阵硬打硬冲的,这种人的面目容易认清;有的是富于政治经验的老奸巨滑,暗中活动而不露声色,甚至还能装出一副老实可怜相的,这种人就比较能迷惑人。一般地说,右派分子都知道,公开提出反共反社会主义的口号是危险的,是于自己不利的,所以他们的办法是从具体问题着手来展开进攻。这就是说,对于党的领导和社会主义的道路,抽象地肯定,具体地否定,原则上拥护,实质上反对,表面上赞成,暗地里捣乱。……善意的批评和恶意的批评是有区别的,是看得出来的。人们应当学会区别尖锐的但是善意的批评和恶意的那怕是隐晦的批评,才不致上当"。

这里把问题说得很明白了,右派分子不敢公然提出反党反人民和反社会主义的口号,并不是有什么善意,只不过是为了能更有利于他们的反动活动罢了。这是右派分子的一种阴险手法,决不能认为他们只是把话说错了,而动机却是善良的。

右派分子为抵赖自己的罪行所设的圈套,本来是极容易被革命者识破的,但是,在反右派斗争开始的时候,曾有一些人上了右派的当,他们天真地估计了右派的动机,把本质凶恶的反动派认做是好人。一九五七年六、七月里,知识分子和青年学生中的少数人,在不同程度上曾经跟着右派跑了一段路,甚至还有个别人幻想右派分子会给国家和人民做什么好事。直到许多右派分子的罪行被大量揭发之后,事实教训了这些天真的"好心人",这才使他们清醒起来,追悔自己的幼稚和无知。后来,在反右派斗争取得伟大胜利的时候,当人民要处理这些右派以巩固政治上、思想上的社会主义革命胜利成果的时候,居然有一些人又抽象地谈论动机和效果,为右派分子开脱罪责。这些人忘记了反右派初期的经验教训,也不顾前面摘引的人民日报社论的告诫,再次去上右派的当,这是何等危险!

究竟是什么缘故,会使一些人斤斤计较于动机和效果的问题呢?这个原因,不能从抽象的动机和效果的关系本身去寻找。根本问题,还是立场问题。抛开了社会主义的立场,仅只单纯的论证动机与效果关系,不但会百思不得其解,而且其谬误愈陷愈深。

一些人对右派的动机和效果纠缠不清,是因为他们本身陷入了对动机和效果问题的错误理解和抽象的论证,有些人替动机和效果的关系设立了四个公式:(一)好的动机,得到好的效果;(二)好的动机,得到坏的效果;(三)坏的动机,得到好的效果;(四)坏的动机,得到坏的效果。

对于上述公式,我们不打算在这里多费笔墨进行分析,因为,这种空洞的论证,并不为识别右派动机所必需。我们只是指出,把一切政治行为都套在这样呆板的公式中,这既不切合实际,也不是唯物辩证法考察问题的方法,而是形而上学的陷阱!如果同时运用上述四个公式去衡量某一个人的行为,结果是互相抵销,是非莫辨;如果双方各自抱着四种公式中的某一种而强加于某人的行为,必然是互相争吵不休,莫衷一是,最后还是一无所得。

动机和效果的关系,究竟是什么样的关系呢?应该如何正确理解这种关系呢？其实，在十五年前，毛泽东同志就对动机和效果的关系作了非常深刻精辟的说明。在延安文艺座谈会上的讲话中，讲到文艺批评的政治标准的问题时，毛泽东同志说道："按照政治标准来说，一切利于抗日和团结的，鼓励群众同心同德的，反对倒退、促成进步的东西，便都是好的；而一切不利于抗日和团结的，鼓动群众离心离德的，反对进步、拉着人们倒退的东西，便都是坏的。这里所说的好坏，究竟是看动机（主观感望），还是看效果（社会实践）呢？唯心论者是强调动机否认效果的，机械唯物论者是强调效果否认动机的，我们和这两者相反，我们是辩证唯物主义的动机和效果的统一论者。为大众的动机和被大众欢迎的效果，是分不开的，必须使二者统一起来。为个人的和狭隘集团的动机是不好的，有为大众的动机但无被大众欢迎、对大众有益的效果，也是不好的。检验一个作家的主观愿望即其动机是否正确，是否善良，不是看他的宣言，而是看他的行为（主要是作品）在社会大众中产生的效果。社会实践及其效果是检验主观愿望或动机的标准。"这一段话，虽然当时说的是文艺批评上的政治标准问题，但是，今天对于识辨资产阶级右派的动机，对于摆脱在动机与效果问题上的迷乱状态，同样是适用的。

　　实际生活的无数事实证明，动机和效果常常是一致的。好的动机，经常收到好的效果，这是肯定的；坏的动机，只能做出坏的效果，这也是肯定的。固然，在极少有的情况下，好的动机，有时不一定取得好的效果，但这一条道理并不能用来解释资产阶级右派分子的行为。有些人,硬要把这条道理向右派分子的头上套,说什么"右派分子在主观上并不反党反社会主义,只是客观上起了反动作用","右派分子的动机是好的,只是效果不好"。这种论调,显然是错误的。首先在于他们不懂得,衡量一个人的政治行为的好坏,不是根据这个人的抽象的动机或愿望,主要是看他的政治实践,看他的行动所取得的效果。其次,他们不懂得,观察一个人怀有什么样的政治动机,不能从动机的本身去寻找,而应该到驱使这种动机的更深刻的原因中去寻找,从这个人的政治立场中去寻找。动机在某种程度上决定了效果,而人们的政治立场则在更大的程度上决定了人们的政治动机。不能设想,一个坚持反动政治立场的人,还会有什么革命的动机。右派分子既然站在反动的资产阶级的政治立场向党向社会主义进攻,怎么能说他们的动机不是反党反社会主义!其三,这些人不懂得,我们承认动机与效果在个别情况下的某些不一致,这不但不能证明右派分子反党反社会主义的言行出于好的动机,而是恰恰相反,我们所说的好的动机有时也可能做出坏的效果,这是指革命者有时也难免要犯一些错误,当他们的主观认识和客观情况不一致时,也会把好事办坏。但这是属于知识经验和思想水平的问题,这并不改变他们的革命立场。右派分子则不是这样,他们的问题不在于动机和效果问题的探讨,对于右派分子的动机的识别,必须以历史唯物主义的观点,以阶级分析的方法加以考察,离开了这个观点,而抽象地侈谈动机和效果的关系,就会无法理解问题的实质,就会在政治上犯错误。

上面讲到的,是弄清资产阶级右派分子的动机的根本关键所在,也就是某些人所以不能正确了解右派分子的动机的根本原因。

一些人由于错误地理解了动机与效果的关系,他们根本不承认年青的右派分子会有反党反社会主义的动机,照他们的说法:"年老的右派分子来自旧社会,习惯于资本主义,因而力图复辟;年青的右派分子在新社会里成长,根本不知道资本主义为何物,不向往资本主义,他们主观上没有反党反社会主义的愿望,只是客观上当了右派,也是动机好,效果不好。"这又是奇怪的论调。右派分子因为年青,所以动机就是好的吗?非也。君不见,北京大学的学生右派分子谭天荣希望砍掉成千上万共产党人的头!君不见,中国人民大学的学生右派分子林希翎要用"爆破"的手段推翻我国的社会主义制度!人民大学哲学系的一个学生是右派分子,在日记上写下了对新社会的刻骨仇恨,他要在中国建立拿破仑式的帝国!历史系的一个右派学生则想建立成吉思汗式的帝国!湖北省汉阳事件不是血的教训吗?这些,都是青年中的右派分子怀有反党反社会主义动机的例证,没有什么好的动机。需要说清楚的,倒是为什么有极少数的青年学生会成为右派,为什么他们要反党反社会主义。

其实,这并不奇怪。新中国培养出来的青年,绝大多数都成为战斗的老一代的优秀接班人,也可能有一小撮堕落成为资产阶级右派分子。这由于两方面的原因:一方面是因为我国生产资料的社会主义所有制虽然已经基本上建立起来,但资产阶级的政治态度和思想意识仍有相当大的影响。这些毒素从各方面来袭击青年人,这种影响可能来自他们的父兄亲朋,也可能来自邻居同事和黄色书刊,腐蚀着青年人的灵魂;另一方面,在社会主义制度下,在生活资料的分配问题上,还存在着"资产阶级法权",还不是按照需要来分配,而是劳动的多少与好坏,以商品等价原则来分配的。在这里,个人主义仍在某种程度上获得发展的余地。

由于上述原因,一些青年(主要是青年知识分子)就成为怀有反党反社会主义动机并见诸于言行的右派分子。以目前的事实材料看来,主要原因不在第二方面,而在第一方面,即在于资产阶级的影响。特别是出身于地主资本家家庭的青年右派分子,他们对剥削阶级的灭亡是心怀不满的,他们决意向社会主义"报仇雪恨",力图恢复他们失去了的剥削阶级的地位,这样,他们的反动面目就彰明昭著了。

不要说没有经过严格的政治斗争锻炼和考验的青年学生,即使是一些已经钻进共产党里一二十年的右派分子,虽然经过党的长期教育,也没有改造过来,这些人中有些人很小就参加革命,在解放区长大的,但是他们也可以蜕化变质成为资产阶级右派而反党反社会主义,怎么能说青年学生中的右派分子在主观上不会反党反社会主义呢?事实上,所有右派分子反党反社会主义的言行,不正是从他们的主观愿望和经过深思熟虑而发出的吗?

为青年中的右派分子的反动动机作辩护的,还有另外一种论调。他们说:"青年学生中的右派分子主观上并不反动,他们之所以成为右派,是受了社会上右派的影响,是当时的'气候'促成的,是大鸣大放促成的。"这种说法当然也是错误的。在去年春夏之间,各方面的右派分子的确曾经制造过恶劣的"气候",当时中国天空上乌云乱翻,牛鬼蛇神大肆活动,右派分子把这种"气候"喻之为"早春天气",他们奔走相告、额手相庆,满以为时机已到,可以在中国搞一个匈牙利事件,让资本主义复辟,让资产阶级右派篡夺中国共产党的领导地位。在这种"气候"下,来了一个政治立场的大暴露,每个人都受到了严格的鉴定。是牛鬼蛇神的,露出了狰狞的本来面目;是毒草的,大量地散布毒汁;是香花的,愈显其馥郁芬芳。革命与反革命显示出鲜明的对比,社会主义道路与资本主义道路展开了激烈的斗争。凡是反党反社会主义的反动分子,都投入了资产阶级右派的营垒;凡是革命的坚持社会主义道路的人们,都更加团结在共产党的周围。就在这历史的紧要关头,绝大部分青年知识分子坚持了革命的道路,而有极少数青年知识分子却成为资产阶级右派。在同样的"气候"下,有的人成为左派,有的却证明自己是资产阶级右派,这就不能说他们之所以成为右派是由于"气候"的缘故。不是"气候"使他们成了右派,而是他们原来隐藏着的右派的脏东西找到了发作的"气候",不是党的整风大鸣大放使这些人成了右派,而是坚持资产阶级反动立场的人趁党整风的机会向党向社会主义展开了猖狂的进攻。由此可见,青年中的右派必然要暴露出来,社会上的右派活动以及右派造成的"气候",虽然能起一定的作用,但这些作用只有被青年中的右派分子所接受,和他们的反动思想相结合的时候,才能发生作用。在同样的条件下,绝大多数青年是坚持社会主义道路的,也证明了青年中的右派之所以成为右派,其根源还在他们自身之中,怎么能把他们的反动的言行一律归之于外来的影响呢!

对动机和效果作错误理解的另一原因,还在于有些人把右派和中派混淆起来。右派是反动派,他们的根本立场是资产阶级的反动立场;中派则不然,他们中的有些人虽然也讲了一些错误的意见,但是他们并不从根本立场上反党反社会主义。看不清右派和中派之间的根本分野,硬把两者混淆起来,为了替右派的反动动机辩解而不顾两者的质的区别,这是很大的错误,其结果不是把资产阶级右派拉进革命人民的队伍,就是把为数众多的中派分子推向反动的右派行列。或此或彼,都给革命事业带来重大损失。还有一种意见也是错误的,有人认为"有些右派分子没有系统的纲领,有的只在某一政策和具体问题上提意见,算不得有反动的动机"。这种想法也是幼稚的。有的右派分子有系统的纲领,有的右派分子未必有洋洋大观的纲领,但不等于没有纲领,他们是有纲领的,他们的共同纲领是反党反社会主义,复辟资本主义或殖民地半殖民地的统治。有这一条纲领也就够了。这条纲领体现在所有右派分子的言行中。至于右派分子向党向社会主义进攻的深度和宽度,这是由每个右派分子的具体情况决定的,整个资产阶级右派从各个方面向党向社会主义进攻,每个右派分子都是在他力所能及的范围内作具体的攻击。例如戏剧界的右派分子李万春在京剧界点火,决不会提出"教授治校"。集天下之毒于一身的蛇是没有的,但是不能因此说没有毒蛇。

最后,有些人为右派分子的反动动机辩护,在动机和效果问题上是非莫辨,其原因还在于各色各样的温情主义作怪,没有和右派分子严格划清界限。这里有各种不同的情况。有的人是对资产阶级右派反动本质认识不足,仅仅把他们看作是犯了一般性的错误的人,忘记了人民和右派之间的矛盾是敌我矛盾,看不到不拿枪的敌人的危险。他们不懂得如果没有反右派的胜利,如果右派得逞,那就是河山变色,革命者人头落地,人民遭殃,整个世界形势恶化。有的人,看到某个右派分子过去工作表现不坏,似乎不应该是右派。他们不懂得,有些人在民主革命中表现积极,他们可以过民主革命的关,却过不了社会主义的关。有些人则由于自己的亲属朋友中有右派分子,不能毅然舍私就公,因而温情脉脉。有的人则在思想中保留着与右派思想相同之处,政治思想觉悟没有提高到应有的程度。

上述一切,归根到底说明着这样的问题:资产阶级右派,是确确实实的反动派,尽管他们中间有些人可能分化出来归向人民,但在没有根本改变他们的反动本质之前,他们仍然是反动派。反动派的反动行为,决不会出自好的动机。所有右派分子动机和效果上都深深地刻上了"右"字,都是反动的,否则他们就不成其为右派了。真正拥护共产党和坚持社会主义道路的人,决不会成为右派。这不是很简单的道理吗?右派分子的动机和效果是一致的,他们的反动的动机正是通过反动的效果表现了出来。右派分子故意夸大动机与效果的矛盾,这是骗局,切不可信,轻信就会上当。到反动派身上去寻找反党反社会主义的"好的动机",这是非常荒谬的行径。有些人在右派的动机和效果的迷宫中闯不出来,有些人实际上做了右派分子的辩护人而还不自觉,关键问题全在于立场,他们既看不清右派的反动立场,自己也缺乏明确坚强的革命立场。只要端正了立场,就能拨开动机与效果的云雾,把资产阶级右派的反动本质看得清清楚楚。于是,动机和效果问题也就迎刃而解了。

九　人性、党性、阶级性（上）

（一）

资产阶级右派分子向党进行猖狂进攻的时候，他们中间的许多人都在人性问题上大做文章。打着资产阶级的反动的"人性论"的招牌，宣扬抽象的、超阶级的而实际上是地主资产阶级的人性，拼命反对共产党员的无产阶级的人性。从资产阶级右派集团的头面人物章伯钧辱骂共产党员是清教徒，章乃器根本否认共产党人特有的革命品质起，一直到他们的许多小娄罗，都以不同的声音唱出这同一个调子。

右派分子为什么在"人性"问题上大做其文章呢？其实也不奇怪，他们之所以颠倒黑白，向共产党人的党性和人性进攻，是有着下面一些企图的：

第一、为了给资产阶级及其知识分子寻找抗拒社会主义改造的理论根据，抹煞工人阶级和资产阶级之间的本质区别。关于这一点,章乃器讲得非常坦白,他说:"现在阶级已经消灭,阶级特性也可以说基本消灭,大家是一致在向人类的共性过渡。"他又说:"资产阶级与工人阶级虽有本质不同,但这两个阶级的分子没有本质区别。"在这些荒诞无稽的谰言里,他们的阴谋已溢于言表,他们的真正意思是说资产阶级已经不用改造,似乎章乃器等这些右派也和工人一样革命,共产党和工人阶级完全不必去改造他们了。

第二、为了丑化共产党,挑拨党群关系。妄想共产党孤立了,右派就可以取而代之。

第三、为了破坏社会主义的人与人之间的关系。右派分子对这种纯正的、诚恳的同志的关系感到非常不快,他们企图破坏这种关系。

第四、为了以腐朽的资产阶级思想来腐蚀共产党人,以地主资产阶级的反动的"人性"来代替共产党人的高尚的党性和人性,从而改变共产党的马克思列宁主义的思想面貌和工人阶级的革命本性。

上述四个企图,又服从于资产阶级右派的反党反社会主义的这个根本目的,为资本主义统治的复辟进行思想准备。这种谬论不但在一切右派分子中获得掌声和喝采,就是一些心怀善意的人,也曾经被它迷惑,现在我们就有必要来彻底地加以驳斥。

（二）

　　人性这个概念的涵义，在许多世纪中曾被封建的和资产阶级的思想家们弄得混乱不堪。在中国历史上也能找到这种例子，孟子、告子和荀子之间就发生过著名的关于人性的争论。孟子认为：人性皆善，人人有良知良能，仁义理智是人的天性中所固有的，凡人若顺其赤子之心而不失，自然可以成为圣人。荀子反对孟子的"性善论"，他认为：人性皆恶，若顺其本性而滋长，则必成为恶人，因而他主张教育万能，并用此来反驳孟子，他说如果照孟子的说法，不失赤子之心就可以成为圣人，还要教育做什么。告子又和他们的主张不同，告子认为：人性"犹湍水也，决诸东方则东流，决诸西方则西流。人性无分于善不善也，犹水之无分于东西也。"（《孟子·性辩四章》）。孟子不承认告子的说法，但自己也说不出充分的道理来。荀子和告子关于人性的了解，又有共同之点，告子有"生之为性说"，主张生之自然者谓性，一般动物皆如此。荀子说"寒而欲暖，劳而欲休，此人之情性也"（《性恶篇》）。这就是说，他们把人性又了解为一般动物都具有的生物学上的本能，认为人性受人的生理要求所规定。关于人性的不同看法，不但中国有，外国也有，几千年来，争吵不休，莫衷一是，谁也没有驳倒谁，谁也没有找到正确的答案。他们也不可能得出正确的结论，因为这些不同时代的学者犯了一个共同的错误，他们离开了特定的历史条件，离开了具体的社会关系，即离开了人的社会本性去寻找抽象的人性,他们就永远不能正确地了解什么是人性。

正确指出"什么是人性"的是马克思。一百年前,马克思批判费尔巴哈的资产阶级人本主义的观点时,正确地解决了人的本性问题。当时的费尔巴哈大谈其抽象的、超历史的、超阶级的、自然的人,大谈其抽象的、超阶级的人性。费尔巴哈认为"人的本身最高的绝对的本质及其生存的目的,存在于意志、思维和感情之中","在人身上,真正的人的特性是什么呢?理智、意识和心。"(《基督教的本质》)可见费尔巴哈认为人的本质只是自然的本质,是脱离历史的,脱离社会的抽象的东西,因为他把人的本质归结为理智、意志和感情,而这些东西,是处在任何历史时代、任何社会制度及不论属于何种阶级的人,都共有的。

马克思严正地批判了费尔巴哈的错误观点,在一八四五年写成的"费尔巴哈论纲"一文中提出了马克思主义对人的本质的了解。马克思指出:"人的本质并不是各个个人所固有的抽象物。就其现实性说来,人的本质乃是社会关系的总和。"象费尔巴哈所说的抽象的、孤立的人是没有的,"费尔巴哈没有看到……他所予以分析的抽象的个人,实际上是属于一定的社会形式的"。

这就是说,人是社会的动物,超社会、超历史、超阶级的抽象的"人",永远是不存在的。既然没有抽象的人,当然就决不会有抽象的人性。人必定是生活在一定的历史时代和具体的社会关系之中的人,人性也只能是被某种历史条件和社会关系所规定的具体的人性。

由此可见,人性,就是人的社会本性。

在阶级社会里,人性就是人们的阶级性,因为在阶级社会里,人都作为阶级的人存在着的,人的社会本质,被他们的阶级地位所决定。各阶级在生产关系和其他社会关系中所处的不同地位,规定和培养了各阶级特有的利益、要求、思想观点、情感、心理、习惯,决定了各阶级的世界观和人生观,养成了各阶级特有的阶级性。阶级社会里人的社会本质,就是这种阶级性。阶级社会里没有共同的统一的人性。

那么,有没有统一的共同的人性呢?有的。过去有过,在原始共产社会,人类尚未划分为阶级,人们处在同一的社会关系之中,出现了统一的原始共产社会的共同的人性。统一的人性将来也会有,当科学共产主义取得彻底胜利之后,经过一个相当长的时间,肃清了人们头脑中的一切旧社会的旧思想的因素,人类社会就再一次出现共同的人性。

总而言之,要全面地、正确地了解什么是人性,必须从以下五个方面来理解。

(一)人性是社会的,是人的社会本性。它被一定的社会关系所决定,并反映这种社会关系,决不能从生物学的人的自然本能去了解人性,人们的生物学的自然本能,不能说明不同集团的人们在人性上的差别。

(二)人性是历史的,它反映的社会关系是一定历史时代的社会关系。原始社会里人的社会本性只能反映原始的社会关系,奴隶社会里决找不到资本主义社会的人性。

（三）人性是发展的。既然人性被社会关系所决定，社会关系是不断发展变化的，人性也必然随着这种发展变化而发展变化。衡量人性的好坏，应从历史的、发展的观点着眼，凡是推动社会前进，有利于造福全人类的人性，就是好的人性，反之，则是坏的人性。

（四）在阶级社会里，人性就是阶级性，二者是统一的。各个阶级有各阶级的人性，各个阶级都从自己的立场去理解人性，以自己阶级的观点去区分人性的善恶。

（五）人性是具体的。根据以上四点，就可以看出根本没有抽象的人性，而统一的共同的人性，只有在阶级消灭之后，并且在人们的思想中肃清一切旧社会的旧意识之后，才能建立起来。而这种统一的人性，也是具体的社会的人性。

只有根据以上的观点来了解人性或人的本质，才是正确的。在人性问题上的任何抽象的空谈，不是骗局，便是荒诞。

然而，资产阶级却喜欢宣扬抽象的、统一的、超阶级的"人性"，其实他们所说的统一的、超阶级的人性，正是资产阶级的人性，不论资产阶级是否意识到，他们的目的是以本阶级的面貌去影响和控制别的阶级，模糊劳动人民的革命意识，以维护资本主义的统治。小资产阶级也醉心于抽象的、统一的人性，这首先是由于他们的阶级本能，自私的欲望使他们甘心依附于资产阶级。其次是由于他们的盲目和无知。

如今的资产阶级右派分子重弹反动的"人性论"的旧调，高喊什么抽象的"人性"和"个性"解放，这不但是荒谬，而且是反动。因为资产阶级的"人性论"和与之相联系的"个性解放",只是在资本主义的初期资产阶级作为反对封建统治的新兴阶级的时代,起过进步作用。十四至十五世纪欧洲文艺复兴中刚刚形成的新兴资产阶级提倡人文主义,喊出了"个性解放"的口号,来反对当时的教权和封建贵族的黑暗统治。稍后一些的英国和法国的资产阶级革命的思想先驱者们,也以"个性解放"和"人性论",来为资产阶级的民主革命作思想上、理论上的准备。在那个时候,资产阶级的人性论曾起过进步的作用。这里也必须指出,即使在这个时候,资产阶级的"人性论"也不是没有阶级内容的,当时所谓"人性"也只是资产阶级的阶级本性。后来,当资产阶级取得了政权,无产阶级已作为新的政治力量在历史舞台上出现的时候,资产阶级就完全转向反动,资产阶级的"人性论"就成了资产阶级维护自己的统治和欺骗人民的工具。二十世纪五十年代的中国已经建立了优越于资本主义的社会主义制度,全国人民正在肃清资产阶级思想,正在提高马克思列宁主义思想水平。右派分子还拾起资产阶级思想武器库中破烂的"人性论"来向共产党人进攻,不是反动,又是什么?

右派分子挥动"人性论"向共产党人进攻,这是向工人阶级发动的意识形态上的阶级斗争,是涉及到中国人民的精神面貌领域的两条路线的斗争。是工人阶级的马克思列宁主义取得胜利,因而建立起共产主义的世界观和共产主义的道德观呢?还是腐朽的资产阶级思想再度泛滥成灾毒害人民呢?这就是人性问题争论的本质。几百年前,资产阶级的思想先驱者们宣扬"人性"是为了替当时的资产阶级革命做思想准备,这在当时的历史条件下是进步的,现在的右派分子贩卖反动腐朽的资产阶级的"人性",是为了替资本主义复辟做思想准备,为了推翻最先进的社会主义制度,他们的反动面目,难道不很明显吗?

十　人性、党性、阶级性(下)

(三)

一些右派分子,都口口声声宣称自己的人性最好,有的更把自己美化为"一生追求真善美的人",是一个"热爱祖国、热爱社会主义的善良的人"。把共产党员反而污蔑为不近人情,六亲不认,没有人性的人。说什么"希望党员在党性以外再加上一些不太违反马列主义的思想习惯","要求党员要多一点人性"。

那么,就让我们来查考一下,究竟是谁有高尚的人性,是共产党人呢？还是反动的右派分子呢?

在开始查考之前,有必要先对共产党人的党性进行一点解释,因为右派分子企图把党性和人性对立起来。什么是人性,这在前面已经交代过了,在阶级社会里,人性就是人们的阶级本性。什么是党性呢?党性就是人们的阶级性的最高而集中的表现。不同阶级的人们,具有不同的党性。共产党员的党性,就是工人阶级的阶级性的最高而集中的表现。大家知道,工人阶级是最先进、最革命、最有远见的阶级,它是必须首先解放全人类然后自己才能获得解放的阶级,是建立共产主义社会的阶级。共产党员的党性,就是把工人阶级的一切优秀品质集中起来并发挥到最高度的表现。这样,党性既然是阶级性的最高表现,人性就是阶级性,那么,党性和人性当然是一致的。或者说共产党员的党性就是共产党员的人性。共产党人的党性,主要表现在对工人阶级和人类解放事业的无限忠诚,对社会主义和共产主义事业的无限忠诚,为了这个目的,不惜赴汤蹈火,甚至献出自己珍贵的生命。共产党人所以能有这样的党性,是由于他们是先进的工人阶级的先锋战士,在于他们的世界观和人生观是建立在先进的共产主义的原则之上的。"共产主义原则,简言之,就是具有高度学识的、诚挚的和先进的人们的原则,就是爱戴社会主义祖国、友爱、同志情谊、人道主义、正直、酷爱社会主义劳动及其他每个人都了解的高尚品质。"(加里宁)

这就是共产党员的党性,也就是共产党员的人性,这样的人性,难道不是人类有史以来最高尚、最优美的人性吗?这样高尚的人性,不但右派分子的反动的"人性"不能比拟,而且也是怀着卑鄙的心灵的右派分子所不能理解的。

三十多年来,中国共产党人所经历的革命道路,中国人民是不会忘记的,右派中间的一些首面人物当不致完全忘掉。回想一下吧!当1925年至1927年的大革命,因为大资产阶级的叛变而失败后,大资产阶级勾结帝国主义、封建势力,倒过枪口向人民进行屠杀,把最残酷的镇压加在革命的共产党人身上。当时革命走向退潮,全国一片黑暗,这是考验人性的时候,那些原来自称革命的人物,叛变的叛变,投降的投降,逃跑的逃跑,消极的消极,有些则做了反动政府的官,对人民的屠杀更加卖力气。在这最艰难、凶险的时刻,共产党人没有被吓倒,他们在血泊中掩埋好同志的尸体,忍着眼泪,怀着加倍的愤怒,靠着几条破枪几把菜刀,把革命坚持下来了,把人民解放的事业担当起来了。由于共产党人的英勇奋斗,革命的火星烧成燎原之势,掀起了声势浩大的土地革命,反动的国民党政府老羞成怒,依靠帝国主义的帮助向共产党人发动了一次又一次的围剿,在敌我力量非常悬殊的情况下,共产党人历尽艰难困苦,蒙受许多牺牲,但丝毫没有动摇,仍旧高举革命的大旗,并且为抗日民族战争准备了力量。"九·一八"事变以后,日本帝国主义从东北而华北,进而窥视全中国,祖国在危急存亡之秋,是共产党人推动了当时的国民党政府进行抗战。共产党人以自己的模范作用首先打击了日寇,并克服了当时的蒋介石政府的几次妥协投降的逆流,把抗日战争坚持到最后胜利。抗战胜利之后,大资产阶级又想重演一九二七年大革命时代的把戏,又一次发动国内战争来进攻革命的共产党人,共产党人只得起来自卫,终于最后打垮了蒋家王朝,拔除了压在人民头上的帝国主义、封建主义、官僚资本主义这三座大山。共产党人对革命事业坚贞不屈,三十八年如一日,所以能这样,就是由于共产党人具有坚强的党性,也就是高尚的人性。在上述的各个革命阶段里,许多优秀的共产党员牺牲了。革命的敌人曾对共产党人软硬兼施,一面是利诱,一面是屠杀。敌人只要共产党人放弃革命活动,出卖一个同志,或写一张悔过书,就可以保全生命甚至取得高官厚禄,金钱美女,否则,就是辣椒水、老虎凳、刺刀、机枪、绞架,然而共产党人既拒绝了利诱,又不怕酷刑和杀头。他们不背叛祖国,不背叛人民,不出卖同志,不背叛共产主义事业,他们在敌人的监狱和刑场继续斗争,引吭高歌,视死如归,人民为之感动,敌人也为之胆寒。共产党的烈士们真正做到了"杀身成仁""舍生取义",他们无愧于人民。

上面列举的只是众所周知的事实,也正是这些表现了共产党员的党性或人性,证明了历史上只有共产党人,才真正具备着最高尚的最优美的人性。

全国解放以后,时间虽然只有八年,共产党人领导全国人民进行了大建设,中国的面貌已完全改变。现在的中国,已是社会主义的中国。在新中国里,没有官僚、军阀、买办、宪兵、特务,也没有帝国主义的特权,没有妓女卖淫,没有物价飞涨,没有囤积居奇,没有大烟馆,没有米老虎。地主、富农阶级已消灭,资产阶级正在消灭着。人民摆脱了旧时代的悲惨命运,国民经济飞速发展,文化科学日益进步,国际地位空前提高,人民生活得到改善,农民走上了合作化道路,社会主义的改造和建设都取得了很大的成绩。外国朋友说我国人民正在实现着一千多年前的大诗人白居易的"安得万里裘,盖裹周四垠,稳暖皆如我,天下无寒人"这个理想。几千年来中国人民梦寐以求的"大同世界"的幻想,现在是以更完美的社会主义社会的形式实现了。领导实现这个伟大理想的正是被右派分子污蔑为"没有人性"的共产党人。这又是何等的怪事啊?

我们不妨再来考查一下,右派分子所污蔑的"不近人情"的一千二百万共产党员,他们现在正在做什么?他们在做着庄严的工作——建设社会主义。在政府机关工作的共产党员,他们忠诚地为人民服务,他们不贪污营私,不盖小洋房,不要姨太太,都在勤奋地完成人民的嘱托。共产党员的绝大部分都在生产建设的战线上,在工厂,在农业合作社,在建筑工地上。他们在增产节约为社会主义创造和积累财富,为满足人民需要而辛勤劳动。右派分子所吃的饭、穿的衣服、喝的水中,都有共产党员的劳动。共产党员怎么没人性?怎么不近人情?

这里必须特别指出来,在已往的革命斗争中,在当前的社会主义建设中,有许多爱国民主人士、非党群众和共产党人在一起进行了艰苦的斗争和庄严的工作,甚至牺牲了生命,这些人也同样被右派分子所恨,但是他们却为人民所爱。

上述这些,都无可置辩地说明了共产党人的高尚的革命品质,证明了共产党人的人性才是历史上最高贵的和最优美的人性。共产党人的这种高尚的人性,把国际主义和爱国主义联系起来,把高度的政治修养和共产主义的道德交织在一起。

中国人民把共产党看做自己的希望,看做中国人民的智慧、荣誉和良心。人民以有了这样一个党和这些优秀党员而引为骄傲,而欢欣鼓舞。右派分子却对党和党员进行恶毒的攻击和污蔑。那么,自称最有人性的右派分子的"人性"究竟如何?人们是能够看得很清楚的。

右派分子对共产党人的党性的攻击,矛头还指向爱情、家庭、朋友、亲戚等社会关系。然而,右派分子还是失算了,即使在这些方面,共产党人的态度也是无可非议的。这里必须指出爱情、家庭、朋友、亲戚等关系,虽为各阶级共有的属于一般性的社会关系,但每个阶级处理这些关系的态度却各不相同,这些关系上面,也打上了阶级的烙印。旧社会的一切剥削阶级,把剥削者的原则贯串到爱情、家庭、朋友、亲戚等关系中去,在他们那里,爱情、友谊都是虚伪的东西,封建阶级把这些关系建立在宗法统治上面,资产阶级则把这些关系完全变为赤裸裸的金钱关系。他们的共同特点是牺牲别人维护自己,尔虞我诈,互相利用。这对于把自己的幸福建立在别人痛苦的基础上的剥削阶级说来,原是非常合乎逻辑的,吃人者只有吃人的道德。

共产党人与所有的剥削者完全不同,由于他们发扬了工人阶级的革命品质,有着伟大的政治抱负,因此也就有了高尚的道德修养。他们在爱情、友谊、家庭等问题上既反对封建宗法的压迫,也反对资本主义的铜臭,而建立起一种完全新式的符合共产主义道德的人与人的关系。正因为如此,共产党人的爱情才是真正纯洁的、高尚的、诚挚的。只有共产党人才有真正崇高的友谊,因为他们不必因私利而损害别人,互相尊重、互相帮助、同志般的亲切和关怀以及共产主义的理想,把他们紧密地联系在一起,这种友谊鼓舞人们向美好的将来前进。共产党人有美好的家庭,因为这是新型的社会主义的家庭,没有旧社会时家庭所固有的烦恼和纠纷。所有这一切,心地污秽的剥削阶级是不能理解的。

共产党人在处理爱情、友谊等问题时,有一个最大的长处,就是时时刻刻以人民的利益、党的利益和国家民族的利益为重,当爱情、友谊、家庭等问题妨碍党和人民的利益、国家民族的利益时,他们就毅然服从党的、人民的、国家民族的利益。正是这一点,使反动的右派分子深恶痛绝,并污蔑为"不近人情""六亲不认"。

当然,共产党人从来没有说过,所有的共产党员都是完美无缺的。共产党员中间,也有思想意识上不健康的人,但这种不健康,并不是由于党性很强,正是由于沾染了剥削阶级的"人性",因此而不符合共产党的党性,也不符合于共产党人应有的工人阶级的高尚的人性。

上面这一切都说明了共产党人的党性(人性),才是有史以来最高尚的、最优美的人性,是最近人情的最好的人性。

右派分子所攻击的正是这种人类之中瑰丽高贵的、美好的人性。

与共产党人的高尚的、美好的人性相反的是右派的卑鄙的、丑恶的地主资产阶级的人性。这是什么样的人性,只要知其人,听其言,观其行,就能一目了然。

从这一时期揭发的材料来看,反党反社会主义的右派集团中的人物,都是旧社会反动黑暗势力的残渣。有革命的叛徒,有国民党的厅长、少将,有军阀、官僚、政客,有沾满革命烈士鲜血的刽子手,有反动的地主,有特务、恶霸,这些魑魅魍魉,原来伪装革命,在社会主义的关口面前,都一一现了原形。

这些人高唱的"人性"是什么样的呢?"杀共产党","两院制","定息延长二十年",向农民倒算。诸如此类,就是他们的"人性"。右派分子的"人性"如能得逞,那就是意味着革命者人头落地,社会主义搞垮,资本家抢走工厂,地主抢走土地,帝国主义、蒋介石集团卷土重来,资本主义复辟。其实是把中国拉回半封建半殖民地的地位,人民重过暗无天日的生活。

事情是很清楚了,这里有两种完全不同的人性,一种是共产党人的革命的、崇高的工人阶级的人性,一种是右派分子的反动的、卑鄙的地主资产阶级的"人性"。右派分子说共产党人"没人性""不近人情",就是因为共产党人坚决摒弃地主资产阶级的人性。右派分子"要求共产党员多一些不太违反马列主义原则的思想习惯","多一些人性",就是因为共产党人没有右派分子的"人性"。

右派分子对共产党人的党性和人性的攻击,没有说明别的,恰恰证明共产党人的崇高的人性,也暴露了右派分子丑恶的人性和这种人性深处的反党反社会主义的罪恶本质。人们不难看出,右派分子是如何地恨人民之所爱,爱人民之所恨,对共产党和社会主义的仇恨,又是多么深切!对剥削阶级的将要完全消灭是如何悲愤,对旧中国是百般留恋。但是,我们要正告一切右派分子,旧中国的反动悲惨的局面是一去不复返了,剥削阶级是一定要消灭的,资本主义不仅在中国不能再现,就是在世界范围内也是奄奄一息了。